この夜が明ければ

岩井圭也

双葉社

目次

装幀———荻窪裕司 (welle design)

七名の漁協アルバイト

工藤秀吾………真面目で正義感の強い青年。通称シュウ。

高井戸唯………おとなしく内気な女性。

田辺亮………飄々とした雰囲気の男性。喫煙者。

佐藤真里………明るく親しみやすい最年少アルバイト。通称サトマリ。

矢島彩子………姉御肌で気が利く女性。喫煙者。

乾佳靖………無口で他人とつるまない最年長の男性。

仲野大地………アルバイト内でリーダー格の陽気な男性。

工藤秀吾

室内には血と潮の匂いが充満している。

僕たちは揃って、ウェーダーという胴付きのゴム長靴を履いている。白いウェーダーを血で赤く染めながら、黙々と作業を進める。上半身は防水加工を施した青いパーカー。手には肘まであるゴム手袋。顔には不織布のマスク。頭には使い捨てのヘアキャップ。これが作業中の正装だ。

互いの表情なんてほとんど見えないが、困ることはない。ここでは、僕たちは一個の部品に過ぎない。求められているのは同じ作業をひたすら続けることだけだ。誰一人、手を抜かず淡々と作業をしている。

銀色の魚が次々とベルトコンベアに載せられていく。体長はまちまちだが、だいたい五十センチ前後。サケに似た顔をしているが、背中のでっぱりが特徴だ。

魚種はカラフトマス。セッパリマスとも呼ばれる。

スーパーで売っている鮭缶のほとんどは、このカラフトマスだ。塩漬けとして利用されたり、

生鮮で扱われたりと、用途は色々あるらしい。もっともらしく語っていても、所詮は受け売りだ。

アルバイトの初日に受けた講習で、そんなことを教えられた。

目の前には浴槽のようなステンレス製の水槽があり、その上を一本のベルトコンベアが動いている。水は魚の血で赤黒く濁っていた。

水槽を挟み、僕らは向かい合って作業をしている。こちら側は、流れの上流から大地さん、彩子さん、僕。向かい側は、乾さん、サトマリ、高井戸さん。コンテナに入った魚を運び、ベルトコンベアに載せるのは亮さんだ。この仕事は日替わりで男が担当することになっている。

流れてくるマスを一尾、左手でつかんで手元のまな板に寝かせる。右手に握った包丁を操ってエラを取り、腹から胸にかけて切り開く。マスの身体から溢れた血が水槽のなかにこぼれる。手袋をはめた手で内臓を取り除く。メスの場合は、マスコと呼ばれる筋子を取り分けて籠に入れる。

ここでメフン掻きと呼ばれる道具に持ち替える。一見ただのブラシだが、柄の部分が細長いスコップのようになっている。まずは、背骨の間に残った血合いを柄でこそぎ落とす。さらに水で流しながらこすると、血合いや内臓片が綺麗に取れる。処理の済んだマスは、仕上げに水槽の水で残った血や粘質物をざっと落としてベルトコンベアに戻す。これで一丁上がりだ。マスを捌くほど、水は赤く濁っていく。

水揚げされたマスから傷みやすい内臓を取り除き、冷凍できる状態まで加工する。これが僕たちに与えられた仕事だった。

最初の数日は、慣れない作業にずいぶん苦労した。その甲斐あって、今ではここにいる全員が一分とかからずマスで効率のいい捌き方を勉強した。唯一の経験者である大地さんを手本に、皆

を捌くことができる。

雇い主は地元の漁業協同組合だ。毎夏、季節アルバイトを募集している。僕は今年が初めてだが、複数回参加する人もいるらしい。今年で言えば大地さんがそうだ。

やがてベルトコンベアにマスが流れなくなった。ぱちっ、と亮さんがスイッチを押す音とともに停止する。どうやらコンテナがなくなったらしい。魚の供給が止まるとアルバイトたちは手持ち無沙汰になる。長髪をヘアキャップに押し込んだ大地さんが、亮さんと何か話してから皆のほうを振り向く。穴の開いた耳たぶが揺れた。作業中は外しているが、普段は銀色のピアスを両耳につけている。

「休憩しよう」

マスの供給が止まったら、現場判断で小休止を取ってよいことになっている。決めるのは大地さんだ。コンテナは漁協の人が運んでくることになっている。それまでは休憩だ。一度に休憩に入れるのは四人まで。亮さんと乾さん、彩子さんが早々に持ち場を離れた。休めるのはあと一人。

「先に休んだら」

真向かいで作業をしていた高井戸さんに声をかけると、彼女は形のいい眉をハの字にして見せた。困った表情には小動物のような愛らしさがある。

「シュウさん、いつも後じゃないですか？　悪いですよ」

「気にしないで。いつ再開するかわからないし、早く取っちゃって」

マスクを顎にかけて言う。微笑を浮かべたつもりだが、うまく笑えているかわからない。他人に笑いかけたことなんて、ほとんど記憶にない。高井戸さんは少し迷っていたが、「すみませ

ん」と早口で言うとロッカールームのほうへ駆けていった。

作業場に残されたのは大地さんとサトマリ、それに僕だった。二人は仲睦まじげに会話している。

たくましく、目鼻立ちのはっきりした大地さんは三十代中盤という実際の年齢より若く見える。二十歳過ぎのサトマリと話していても、ちょっと年上の先輩という感じだ。肌は日に焼け、普段は長い茶髪を下ろし、耳には派手なピアスをつけている。それでもチャラチャラした印象はなく、むしろ清潔感があった。陽気で頼りがいのある大地さんは、皆から好かれている。

サトマリは二十一、二歳だったはずだ。七人いるアルバイトで最年少。都内の高校を卒業してから、ずっとフリーターだと言っていた。大きい目が印象的で、よくしゃべる。額を出したショートカットは活発な空気を漂わせている。スクールカーストでは常に上位にいたタイプだろう。出会ったのがこのアルバイトじゃなければ、きっと言葉を交わすこともなかったはずだ。

会話に割り込むのも気まずくて、僕は水槽の底の内臓片をすくったり、道具を洗ったりしていた。

サトマリがはしゃぐ声と、大地さんの笑い声が作業場に響く。こういう空気には慣れている。僕は自分から、楽しそうな人の輪に入ろうとしたことがない。どうせ話なんて合わないとわかっているから。

「シュウさ、今日ヒマ?」

唐突に呼ばれ、弾かれたように顔を上げた。笑顔の大地さんがこちらを見ている。

「この感じだと、たぶん今日は午前で終わりでしょ。飯食ったら、午後はサイクリング行こうかってサトマリと話してたんだけど。一緒に行く?」

大地さんは朗らかに言うが、サトマリは出方を窺うようにこちらを見ている。今日どころか毎日ヒマだが、行っていいのだろうか。あの子は明らかに、大地さんに好意を持っている。本当は二人きりで行きたいのではないか。

「遠慮しないでよ。他にも誰か誘うから」

「あ、じゃあ、行きます」

結局、後押しに乗る格好で了承した。マスクで口元が見えないが、サトマリがため息を吐いたような気がする。残念がられても困る。誘ったのは大地さんだ。

休憩に入ってから二十分と経たず、亮さんが新しいコンテナを運んできた。外で漁協の人から受け取ったらしい。ベルトコンベアが再び動き出し、マスが載せられる。居残っていた僕らは急いで持ち場に戻る。そうこうしているうちに他の三人が戻ってきて、再び作業のリズムが生まれる。

僕は時おり高井戸さんの真剣な表情を盗み見ながら、マスを解体し続けた。

北海道の東端にある港町で暮らしはじめて、三週間。

オホーツク海に面するこの町は、マス漁では北海道有数の漁港だ。毎年、漁のピークは七月から九月にかけて。その期間、決まって夏限定のアルバイトが集められる。カラフトマスは一年おきに豊漁不漁の波が来るそうで、今年は豊漁の年だと言っていた。波がある割に、募集する人員は毎年十人弱らしい。漁協で出せる額が決まっているから、と事務担当者は言い訳をしていたが、実際のところはどうか知らない。

「って話なのメール。ってさ」

「ちょっとだけ話、聞いてくれない」

そんな調子でメッセージが届くのは、今日でもう三日目。おれはメールの文面をながめながら、どうしたものかと考えていた。

差出人の名前は、如月ミサキ――つまり、おれの幼なじみだ。

あいつから連絡が来るのは珍しいことじゃない。けど、こうも毎日のようにしつこく送ってくるのは、やっぱり何かあったんだろうか。

ミサキの性格はよく知っている。普段ならこんなふうに何度もメールを送ってきたりしない。一度送って返事がなければ、それで終わり。あとはほっとく。そういうサバサバしたやつだ。

それなのに、今回は違った。三日連続で、しかも一日に何通も。明らかに様子がおかしい。

おれは携帯を机の上に置いて、しばらく天井を見上げた。返事をするかどうか、迷っていた。

正直なところ、あいつとはここ半年ほど、まともに顔を合わせていない。高校に上がってから、お互いに忙しくなって、自然と距離ができてしまったのだ。

それでも、幼なじみは幼なじみだ。困っているなら、放っておくわけにもいかない。

おれはため息をついて、もう一度メールを開いた。そして、短く返信を打ち込んだ。

「わかった。明日、学校で」

亮さんに声をかけられた。切れ長の目が、調味料の入った籠を見ている。箸を置いて籠を渡すと、受け取った亮さんはコロッケに大量のソースをかけ、その上からマヨネーズをかけた。

「かけすぎじゃない？」

隣に座る彩子さんが半笑いで言った。

「これぐらいかけんと、味せんから」

「昔から、ソースどぼどぼかける派？」

「出た、ほやのぉ」

彩子さんが喜ぶ。亮さんは地方の出身らしく、時おり方言が出る。

目元が涼しげで整った顔立ちの亮さんは、常に飄々としている。色白で、顔のパーツが小さいところは大地さんと好対照だ。平安時代の公家のようでもある。表情の変化が乏しいこともあって気難しそうに見えるが、そんな亮さんが方言を話すと場が和む。口数は少ないけれど、時おり発言するだけで存在感を発揮する。

大人っぽい雰囲気の彩子さんはムードメーカーだ。サトマリほどしゃべるわけじゃないけど、吊りぎみの目を細めてよく笑う。背が高くて腕や足も長く、手を叩いて笑うだけで場が明るくなる。仕事も丁寧だし、話も上手だ。この数年、季節バイトを渡り歩いているらしい。いつも後ろでまとめている長い髪は茶色に染めているけど、根元のほうは少し黒い。

亮さんと彩子さんのやり取りを見ていると、仲の良い姉と弟を見ているようだ。食事中の雰囲気も緩くなる。

左隣でがたっ、と物音がする。

　椅子を引いた乾さんが、ごちそうさまも言わずに盆を持って席を立つ。その左手には包帯が巻かれていた。

　小太りの体格に角刈り。愛想のかけらもないが、これで平常運転だ。

　の乾さんはアルバイトの年齢制限ギリギリで、ここでは最年長だった。同僚は二十代が多いから、気を遣っているのかもしれない。食事の時だけ一緒の席についているのは妙に義理堅い。

「乾さん、昨日の怪我大丈夫だったんですかね。漁協に言わなくていいのかな」

　六人になった食卓で、向かいに座るサトマリがぼそりと言った。大地さんが白飯を咀嚼しながら首をひねる。後ろでまとめた長髪が揺れた。

「普通に仕事してるし、平気なんじゃない」

　昨日の仕事中、乾さんは包丁で手を傷つけた。ゴム手袋の上から、思いきり包丁で指のつけ根を切ってしまったのだ。刃は分厚いゴムを切り裂いて皮膚まで届き、手袋を脱いだ手は血にまみれていた。

　流れる血を見て皆が心配し、街の病院にかかることを勧めた。場合によっては、漁協の職員に頼んで車を出してもらったほうがいいかもしれない。だが、当の乾さんは手当てを受けることを頑なに拒んだ。それどころか、漁協への口止めすら求める始末だ。宿舎にあった救急箱で止血して包帯を巻き、ゴム手袋を新品に替え、何食わぬ顔で現場に戻った。

「結局、あの包丁ってどうしたんですか」

「俺見たけど、裏の納屋に捨ててってた」

亮さんが言う。さすがに、人血がついた包丁で魚は捌かなかったらしい。

「あの人、不気味じゃないですか。いつも一人で何やってるんだろ」

サトマリの問いに大地さんが応じた。

「同じ部屋にいるけど、わかんないね。亮は知ってる?」

「知りません。シュウは?」

「さあ。いつも寝てますけど」

宿舎の寝室は男女で二つに分かれている。同じ男部屋で寝起きしていても、乾さんの普段の行動はよくわからない。暇な時も遊びに行かずベッドで横になっている。二段ベッドの上のほうにいるから、真下にいる僕には何をしているのか見えない。

「午後サイクリング行くけど、一緒に行く人いる? サトマリとシュウは行くって」

大地さんの呼びかけに「行きたい」と手を挙げたのは彩子さんだった。

「亮も行こう。天気いいよ」

「俺はええわ。寝たい」

「あら。唯ちゃんは?」

彩子さんに水を向けられ、高井戸さんが迷う素振りを見せる。どうしようかな、と言いたげに首を傾けると、肩で切り揃えた黒髪が揺れた。僕と同様、彼女が遊びに付き合うのは稀だ。一緒に行ってくれたらどんなに楽しいだろう。自分の心臓の音が大きく聞こえてきた。

「疲れたんで、今日はやめときます。すみません」

軽く頭を下げる。謝る必要なんてないのに。内心がっかりする。

彼女は皆から〈唯ちゃん〉と呼ばれているけど、僕だけは〈高井戸さん〉で通していた。正直、〈唯ちゃん〉は気恥ずかしい。こちらが一つ上だし、そう呼んだところで誰も気には留めないのだろうが。

高井戸さんはどこか浮世離れしているところもあるけれど、気遣いができるし、僕の話も素直に聞いてくれる。それに小柄でかわいい。ちょこちょこと食べ物を口に運ぶ姿は、リスのようで愛らしい。

新卒で会社勤めをしていたが、パワハラの横行する職場で辞めてしまったらしい。今は、仕事探しを前にした充電期間と言っていた。その境遇も僕と似ている。

「じゃあ四人ね。行く人は一時半に納屋集合で」

大地さんがリーダーらしく場をまとめる。

宿舎の裏手にはプレハブの納屋があり、不要になった漁具や壊れた器具が保管されている。錆びた包丁やメフン掻きも束になって置かれていた。乾さんが手を切った包丁も、密かに捨てられているはずだ。

納屋の横には古い自転車が数台停められている。生活物資を買うため、街へ出る足として用意してくれたものらしい。ただし手入れは各自。要するに、漁協が放置しているだけだ。

「そういえば、納屋の壁壊れてましたよね」

先日、自転車を使おうとした時にたまたま発見した。どうやら他のアルバイトは僕より先に気付いていたようだが、見て見ぬふりをしていたらしい。

「そうだね。でも、今度でいいんじゃない。山本さんと会った時でも」

16

大地さんが言う。山本さんというのは漁協の事務担当者で、アルバイトの窓口になっている人だ。五十がらみの人の好さそうな男性。食堂の隣にある喫煙所で、たまに亮さんや彩子さんと煙草をふかしている。

「いや、報告します」。後で二階の事務所に顔出ししてきます」

大地さんが揚げ物を飲み下して頷く。

「じゃあ、任せた」。シュウは真面目だねえ」

どう答えていいかわからず、箸が止まる。妙な沈黙が流れた。

「……ねえ。明日の仕事もこんな感じかな」

「最終日まで仕事あるか、不安なんだけど」

「早めに終わっちゃったら、このメンバーで旅行でもする?」

僕の内心に誰かが気付くこともなく、会話は別の話題に移っている。胸がむかむかする。揚げ物のせいだけではないはずだ。

綺麗な持ち方で箸を動かす高井戸さんの様子を窺った。茶碗についた米粒を一つ残らずつまんで口に運ぶ。皿の上は綺麗に片付けられていた。この人は礼法を知っている。この人はルールを外れない。この人は他人を害しない。安心感が胸に広がる。

昼食が済んで、食堂から宿舎へ歩く道中、それとなく高井戸さんの隣に並んだ。彼女の背は僕の顎の高さくらい。真っすぐな黒髪がつやめいている。Tシャツにグレーのジャージというラフな格好だが、なぜかだらしない感じはしない。

「高井戸さんってさ」

「はい」

つい話しかけたが、話題が見つからない。共通の話題を必死で探す。

「……朝、強いの」

会話のとっかかりを探すが、そんなことしか思いつかない。大地さんならもっと気の利いた質問ができるだろう。自分が情けなくなる。

「まあ、弱くはないと思いますけど」

「僕は朝苦手なんだよね。いくつアラームかけても、寝起きが悪くて。この仕事朝早いし、二度寝はしたくないんだけど……」

「じゃあ起こしてあげますよ。電話なら、無視できないでしょう」

「ほんとに？」

自分でも驚くほどの大声で問い返していた。相手のほうがきょとんとしている。

「たまになら、いいですよ。シュウさんが遅刻したら皆も困るから」

膨らんでいた期待が萎んでいく。僕への個人的な好意ではなく、仕事の一部として、ということか。まあ、いい。彼女が起こしてくれるチャンスを逃すわけにはいかない。

「じゃあ、あさっての朝頼んでもいいかな」

「明日じゃなくて？」

「うん。あさって」

あさっては僕の、二十六歳の誕生日だ。誕生日の目覚めを高井戸さんの声で迎えられるなんてすばらしい。どうせいつもと同じ誕生日だと思っていたが、今年は少し特別だ。

「そういえば、シュウさん事務所行くんじゃなかったでしたっけ」

高井戸さんに言われ、食堂での会話を思い出す。納屋の壁の件で事務所へ行くんだった。「あ

りがとう」と言い残し、慌てて反対方向を目指す。小走りで向かいながら、にやつきを抑えるこ

とができない。

やっぱり彼女なら、僕のことを理解してくれるかもしれない。

佐藤真里

空は真っ青に晴れている。風が気持ちいい。

ペダルを踏むたび、透き通った風が顔に当たる。自転車はボロくてスピードが出にくいけど、

それでも走るのと同じくらいの速さにはなる。海岸に近い二車線の道路には、前も後ろも私たち

しかいない。右手は防風林、左手はだだっ広い野原。

夏の北海道は思っていたより快適だった。昼間は本州くらい気温が上がることもあるけど、湿

度が低いから肌がベタベタしない。雨の日も少ない気がするけど、これはたまたまかな？　北海

道は梅雨がないっていうし、そもそも雨が少ない地域なのかもしれない。

前方には大地さんの背中が見える。オレンジ色のTシャツに包まれたたくましい背中。長髪が

風になびいて、両耳のピアスが見え隠れする。ちらっと右を向いた拍子に横顔が見えた。大きい

口や二重の目からは、年上なのにどこか子どもっぽい印象を受ける。

このアルバイトに応募してよかった、と思う。

ここに来る前、春から六月までは鹿児島の農園で住み込みのアルバイトをやっていた。旅館やホテル、農家、工場などで募集する季節限定の仕事へ応募するのは、各地の短期バイトを渡り歩く人たちが多い。

採用期間が終わりに近づいた頃、みんなでハローワークから集めてきた求人情報を眺めていた。カラフトマスの加工バイトを知ったのはその時が初めてだ。募集条件は二十歳から三十九歳の健康な男女。採用期間は七月から九月。場所は北海道の東の端にある、名前も知らない港町。夏場の北海道ならきっと涼しいだろう。魚の加工作業はきつそうだけど、給料がまあまあ高い。

北海道は行ったことがなかったから、まずそこに惹かれた。

結局、あまり深く考えずに応募した。

何度も季節バイトに応募しているから、履歴書を書くのもすっかり慣れた。氏名、佐藤真里。満二十二歳。現住所、東京都武蔵野市。都立高校卒業。そこに証明写真を貼りつければ、佐藤真里の人生が一丁あがり。人の半生なんて、紙きれ一枚に収まってしまう。

季節バイトから別の季節バイトへ。その時募集している地方へ行って、住み込みで仕事をして、しばらくしたらまた次の場所へ。一か所に留まるのは長くても半年、短ければ一か月。だいたいどのバイトにも常連がいるから、同じ仕事には二度と応募しない。少し所持金が貯まったらぶらぶらして、お金がなくなったらまた適当な仕事に就く。

もう三年、こういう生活を続けている。

季節バイトで出会うのは、私と似たような生活をしている人ばかりだ。このアルバイトだって、同じ。彩子さんも亮さんも、季節バイトを転々としていると言っていた。大地さんもそう。

さすらいのフリーター。

私には、この生活が合っている。こんなに楽な生活はない。

何が楽って、一番は人間関係。どんなに仲良くなっても、どんなにこじれても、数か月で強制リセットされる。バイトが終わってからも連絡を取り合おう、という人も少なくないけど、だいたい関係は自然に消える。

その場限りだと思えば、大胆にもなれる。

「大地さん、ストップ」

前を走る背中に声をかける。きっ、とブレーキの音がして自転車が止まる。大地さんがよく日焼けした横顔をこちらに向けた。私はその横に並ぶ。少し後ろを走っていた彩子さんとシュウさんも止まった。

「どうかした」

耳元に思いっきり顔を寄せる。これで後ろの二人には聞こえない。太陽を反射したピアスがまぶしい。

「明日、二人でどこか行かない?」

「……俺とサトマリで?」

「そう。久しぶりにメイクするから」

狙っているわけじゃないけど、好きになるのはだいたい年上だ。大地さんはひと回り以上、年

上。子どもっぽいくせに、たまに年齢相応の頼りがいを見せてくるのがずるい。皆のアニキって感じでふるまった後に、にかっ、と笑ってみせる。その笑顔が妙に人懐っこくてかわいい。

大地さんはちょっと困った顔をしていた。

「明日かあ」

「用事なんかないでしょ。北海道の端っこなのに」

「まあなあ……わかった、明日の午後ね」

「ねえ、何話してんの」

後ろから彩子さんの声がした。私は振り返り、にやついた顔で両手を合わせる。それだけで通じたらしく、あ、という表情で彩子さんはにやりと笑った。シュウさんはぽかんとしている。この人はどうも、鈍い。真面目なだけが取り柄で、人の感情を察するとか、そういうことができない人。髪型や服装も冴えない。いい歳をして、母親が選んだようなシャツやズボンを着ている。無個性な顔立ちはそれなりに整っているとも言えるけど、髪はボサボサだし眉は太いし、とてもじゃないけどカッコよくは見えない。何より、几帳面な感じが生理的に合わない。正直、苦手だ。

「何でもなーい」

大声で返して、再び前を向く。

大地さんより先にペダルを漕ぎだす。速度はぐんぐん上がっていく。周囲の風景を置き去りにして、私の身体は前へ前へと進む。しがらみを振り切るみたいに。

それから十分くらい進んで、海岸沿いの車道に出た。防風林が切れて、右手に海が見えると同時に強い風が吹き付けてきた。海の上を吹く風は、濃い潮の香りがした。作業場で毎日嗅いでるはずなのに、それよりずっと爽やかに感じる。

浜辺と車道の間に、石垣がずっと続いていた。腰の高さまでしかないからひとまたぎで砂浜に出られる。自転車を停め、海のほうへ行こうとしたが呼び止められた。

「せっかくだから、丘の上、行ってみるか」

大地さんは浜辺と逆方向を見ていた。二車線の車道は右手に海があり、左手に茶色い壁みたいなむきだしの地層がそびえ立っている。視線を上に動かすと、急な斜面の頂上は平らになっているみたいだった。てっぺんまでは五階建てのビルくらいの高さがある。丘というより崖だ。この車道自体、もともとあった丘を削って作ったのかもしれない。

「砂浜、行かないの」

「海なんか毎日港で見てるだろ。丘の上は絶対眺めいいから」

強く言われると反対しにくい。仕方ないから、大地さんの意見に従う。

四人で自転車を押して横道に入り、頂上へ続く急坂を登っていく。両側は背の高い茂みが生えていて、もちろん道は舗装なんかされていない。

「おー、すげえ」

ふうふう言いながら坂道を上っていたら、先頭を進んでいた大地さんの声が聞こえた。気になって、駆け足で上る。「ちょっと」と彩子さんが言ったけど止まらない。シュウさんを追い抜いて、てっぺんまで自転車を押し上げる。

丘の上に到着すると、急に視界が開けた。

頂上は大きなスプーンですくいとられたみたいに平らで、生えている雑草は膝くらいまでしかない。青い空と青い海が一目で見渡せる。絶景。刺すような日差しが降りそそいで、涼しい風が

頬を撫でる。

「何これ。めっちゃ気持ちいい」

「ヤバいな。北海道に来た、って感じ」

緑の草が、さわさわ風になびいている。周囲には柵も何もない。ちょっと足を踏み外せば、さっきまで走っていた車道に真っ逆さまだ。

しばらく大地さんと二人で景色を堪能していた。少ししてからシュウさんが来て、「いい景色だ」と当たり前のことを言った。最後に呼吸の荒い彩子さんが到着した。

「ここが眺めいいって、知ってたんですか」

尋ねると、大地さんは黙って笑った。にかっ、と音がしそうなあの笑顔。

これだよ、これ。ずるいな。

　　　田辺亮

安焼酎のストレートが喉を焼く。

柿の種を放り込んで、口のなかに塩気を足す。焼酎、柿の種、焼酎、柿の種。アルコールが入るほど煙草を吸いたくなってくる。

「亮さんって、酔わないですよね」

ソファに座るサトマリが言った。

「酔ってるよ。顔に出んだけで」

「けっこう焼酎飲んでるもんね」

その隣の彩子さんが続く。目尻を下げ、笑顔をつくってやり過ごす。あんまり愛想よくすると、相手に期待を持たせすぎる。面倒を避けるため、余計なことはしない。

俺たちは、玄関から入ってすぐ左手にあるこの部屋をロビーと呼んでいる。八畳くらいの部屋にローテーブルと、ボロいソファが二つ、背もたれのない丸椅子が四脚。隅には冷蔵庫と流しがある。

ロビーでは六人のアルバイトが酒を飲んでいた。

漁港だけあって夜は早い。食堂は十八時には閉まるし、その時刻になれば漁協の事務所に人は残っていない。もちろん、アルバイトの管理を担当する山本さんも。住宅街から離れた宿舎で夜にどれだけ騒ごうが、地元の人に迷惑をかける心配はない。夜間にトラブルがあれば山本さんの携帯にかけることになっているが、今まで夜にかかってきたことは一度もないと言っていた。

このアルバイトがはじまってから、ほぼ毎夜、飲み会が開かれている。酒やつまみは、街への買い出しで調達する。食堂の自販機でビールも売っている。大地さんやサトマリはたぶん皆勤だけど、俺は出たり出なかったりだ。他の皆もぼちぼちだろう。だから六人も揃うのは珍しい。

不在なのは乾さんだ。初日の夜に少し顔を出しただけで、それ以後は飲み会に来ていない。このっちとしても、来たところで話すこともない。ちょっと冷たいけど、みんな同じことを考えているはずだ。その証拠に誰も誘わない。

「乾さんって、ここに来る前何してたんだろ」

サトマリが甲高い声で言う。飲んでいるのは缶チューハイだ。

「昼も乾さんのこと言ってたよな」

別のソファに一人で座る大地さんが応じた。

「だって、気になりません？　あの感じで季節バイト渡り歩くの、しんどいでしょ。四十前だし、見るからにコミュ障だし。無口すぎ」

「やめとけって」

やんわりと止める大地さんは苦笑している。

「シュウは仕事辞めて、暇だったから来たんだよな。今は充電期間？」

「……そうですね。知り合いがいないところに来たくて」

「わかるわ。唯ちゃんもだっけ」

「私は一年ちょっと前に会社辞めて、それからは短期で色んなところに」

「俺もそんな感じ。ここにいる全員、ふらふらしてるね」

大地さんの言葉に、シュウが眉をひそめる。まるで自分は違うとでも言いたげだ。今アルバイトをしているのはたまたまで、本来ならこんなところにいるべき人間じゃない、とでも思っているのか。

あほらしい。のくてえこと言うな。

ここにいる時点で誰もが流れ者だ。それか、非日常に憧れる世間知らずか。

この平屋の宿舎には、部屋が四つある。ロビー、浴室、男部屋、女部屋。玄関から入って左手

に行けばロビー、右手に行けば浴室とトイレ、まっすぐ行けば男女の部屋が並んでいる。左の扉を開けて男部屋に入り、煙草とライター、携帯灰皿を手にする。

共用のサンダルをつっかけて宿舎の外に出る。オホーツク海から吹く風が冷たい。日中の暑さが嘘みたいだ。港も、食堂も、漁協の事務所も、照明を消して静まりかえっている。夜の闇に包まれて、ひっそりと眠っている。

マールボロ・ゴールドを一本だけ吸った。ストックがないから、大事に吸わなければ。近いうち、また街で買わないといけない。

ロビーに戻ると、残っていた五人が片付けをはじめていた。大地さんが残った柿の種を口に放り込み、シュウが空き缶をビニール袋に集めている。なんとなく片付けに加わり、濡らしたタオルでテーブルを拭いた。

「また明日」

大地さんはいち早くロビーを去った。つられるように、ぞろぞろと部屋に帰っていく。シュウ、唯ちゃんの《真面目組》と三人でタオルを洗って干した。ロビーの照明を消して、部屋の前で唯ちゃんと別れる。

「じゃあ、おやすみ」

男部屋に入ろうとする俺とシュウに、唯ちゃんは「あの」と言った。

「朝になったら、また会いましょう」

何を当たり前のことを言ってるんだ。これからあと二か月近くも一緒に仕事をして、飯を食って、同じ宿舎で寝泊まりするのだ。明日もあさっても、その次の日も。

だが、違和感を口に出すことはなかった。

矢島彩子

ここに来るまで、夜がこんなに暗いとは知らなかった。

女部屋の窓は闇で塗りつぶされている。コンビニも民家もない北海道の端っこで、真っ暗な夜のなか、私たちだけが取り残されたような気分になる。

スマホのディスプレイに〈21：49〉と表示されているのを見て、まだ午後九時台ということにびっくりする。ここに来て三週間、早寝にはまだ慣れない。沖縄のリゾートホテルで調理の仕事をしていた時は、日付が変わってから眠っていた。早く寝ることに後ろめたさすら感じる。

と言いつつ、身体はほどよく疲れている。朝七時から午前いっぱい、肉体労働をしたんだから当たり前だ。おまけに午後はサイクリングにも行った。室内の照明はまだついているが、少しずつ動くのが億劫になってくる。

女部屋には二段ベッドが二台ある。高校の運動部が使う合宿所みたいな部屋で、ベッドの他には何もない。下の段は私とサトマリが使い、サトマリの上に唯ちゃんが寝ている。私の上の空きベッドは荷物置きになっていた。

「そろそろ眠くなってきた」

28

二段ベッドの下から言うと、同じ高さで寝ているサトマリがこちらに顔を向けた。

「歯磨きしました?」

「まだ。なんか、めんどくさい。でもメイクないのが楽」

サトマリは「それね」と言ってスマホに視線を戻した。沖縄のホテルでは、客前に立つことはないけど毎日軽いメイクはしていた。でも、ここに来てからは初日以外ずっとしていない。魚の内臓を取るために化粧を施す必要はないし、頑張ってしたところで汗をかくから落ちてしまう。

「唯ちゃん、起きてる?」

サトマリの上の段に声をかけたが、返事はない。そこには唯ちゃんがいるはずだが、下からは様子が見えない。しょうがないからベッドを降りて、はしごを途中まで上る。唯ちゃんはうつぶせに寝転んで、横にしたスマートフォンをじっと見ていた。耳にはワイヤレスイヤフォンが差し込まれている。

この子は暇さえあれば動画を見ている。モバイルのWi-Fiまで持ち込んでいる準備のよさだ。何の動画か知らないけど、北海道の端っこに来てまでやることだろうか。バイトは全員、唯ちゃんのWi-Fiを使わせてもらっているから文句は言えないけど。

見た目はちょっとかわいらしいけど、どうも根暗っぽいし。高校にもこういう女子はいた。理系クラスで二番目くらいにかわいい子って雰囲気。せめて明るいふりだけでもすればいいのに。

「おーい、聞こえてるかー」

目の前にある素足の裏を軽く叩いてみる。びくりと身体を震わせて、唯ちゃんがこちらを振り向く。どこか怯えたような表情だった。イヤフォンを取って、「今、呼びましたか」と言う。

「何してるのかなと思って。　動画見てるんだ」

「ああ、はい……映画です」

「何の映画？　アクションとか？」

「……ドキュメンタリー、ですかね？」

これ以上話しても、盛り上がらなそうだ。悪い子じゃないんだけど、どこかずれている。感情が見えにくいし、ノリも物足りない。付き合いやすさで言えば、サトマリのほうがずっと気が合う。

「悪いんだけど、そろそろ部屋暗くしてもいいかな」

「はい。大丈夫です」

「ありがとう。ごめんね、邪魔して」

ちょっと迷ったけど、歯磨きはパスすることにした。照明を落としてベッドに寝転ぶ。眠る前、暗闇のなかで考えるのは亮のことだった。このバイトが始まった時から気になっている。最近は特に。

もしも亮と一緒になれたら、新しい人生を踏み出せるのかな？　実現するはずのない妄想だとわかっている。私に気がないのは明らかだし、仮に付き合えたとして、このバイトが終わったらどうすればいいんだろう。一緒に、安定した働き口を探す？　きっと、それより先に関係が終わってしまう。亮は私の心をつかみすぎている。白い肌も、細身のシルエットも、少しとぼけた雰囲気も、たまに見せる真剣な眼差しも、笑顔にこびりついた一抹の寂しさも。あらそれでも諦めきれない。

ゆる要素が私を惹きつける。

それに……

亮とは、どこかで会った気がしてならない。知り合いというわけじゃない。一度きりでも、あんなにタイプの男と会ったのなら忘れるはずがない。だから、こちらが一方的に見かけただけだと思う。どこで見たんだろう。思い出せないことが悔しい。

まどろみのなかで、亮の顔が靄に包まれたようにぼやけていく。

仲野大地

どこからか、すきま風が吹き込んでいる。

室内だというのにロビーは寒い。北海道は、夏でも日が沈むと驚くほど寒くなる。部屋を出る時、厚手のジャージを着てきたのは正解だった。去年はもっと寒かった気もする。二度目だから身体が慣れたのだろうか。

暗闇のなか、スマートフォンで時刻を確かめる。ディスプレイには〈1:10〉と表示されている。一時にロビーの約束だが、起きられなくなってしまったのかもしれない。三十分待って来なければ部屋に引き返そうと決め、ソファに座り直す。

照明はつけていない。窓から見える夜空には、暗幕に空いた穴のように月が光っていた。俺には、それが長い長い迷路の出口に見える。

とうとう明日。いや、日付で言えばもう今日か。

サトマリから誘われたのは想定外だった。よりによって明日か、と思った。断るか、延期にしてもよかった。しかし結局はＯＫした。彼女は俺に懐いているし、受け入れたところで計画が破綻するわけじゃない。それなら彼女の気持ちを汲んだほうがいい。

廊下の奥で、扉が閉まる音がした。

来た。足音が近づいてくる。古い宿舎の床がきしんでいる。スマートフォンのライト機能をオンにして、テーブルに置く。真っ暗な室内では、これがないと相手の顔も見えない。薄闇の中から、見慣れた人影がロビーに現れた。ゆっくりとこちらに近づいてくる。

「よかった、来てくれて」

影の主はもう一つのソファの傍らに立ったまま、眉をひそめている。こちらを怪しむ素振りを隠そうともしない。

「そこに座ってもらって……あ、誰か気付くかもしれないから、照明はそのままで」

声を潜めて言う。相手はさらに顔を歪めたが、それでも腰を下ろした。誘い出す時に手渡した三万円が効いているのだろう。この人は絶対に金で転ぶタイプだと思っていた。

「ちょっと頼みたいことがあって」

相手がこちらに身を乗り出す。やっとだ。ようやく、俺は一歩を踏み出すことができる。

ここに来るまで長かった。

二　午前八時十三分

乾佳靖

刃の長い包丁が照明の下できらめく。

マスの尻尾を持ち、柔らかな腹に刃を立て、一気に切り開く。躊躇しないほうが綺麗に切れる。

鮮やかな赤い血が噴き出して、水槽のなかへ落ちていく。作業をはじめて一時間、水槽内の水は泥のように濁っている。

額を汗が流れるが、拭うことはできない。手袋をはめた手は血まみれで、腕にもマスの血がべったりと付いていた。汗の滴が眉間を流れ落ちていく。痒みはあるが、我慢できないほどではない。

それより辛いのは体力のほうだ。一日中、立ちっぱなしで両腕を動かし続けるのは楽な作業ではない。しかも刃物を扱うから、神経も使う。仕事が午前中で終わればいいが、午後まで差しかかる日は本当にしんどい。魚を持つ左腕の感覚がなくなってきて、視界もかすむ。それでも弱音は吐けない。休めば、休んだ分だけ実入りが減る。

34

怪我は、一番怖い。

　治るまで休むことになれば、その間はずっと無収入ということになる。補償なんかあるはずがない。万が一、二度と治らないような大怪我を負ってしまったら、この先ずっと無職ということもあり得る。

　一昨日、仕事中に怪我をした時は焦った。誤って指のつけ根を切ってしまったのだ。今も左手には包帯を巻いている。幸い傷は浅く、病院にかかる必要もなかった。というより、自分で処置して済ませてしまった。左手のため仕事や日常の作業には支障ないが、包帯で指の一部を固定しているため、指先を使う作業がしづらい。

　普段ならああいう不注意はしないのだが、歳のせいか。

　このバイトは二十代の連中が多い。若いやつらは平気な顔で作業をこなしている。三十代の矢島と仲野も、さほど疲れた素振りは見せない。仕事の後にサイクリングや釣りを楽しんだりしている。元気なものだ。三十代後半を過ぎるとぐっと体力が落ちる。それを実感しているのは、この中で俺だけだ。

　仕事が終われば、後はだいたいベッドで寝て過ごす。スマートフォンでネットをしていることもあるが、すぐに飽きる。この年齢になると、好奇心とか、知りたいという気持ちが低下してくる。何もかもがどうでもいい。

　金の心配をせず、平穏に日々を過ごしたい。俺の望みはそれだけだ。

　このアルバイトを選んだのも、時給が高かったからだ。食事と宿舎が提供され、三か月頑張れば手元に五十万残る。そんな噂を聞いて応募し、運よく採用された。採用されていなければ、き

っと東海地方のどこかで自動車工場の期間工をやっていただろう。

とにかく、最も大事なのは金だ。金があれば生き延びることができる。

そして、そのうえで最大の問題は年齢である。年を食えば、その分、応募できる仕事が減る。

多くのアルバイトは、四十歳未満とか三十五歳未満といった年齢制限を設けている。若い連中だって、一年や二年すれば平気で辞めていく。要は扱いやすくて体力のある若者が優先されているだけだ。長期のキャリア形成、などという意味不明の理由で。ふざけるな。何が長期だ。

かといって、今さら安定した職にはつけない。まともな職歴も、資格もない中年男を中途採用で雇ってくれる企業なんかあるはずがない。この国で生きていく限り、非正規雇用を転々とするしか道はない。

九時過ぎ、マスを運んでいたベルトコンベアが止まった。いったん休憩だ。

「休憩取りましょう。亮と、乾さんもどうぞ」

仲野が真っ先に言う。こいつはいつも、自分以外の人間を先に休憩へ行かせる。田辺は「すんません」と言って、早々に持ち場を離れた。煙草を吸いに行くのだろう。

「私もいい？　ちょっとトイレ」

佐藤が了解を得る前に出て行った。

「……俺も、今日は少し休ませてもらいます」

珍しく、仲野が外に出た。続いて俺も作業場を後にする。

ゴム手袋を取ってから屋外へ出る。今日も嫌になるくらいの晴天だ。日差しのまぶしさに目をすがめる。マスクとヘアキャップをむしり取ると、朝の清々しさが肺のなかへ入りこんできた。

36

入ぐれーン呈にんだおりまた。はじめからそうすると腹にきめていた目、にぐすかなかだか」

まだしっから薬師如来ぼくやさんから制裁しだちが答音響のうしに、どんに謝罪の

「だそうだべんない。ぶん」

「にんいだと遅まそれってみてち込んつたのでんか」ふいにっそばかり声が起たっ。「どんでも見るくてらことは未だ悉のよう、

「のそそ遅まづんんいほど。ふんぐれんいと何としたのかう書いてちったつ。

「のふに遅き若きミまだのるか。しちいかとこの目賭にからつの愛」

「どうふ遅き入く中く若ぼ士きてか持。どるしてなたいとう書いてちったつ言は遅

んねけ来るにかそた。

「ち小づ戦のう人の年んし。」ふいってしてち言うつたたさ止西腹のぼそ戦争目

「日々。のがかなんなんなはのか尊重けん三十んはぼ五十にんへのへそ一回」

してち西う藁目びしたなてたこ。いたに人のいふたがらもうた妙う数はみに五十なんんへの一桁

して開平でてれる口ス人ペン。んだに開平がてたのごらみしだなら。ふみだ田んへ

いひがぼよに、声にぼんへかとひなたてんかしのりんなふりない。はりにんふくなのるかしのりんなわんじてた。

漂るすくうだ謹るせぶつかたつんへなよりそがんくまでんだ、魚のから十一百田にはりなり後う尊いだけか興十

のといぐこ。そいこと謝なっきりとっそうほから田蔵にきりまたらわれなければ人興十

生まれた川に帰ってくる。でもカラフトマスは帰る川をよく間違えるらしい。生まれたのと違う川に遡上して、そこで卵を産む。自分の生まれた場所を忘れるくらい適当な性格なんだって、山本さんが言ってた」

漁協の担当者が言っていたことまで、よく覚えているものだ。横で話を聞いていた佐藤は曖昧な表情でうなずく。

「でもそれ、わざと間違えてるってこと、ないのかな」

「……どういうこと？」

「生まれた場所が、帰りたい場所とは限らないから」

佐藤の声音が、急に体温を失った。背筋がうっすら冷たくなる。

「まあ、そうかもな」

「故郷に帰りたいと思う魚だけじゃないよね。嫌な思い出があれば、別の川を選んでもおかしくないと思わない？」

仲野はあからさまに反応に困っていたが、構わず佐藤は言い募っている。

なんだ、この女？

妙な空気をかき回すように、ベルトコンベアが動きはじめた。反射的に、皆が持ち場につく。

さっきまでの不穏な会話が嘘のように、無言で作業に取りかかる。

流れてくるマスを片端から捌きながら、佐藤の発言を嚙みしめた。

——生まれた場所が、帰りたい場所とは限らないから。

田辺亮

最後の一本が灰になった。

「終わった」

マールボロ・ゴールドの吸殻を携帯灰皿に押し込む。お使いを頼んでよかった。丸一日吸えないとなるときついが、半日なら我慢できる。

今日の仕事は午後三時に終わった。サトマリが街に行くと聞いていたから、三時半頃、出発直前に煙草を頼んだ。大地さんと一緒だということも知っていたが、口にしなかった。最初は嫌そうな顔をしたが、手間賃として二千円払うと言ったら引き受けてくれた。喫煙者は何かと金がかかる。

灰皿をスウェットのポケットにしまって、海を見渡す。俺は宿舎を離れ、港の一角にあるコンクリート製の細長い堤防の突端にいた。ここは一人になれる、お気に入りの場所だ。周囲は一面の海。海の真ん中に浮かんでいるような気分になる。夕刻の港では波の音しか聞こえない。潮の匂いが濃い。

少し離れた岸辺には、いくつもの漁船が横並びで係留されている。傾きはじめた日を浴びて、小刻みに揺れている。海鳥が一羽、頭上を旋回している。

ふと時刻を確認すると、五時を過ぎたところだった。もう一時間もここにいるし、そろそろ帰る頃合いだ。腰を上げて、一本道の堤防を引き返す。海風に時おり立ち止まりながら、宿舎へと歩く。

　ロビーに入ると、宿舎に残っていた他の四人が集まっていた。シュウと彩子さん、唯ちゃん、それに乾さんだった。乾さんが他のアルバイトと一緒にいるのは珍しい。でも、それだけならさして不自然さも覚えなかった。

　気になったのはその雰囲気だ。乾さんは両目を吊り上げて腕を組み、他の三人は気まずそうに押し黙っている。ただの雑談には見えない。

　シュウと目が合う。あ、と思ったがもう遅い。

「亮さん、ちょっといいですか」

「……どうかした」

「乾さんの財布がなくなったんですって」

　つい「は？」という声が出た。それに刺激されたのか、ソファに腰を下ろした乾さんがこちらを振り返る。眉間に深い皺が刻まれている。

「誰かが盗ったんだろうが！　わかってる！」

　ロビーに響く怒声。丸椅子に座る三人は、うんざりした調子でため息を吐く。

「仕事が終わって部屋に戻ったら、鞄に入れてた財布がなくなってたんですって」

　経緯を説明してくれたのはシュウだった。

「鞄の中身を全部ひっくり返したけど出てこなくて、誰かが盗ったとしか思えない、と。仕事中

の行動を三人とも確認したんですが、そもそも宿舎に戻った人すらいないんです」

「お前らのなかの、誰かが嘘ついてんだ！」

額に青筋を立てた乾さんが割り込む。左手の包帯が視界に入る。

「鞄が開いてたんだよ。今朝、確かに閉めたのに。間違いない！　お前ら皆、嘘つきだ！」

思わず顔がこわばる。まともに会話できる状態じゃない。

「もう三十分くらいこんなことやってる」

彩子さんが飽き飽きした様子で首をひねる。それはしんどい。

「とりあえず、俺は盗ってないっすよ」

座ったらこの厄介な輪に入ってしまいそうな気がして、立ったまま答える。しかし怒り狂う乾さんは納得しない。

「当たり前だ。みんなそう言う。やった人がやりました、とは言わない」

「作業場とか、部屋の外に持って行ってませんか」

「どうすれば納得してくれるんですか」

唯ちゃんが怯えながら言う。乾さんは全員の顔を順番に睨みつけ、低くうなった。

「鞄から出してない！」

乾さんが唾を飛ばしても、シュウは涼しい顔をしている。意外と肝が据わっている。

「今から、この宿舎を全部捜す」

正気かよ。内心で独り言を口にする。小さい宿舎だから捜せないことはないけど、それは明らかに非効率だろう。自分の行動を振り返ったほうがよっぽど近道に思える。しかし乾さんのなか

では結論が出たらしい。ソファから立ち上がる。

「全員、宿舎から出るな！　出たら殺す！」

彩子さんが小声で「こわっ」と言った。いよいよ普通じゃない。

「夕食は？　もう食べられる時間ですけど」

シュウが冷静に尋ねる。度胸があるのか、空気を読めないだけなのか。

「今すぐ食ってこい。食ったらすぐに戻れ」

乾さんは完全に度を失っている。俺を含め、他の四人の間に諦めのムードが漂う。この調子だと、言うことを聞かない限り収まらない。俺は別にそれでも構わない。どうせやることはないし、サトマリが帰ってくるまで煙草もない。

「勝手に女部屋に入ったりしないでくださいよ」

最初に席を立ったのは彩子さんだった。ぶつくさ言いながらロビーを出て行く。

「何も出てこないと思いますけど」

ロビーを去る間際、唯ちゃんがか細い声でつぶやいた。シュウもそれに続いた。

「じゃ、俺らは飯食ってきます。ごゆっくり」

声をかけたが、ソファの前で仁王立ちする乾さんは無言でこちらを睨むだけだった。

高井戸唯

頭がぼんやりしている。　視界もかすんでいた。

女部屋のベッドでスマホを眺めながら、いつの間にか眠っていたらしい。　眠りの沼に沈んでいた意識を引きずり起こす。　体力的には平気なつもりだったけど、知らないうちに疲れが溜まっていたのかもしれない。

時刻を確認すると、夕食が終わってからかれこれ二時間近く経っていた。　部屋には誰もいない。

眠る前は彩子さんがいたはずだけど。　ロビーだろうか。

彩子さん。　今、何をしているのだろう。　また、あのパズルゲームで時間をつぶしているのだろうか。　二段ベッドの上からスマホの画面が見えることがあり、いつも同じゲームで遊んでいる。

ここに来た初日、〈矢島彩子〉でウェブ検索するとSNSサイトが見つかった。　アップされている写真はずいぶん若いけど、本人のアカウントで間違いない。　そこに記された情報によれば、彩子さんの出身は群馬。　都内の美容系専門学校を卒業して、化粧品ブランドの美容部員として何年か働いた後に結婚している。　相手の名字は岡本。　矢島に戻っているということは、離婚したんだろう。　特筆するようなことじゃない。　興味を失い、それ以上はSNSをたどっていない。

その他のアルバイトの名前も、ウェブ検索にかけた。〈佐藤真里〉〈田辺亮〉は本人と思しき情

報が見つからなかった。〈乾佳靖〉も同姓同名のコンビニ店長が見つかっただけだ。アルバイト募集のページに載った店長の顔写真は、あの乾さんとは似ても似つかない痩せた男性だった。

〈仲野大地〉の名前は、ある会社の取締役として見つかった。〈ナカノ空調設備〉という神奈川にあるエアコン工事の会社で、従業員規模は約百名。これはもしかしたら本人かもしれない。過去の履歴をたどると、三年前まで社長だったことがわかった。社名から察するに創業者一族なのだろう。三年前と言えば大地さんは三十代前半だが、創業家ならその若さで社長になってもおかしくない。

なんとなく納得できる。あの余裕や、人の上に立つことに慣れている感じ。きっと、昔から苦労なんかしていないんだろう。

社長になったはいいけど、他にやるべきことがあると思い込んで仕事を放っぽりだし、自分探しの旅に出ている最中。今も取締役として名前があるし、それなりの報酬もあるのだろう。遊び歩いているだけなのに。羨ましい。生まれだけで、こんなに差がつくものなのか。

裏付けはないけど、私のなかでは大地さんは元社長という結論が出ていた。

そう考えると、佐藤さんの嗅覚は鋭いのかもしれない。アルバイト先で恋に落ちた男性は、実は元社長の御曹司でした……。

出来すぎだ。まあ、実際には大地さんのほうが相手にしないだろう。どうせこのアルバイトは九月で終わる。身体の関係はあっても、それ以上はない。彩子さんと亮さんもそう。

〈工藤秀吾〉は国立大学の柔道サークルの一員として見つかった。集合写真にあの顔が写って

いたため、これも本人で間違いない。

シュウさんは女性に慣れていない感じだけど、心情に表裏がなさそうだ。その分、安心して向き合える。モーニングコールを提案したのだって、相手がシュウさんだからだ。携帯の番号はまだ知らないけど、今夜聞けばいい。

もう七時半だ。トイレに立つと、ロビーのほうから声がした。顔を出してみると、彩子さんと佐藤さんがいた。佐藤さんは軽くメイクしている。すっぴんを見慣れていると、アイラインを引いているのを見るだけで、おお、と思う。普段はそういう顔なのか。

血眼で財布を捜していた乾さんはいない。いったいどこにいるのか。

「あ、唯ちゃん。ちょうどさっき、サトマリ帰ってきたんだよ」

彩子さんに手招きされ、輪に加わる。

「大地さんとのおでかけは楽しかった?」

彩子さんがにやついた顔で尋ねた。佐藤さんは首をひねる。

「楽しかったといえば、まあそうかな」

「そのレベル?」

「普通に、ご飯食べて少しぶらぶらしただけ」

昨日までの浮かれ具合が嘘のように冷めていた。嬉しさを無理に隠しているという風でもない。意外と楽しくなかったみたいだ。

「それよりどうかしたんですか。宿舎、すごい静かだけど」

「乾さんが財布盗まれたって騒いでんの」

「は？　勘違いじゃないんですか」

「私もそう思うんだけど。ねえ、唯ちゃん」

「そうですねえ」

曖昧に同意する。佐藤さんは席を立ち、冷蔵庫を開けていた。

「ビールでも飲もうかな」

「あ、私も飲みたい」

二人は同じソファに座り、缶ビールを開けて乾杯している。お酒に弱い私は丸椅子に座り、黙ってその光景を見ている。

「大地さんは帰り、一緒じゃなかったの」

「なんか、用事があるって言ってたから、先に帰ってきました」

「それ、ちょっと冷たいね」

「あれ、サトマリ帰ってる」

さっきは冷めた風だったけど、結局は今日の話で盛り上がっている。恋愛の話題に夢中になれるのは、ある意味羨ましい。私にとって、恋愛は数ある人間関係の一部でしかない。家族、友人、同僚、上司部下。たくさんの関係があるなかで、恋愛だけが特殊な位置を占めているということが今一つ理解できない。すべての人間関係は等しい重みを持っている。

二人の恋愛談義が聞こえたのか、亮さんがやって来た。少し遅れてシュウさんも。

「あ。煙草、買ってきましたよ」

佐藤さんがレジ袋を突き出す。受け取った亮さんはその場で包装を破り、一箱取り出してスウ

エットのズボンに突っ込んだ。

「乾さんは?」

「どっか行っちゃったみたい。男部屋にもいないの?」

シュウさんの疑問に彩子さんが応じる。

「いないです。いつまで部屋にいればいいのかわからなくて、困ってました」

「だよね。マジ、身勝手っていうか、迷惑。あんたの財布なんか誰も盗らないって」

うんざり、という効果音が出てきそうな表情で、彩子さんはビールを飲んでいる。シュウさんは私の隣の椅子に、亮さんはその隣に座った。大地さんの話は棚上げされ、しばらく乾さんの話が続いた。

噂の人が帰ってきたのは一時間後だった。引き戸の音がした時は大地さんかと思ったけど、ロビーに顔を出したのは小太りの中年男性だった。乾さんが現れた途端、会話がぱたりと止んだ。

彩子さんや亮さんは敵意のこもった視線を向けている。

夕方と打って変わって、乾さんは悄然としているようだった。あの猛烈な怒りはなんだったのか、と思うくらい覇気がない。心持ち肩を落とし、暗く淀んだ目で私たちを見渡している。何か言いたいことがありそうなのに、分厚い唇は閉じたままだ。

「どこ行ってたんですか」

誰も話さないのを見かねたか、シュウさんが尋ねた。乾さんはぼんやりとそちらを見て、ようやく口を開いた。

「……財布を捜していた。食堂とか、作業場とかも」

「鍵、閉まってませんでしたか」

「閉まってた。でも、周りを捜した」

「それで？　見つかりました？」

刺々しい口調で問いただしたのは彩子さんだ。本人を目の前にして、不条理にキレられたことへの怒りが改めて湧いてきたらしい。アルコールのせいもあるのだろう。

「いいや」

「でしょうね。だって誰も盗ってないし。食堂とかに置き忘れたんじゃないですか。変に疑うのやめてもらえます？　漁協の人に相談しようかな。濡れ衣着せられたって」

憤りのまま、彩子さんは悪態を吐き散らす。普段愛想がいいだけに、怒る姿を見ると怖い。胃がきゅっとなる。昔、職場にいた先輩を思い出す。仕事ができる人にはいい顔をするのに、自分が見下した相手には高圧的に接する。新人だった私も、一時期その餌食になった。思い出すだけで憂鬱になる。

「なんか言ったらどうですか」

「……大事なものだった」

乾さんは肩を落としたまま、踵を返してロビーから出て行った。数秒後、男部屋のドアをそっと閉める音が廊下に響いた。後味の悪い沈黙が、私たちの頭上を覆っていた。窓から見える夜空は、黒い紙を貼りつけたような一面の闇だった。

「大地さん、遅くないですか」

成り行きではじまった飲み会に解散ムードが漂いはじめた頃、佐藤さんがそう言いだした。時刻は九時を回っている。辺りには飲食店やスーパーはおろか、コンビニすらない。

「用事があるって言ってたんでしょ？　なら、そっとしておいたら」

「大人だし、大丈夫やろ」

彩子さんと亮さんは冷静だった。私もそう思う。田舎とはいえ、三十五歳の男性が夜九時を過ぎて宿舎に戻らないからといって、いちいち心配する必要はない。中高生じゃあるまいし。それでも佐藤さんは落ち着かない様子でスマートフォンをいじっていたが、やがて意を決したようにソファから立った。

「ちょっと電話してみる」

ロビーを去っていく佐藤さんを止める人はいない。でも、そこまでしなくても、という雰囲気は間違いなくあった。どこか白けた空気が漂う。

「先、片付けちゃう？」

彩子さんの提案で全員が動き出した。空き缶やおつまみの小袋を集めながら、佐藤さんを待つ。

十分ほど待って、やっと戻ってきた。

「どうだった？」

「つながらない。電源切ってるっぽい」

スマートフォンを片手に、佐藤さんは泣きそうな顔をしている。大げさな。盗難騒ぎの乾さんといい、今夜は皆どこかおかしい。私の知らないところで、いつもと違う歯車が回っているような気がする。胸がざわつく。

「ねえ、おかしくない？　なんでわざわざ携帯の電源切るの。不自然だよね。　何か変なことに巻き込まれたりしたんじゃない」

「こんな田舎で？　巻き込まれる前に人がおらん」

亮さんはあくまで落ち着いている。佐藤さんは一分おきに電話をかけているが、つながらないらしく、じれったそうに足踏みをしている。他人が焦る様子を見ていると、こちらまで緊張してくる。

一人を置いて解散するわけにもいかず、私たちは五人でその場に残っていた。

「サトマリさ、夕方一緒にいたんだよね。その時何か言ってなかったの。どこ行くとか」

彩子さんが尋ねると、シュウさんがかすかに目を見開いた。二人が一緒に出掛けたことを知らなかったらしい。たぶん、知らなかったのはこの人だけだ。佐藤さんは真剣な面持ちで考えていたが、黙って首を振った。

「わかんない。教えてくれなかった」

「どこで別れたの」

「街の居酒屋の前」

佐藤さんの目が少し泳いだ。「酒酔い運転したのか。自転車も軽車両だぞ」とシュウさんが場違いなことを責める。

「お茶しか飲んでないです。大地さんはビール飲んでたけど」

「じゃあ、二人は居酒屋で飲んだだけってこと？」

「……そうです。お店の前で別れて、コンビニで亮さんに頼まれてた煙草買って、帰ってきまし

た」

　わずかに間が空いた。怪しい。そう感じたのは私だけではなかったと思う。

　ここから街までは、自転車で一時間あれば着く。佐藤さんは三時半に宿舎を出て、七時半に帰ってきた。移動時間を差し引けば、街にいたのは四時半から六時半。居酒屋が開くには少し早い時間帯だ。

「一人になりたいんかのう」

　ぼんやりした口調で、亮さんが言う。

「部屋に戻って、待ってようや。もうその辺まで帰ってきてるかもしれん」

　言いながら、亮さん自身がいち早くロビーを出ようとした。急速に解散に流れ出した空気をぶち壊したのは、「大地さんは」というシュウさんの声だった。

「事故に遭った可能性はありませんか」

　亮さんの足が止まり、けだるそうに振り向く。

「酒酔い運転で森のなかに迷い込んだのかもしれない。ここの夜道は特に暗いですから。だとしたら、助けが呼べない状況かも」

「一応、街までの道は舗装されとる」

　反論はない。真面目なシュウさんらしい意見だ。

「道は舗装されていても、森や谷に挟まれている箇所があります。踏み外せば危険です」

「やっぱり捜してくる」

　耐えかねたように、佐藤さんが玄関へ歩きだす。

「でも、夜道を捜しに行くのも危険じゃないですか」

私は初めて意見を口にした。そろそろ議論に入っておかないと、使えない人間だと思われてしまう。目立たず、かつ陰口や非難を浴びないように。それが私の行動指針だ。すかさず亮さんが「ほやのぉ」と同意する。

「やめといたら。サトマリまで事故ったら、どうする」

「待ってられない！」

振り向いた佐藤さんの叫び声が、ロビーに響き渡る。

「事故だったらどうするの。危ない状況だったらどうするの。後悔しても遅いよ」

佐藤さんの声音が切実さを増していた。相当に思い詰めている。いったい何が、そこまで不安にさせるのだろう。大地さんとの間に何かあったのか。

「一緒に行くよ」

誰にともなく、シュウさんが名乗りを上げた。

「たしかに、事故に遭っているとしたら早く見つけないとまずいかもしれない。気温も下がっていくし」

日中の気温は三十度近くまで上がるが、夜には二十度を切る。最低気温が十五度くらいになる日もざらだった。体感だとかなり冷える。

シュウさんは男部屋でブルゾンを羽織って戻ってきた。本当に出発するつもりらしい。彩子さんは困惑した表情で見守り、亮さんも黙っている。佐藤さんは「じゃあ、行ってくる」と言い、玄関のほうへ消えた。シュウさんもそれに続く。ロビーの空気が不穏な方向へ変わっていくのを

感じる。そう思っているのは私だけだろうか。

「気を付けてください」

とっさに言葉が出た。これから先、何かが決定的に変わってしまう予感があった。振り向いたのはシュウさんだけだった。

「深追いはしないから。すぐ戻る」

裏口のほうから物音がする。自転車のスタンドを上げ、ペダルを漕ぐ音だ。二人がいなくなった後も私たち三人はロビーに残った。離れ離れになるのが怖い。私の知らない場所で、何かが進んでいく。胸が苦しくなる。

「……無事だといいね」

彩子さんのつぶやきが、冷たくなりはじめた夜の空気に溶けた。

工藤秀吾

夜の恐ろしさを、僕は初めて知った。

ライトが壊れていない自転車を選んで、街の方向へ出発した。照明さえつけていればある程度は視界が利くだろうと思っていた。しかし走りはじめてすぐ、その考えが甘かったことに気付かされる。曇天に隠れて、月も星も見えない。弱々しいライトの光が当たっている箇所はかろうじ

て見えるが、それ以外の空間はほとんど夜目が利かない。都会の比にならないくらい、闇が濃い。

遮られた視界は恐怖心を刺激する。耳を澄ませると、鳥の声が聞こえた。

どこまでが舗装路なのか。あと少し左に寄れば、道を外れるかもしれない。自然、ペダルを漕

ぐのは遅くなる。大地さんが宿舎に帰っている最中だとすれば、この夜道は相当に危ない。道を

踏み外す危険だけじゃない。道に迷う恐れや、野生動物との遭遇もあるかもしれない。

後ろから少し離れると、道の両側を雑木林に挟まれた。車や通行人はおろか、人の気配そのも

のがない。港から少し離れると、道の両側を雑木林に挟まれた。車や通行人はおろか、人の気配そのも

という声でかろうじてその存在が察知できる。僕も名前を呼び、左右に発せられる「大地さん」

後ろからついてくるのはサトマリだ。チェーンのきしむ音や、たまに発せられる「大地さん」

む。港から少しかろうじてその存在が察知できる。僕も名前を呼び、左右を注意深く見渡しながら進

のがない。右手からは潮騒が聞こえる。

「大地さん。いるなら返事して」

サトマリの叫び声は、北海道の空に拡散して消える。まだ事故に遭ったと決まったわけではな

いのに、まるで何事かを確信しているような真剣さだった。

「サトマリ」

「はい」

互いの姿がほとんど見えないせいか、呼びかける声も大きくなる。

「何か知ってるなら、教えてほしい」

「……別に知りません」

低いトーンで返ってくる。知らないならすぐにそう言えばいいのに、妙な間が空いた。居酒屋

で飲んだだけか、と問われた時もそうだった。

「思い出したらいつでも言って」

「はい。思い出したら」

話すものか、という頑なな意志を感じる。今夜のサトマリは明らかにおかしい。

僕たちは前後に並んで、のろのろと走った。宿舎を出た時には胸のうちを占めていた使命感も、三十分ほど経つと萎えはじめていた。きっと、こんなことをしても無意味だ。今頃、大地さんは街の居酒屋で飲んでいるのかもしれない。あるいはまさに、こちらへ向かっている最中かもしれない。次の瞬間には、ライトのなかに長髪とピアスが浮かび上がりそうな気がしてくる。

風が強くなる。潮騒が大きくなる。左右の林が切れて、海岸沿いに出た。右手に浜辺、左手に切り立つ崖。昨日の昼間に四人で訪れた場所だ。明るい時間帯には、丘の上からはるか先まで海が見渡せた。視界を横切る水平線に息を呑んだ。

だが暗闇のなかでは海面すら見えない。雲に隠れているのか、月明かりも落ちてこない。

「大地さん。いないんですか」

背後からはサトマリの懸命な叫び声が聞こえる。止まりそうな速度でペダルを漕ぎながら、ライトを頼りに人影を探す。ここまで誰ともすれ違っていない。耳を澄ませても、聞こえるのは波と風の音だけだ。足にけだるさを感じて、いったん静止した。

「やっぱり、そろそろ……」

振り向くと、サトマリは少し後ろで停まっていた。僕のことなど眼中にないようで、車道と浜辺の間につくられた石垣に視線を注いでいる。「ちょっと」と言うと、神妙な顔をこちらに向け

た。

「これ、なに」

彼女の自転車にもライトがついている。照らしだされた白い石垣に、墨を散らしたような黒い飛沫が点々と残っていた。近づいてよく見れば、赤みが混じっている。サトマリはこれが何であるか察しているようだった。硬い表情のまま微動だにしない。

血痕だ。

僕は自転車のハンドルを操作して、ライトを左に動かした。血の跡は石垣の上に点々と続いている。まばらだった血痕の数が次第に増えていく。闇のなかにあるものはまだ見えない。血しぶきの数だけが増殖していく。

光は少しずつ、その源に近づいている。

血だまりが現れた。

ひっ、とサトマリが息を呑む。潮の香りだと思っていたのは、血の匂いだったのかもしれない。石垣の隙間から垂れ落ち、赤黒い雨垂れのような跡が刻まれている。その周辺は、ほとんど血で染まっていた。巨大な筆で滴を落としたように、一面に血が飛び散っている。どう見ても普通の状況ではない。

「どういうこと……」

サトマリはその場にへたりこんだ。ハンドルを手放したせいで、がしゃん、と彼女の自転車が倒れた。

スタンドを立てて自転車を停める。照明を切り、スマートフォンのライト機能で行く手を照らしながら血の跡を追う。腰までの高さしかない石垣を乗り越え、浜辺へ降り立つ。血痕の主が、

そこに横たわっていた。

後ろでまとめた長髪。耳にはピアス。顔を傾け、右半身を下にして横たわるのは、大地さんだった。後頭部から流れ出した血液が浜辺に飛び、辺りは一面赤黒く染まっている。瞼を閉じた顔は自らの血と、大量の砂で汚れていた。半開きになった口から唾液が一筋流れている。

すぐに、サトマリもスマートフォンのライトを使って後を追ってきた。僕の後ろからのぞきこむように、横たわる大地さんを視認する。一瞬遅れて、いやっ、という絶叫が耳をつんざく。獣のような声で叫んだサトマリは、小刻みに震える手で僕の腕をつかんだ。

「……死んでるの?」

自分では、落ち着いているつもりだった。しかし耳元でサトマリのつぶやきを聞いた時、神経がやすりで擦られるような緊張を覚えた。

ライト機能を頼りに、大地さんの顔の辺りにしゃがみこむ。半開きになった口の前に手をかざす。呼吸が感じられない。砂の上に投げだされた右腕を取り、手首の動脈を人差し指と中指で軽く押す。脈もない。最後に、血まみれの顔をこちらに向ける。闇のなかから息を呑む声が聞こえた。瞼をこじ開けて光をあてるが、瞳孔は収縮しない。

暗がりに浮かぶサトマリの顔は引きつっている。

「死んでる」

怪我じゃない。ここにあるのは、紛れもない遺体だ。目の前で人が死んでいる。喉が渇く。

「なんで! なんで死んでるの!」

口のなかがねばつく。

サトマリは錯乱したように、同じことを繰り返し叫んでいる。その姿を見て、自分がしっかりしなければいけないと思い直す。

「救急車呼ぼう。あと警察」

スマホを操作して通話のキーパッドを表示する。1、1とタップしたところでサトマリが両手首をつかんだ。手元からスマホが滑って、砂の上に落ちた。拾い上げようとしたが彼女は手を離さない。

「待って！」

「なんで」

「警察はだめ。通報しないで」

「はあ？」

意味が理解できない。ぼんやり照らされたサトマリの表情は、真剣だった。懇願していると言ってもいい。海風に吹かれ、髪が乱れている。

「警察だけはやめて。お願いだから！」

冗談を聞いている場合じゃない。振りほどこうとするが、サトマリは僕の手首をがっちりとつかんでいる。身動きが取れない。

「いい加減にしろ！　人が死んでるんだぞ！」

力ずくで引き離そうとした途端、ぱっと手が離れた。急に両手が自由になる。次の瞬間、サトマリが足元で光を放っていた僕のスマホを拾い上げた。懐に突っ込み、踵を返して石垣を飛び越えると、車道に降りた。少し遅れて、スマホを奪われたのだと気付いた。

「おい。何してるんだ」

声をかけるが彼女は振り返らない。倒れていた自転車を起こしてまたがり、急いでペダルを漕ぎだした。ヘッドライトが見る間に遠ざかっていく。

「待て。ちょっと。おい！」

叫び声は海風にかき消される。僕は暗闇に一人、取り残された。急激に恐怖が襲ってくる。何も見えない。海も崖も石垣も、大地さんの血痕も、自分の手も。視界は真っ暗闇だ。スマホの他に光るものは持っていない。

慌てて、手探りで石垣を探す。勢いよく、膝に固いものが当たった。鈍痛にうめき声が漏れるが、そんなことには構っていられない。手触りで高さの検討をつけ、石垣に足を乗せて身体を引き上げる。恐る恐る車道に降り、記憶を頼りに自転車を探す。停めた時、反射的に照明を消したことを悔やんだ。

暗闇にいたのはほんの数分だった。だが、その数分が数倍、数十倍に感じられた。ハンドルを握り、サドルにまたがり、ヘッドライトを点灯する。車道がぼんやりと照らし出される。ようやく視界に光が戻ってきた。温かい安堵が胸に広がる。

次に湧き起こった感情は、サトマリへの怒りだった。警察への通報を妨害し、挙句スマホを奪って逃げ去った。大地さんの捜索に付き合ってやったというのに、いざ見つかれば何の処置もせず、邪魔だけして去ってしまった。いったいどういうつもりなのか。

とにかく、宿舎へ戻ろう。スマホが手元になければ通報もできない。

去りかけて、砂浜のほうを振り返った。黒い闇しか見えないが、そこには大地さんの遺体が横たわっているはずだった。

血まみれの顔が脳裏に蘇り、呼吸が浅くなる。

どうしてこうなった。数時間前まで普通に生きていたのに。いつもと変わらず仕事をして、くだらない雑談を交わしていたのに。

重いペダルを漕ぎだした。宿舎に戻ったら、色々とやることがある。まずは警察への通報。そしてサトマリに事情を問いただす。彼女はきっと、何かを知っている。

潮騒が耳につく。絶え間ない波の音は、まるで僕を責めたてているようだった。

三　午後十時二十七分

工藤秀吾

ロビーに集まった面々は、それぞれのやり方で時間を潰していた。

高井戸さんはスマートフォンに視線をやりながら、時おり不安そうに皆の顔を見ている。彩子さんは沈痛な面持ちで何かを考えている。丸椅子に座った乾さんはうつむき、押し黙っている。亮さんは飄々とした風情で、ソファに身体を預けている。そしてサトマリは、女部屋にこもったまま出てこない。

——いつまで待ってればいいんだ。

もう、宿舎に戻ってから三十分近く経っている。早く通報しなければならないのに。なのに、どうして誰も動こうとしない？　皆、本物の遺体を目にしていないから現実感がないのか？

海風が宿舎の壁に吹き付ける。ガラス窓がかたかたと鳴る。

落ち着いて、この数十分の間に起こった出来事を振り返る。

大地さんの遺体を発見した僕は、その場で救急と警察に通報しようとしたが、サトマリにスマ

ートフォンを奪われた。必死で自転車を漕いで追いかけたが、僕が宿舎に到着した時には、すでに女部屋に引っ込んでいた。彩子さんいわく、帰ってくるなり真っ青な顔で室内に駆け込んだらしい。

「何かあったの」

遅れて帰った僕に、彩子さんが質問した。他の三人も揃っていて、皆、険しい顔でこちらを見ていた。呼吸を整え、唇を舐めてから答える。

「大地さんが、死んでた」

誰も、何も言わなかった。あまりに予想外のことが起きると、人はとっさに反応できないらしい。僕はロビーにいるみんなに、宿舎を出発したところから、順を追って事情を話した。昨日行った、丘の下にある石垣が血まみれになっていたこと。浜辺に遺体が横たわっていたこと。その男性はどう見ても大地さんだったこと。話が進むにつれて、みんなの顔が青ざめていく。

「本当に死んでたの？　間違いない？」

彩子さんは裏返った声で尋ねた。

「呼吸も脈も止まってたし、瞳孔も開いてました」

「ヤバいじゃん！」

「通報しようとしたら、サトマリにスマホを奪われたんです。警察は呼ばないでくれって言われて。人が死んでるのに、何を考えているのか」

怒りに任せ、吐き捨てるように言った。とにかく、何とかして外部に連絡しないといけない。この時間の港には漁師はおろか、漁協の職員も宿舎に戻ってくるまで誰とも遭遇しなかったし、

いない。宿舎の一帯にいる人間は僕ら六人だけだ。

「誰か、代わりに通報してもらえませんか」

そう呼びかけた瞬間、妙な沈黙がロビーに漂った。彩子さんが目を逸らし、乾さんがうつむいた。亮さんは最初からこちらを見ていない。まるで僕の発言などなかったかのようだ。そんなか、恐る恐る手が上がった。高井戸さんだ。

「じゃあ、私が……」

「いや、通報は待て」

素早く制したのは亮さんだった。高井戸さんが動揺する。

「どうしてですか」

「サトマリは、警察に通報しないでくれって言うたんやろ。何か事情があるんやないの。それを無視して通報したら、サトマリが困ることにならんか」

「ちょっと、亮さん」

思わず大声が出た。皆が僕のほうを振り返る。

「さっきから言ってるでしょう。人が死んでるんですよ。さっさと通報しないと。それとも遺体を放っておけっていうんですか」

「もう死んでるんやろ。助かる可能性があるんなら救急車呼ぶけど、死んでるものはどうしようもない」

「……本気で言ってるんですか」

こちらの怒りをいなすように、亮さんはゆっくりと廊下のほうに目を向ける。

「とりあえず、サトマリの話を聞いてみよう。そら、人が死んでるんやから、一大事やけど、サトマリにも何か言い分があるかもしれん。部屋から出てくるまで待とう」

亮さんは勝手に議論を終わらせた。何を言っても、通じる気配がない。

沈鬱な空気を感じ取ったのか、高井戸さんが腰を上げた。

「あの、佐藤さんの様子、見てきます」

「私も行く」

彩子さんが続き、二人で女部屋の様子を見に行ってくれた。部屋に残された男三人は黙って待つ。

十分ほどして、女部屋から二人が戻ってきた。サトマリはいない。

「もう少ししたらロビーに行くから、待っててくれって」

彩子さんの言葉に思わずため息が出る。

「通報しない理由は、言ってましたか」

「何も。普通に話せない感じ。震えてたよ、あの子」

「しょうがない。知り合いが死んでるのを見たんやから」

また亮さんが言う。彩子さんは「そうだね」と同調しながら、僕に顔を向けた。

「確認なんだけど。それって、どういう状況だったの？　石垣が血まみれだった、って言ってたよね」

「状況から判断するなら、崖の上から落ちて石垣で頭を打った可能性が高いと思います。大地さんの身体は勢いよく落ちた弾みで、砂浜に投げ出された。血はその時に付着したんでしょう。そ

う考えるのが自然だと思います。事故か自殺か、わかりませんが」

他殺の可能性はあえて口にしなかった。

「自殺……あの大地さんが?」

彩子さんはどこか意味深な言い方だ。

「言いたいことでもあるんですか」

促すと、乾さんのほうを一瞥した。

「いや、単なる思い付きだけど。大地さんって、自殺するような人に見えなかったから。不思議だなと思って。突発的に死にたくなったのか、じっとうつむいている。

乾さんは視線に気付いていないのか、じっとうつむいている。

「それか、トラブルに巻き込まれたとか」

「トラブルというと」

「私だってわからない。でもさ、お昼まで普通に過ごしていた人が、いきなり飛び降りるなんておかしくない? 今日だって、別に変なところなかったよね。いつもと同じ大地さんだった。それが急に自殺するのは変じゃない?」

「誰かが、大地さんを殺したって言いたいんですか」

「そういうわけじゃないけど」

「この町で大地さんと面識があるのは、僕たちくらいですよ」

そう言うなり、空気がぴんと張り詰めた。亮さんが眉をひそめてこちらを見る。ああ、また、この感じだ。正しいのは僕なのに。僕は彩子さ

違ったことを口にしたかのように。

んの発言の意図を先回りしたに過ぎない。そして当の彩子さんは視線を宙に泳がせている。

「私、そこまで言ってないけど」

「……警察が捜査すればわかります。そのためにも早く通報しましょう」

やはり、誰からも反応はない。だんだん薄気味悪くなってくる。なぜそこまで、サトマリの気持ちを汲んでやるのか。

「いいんですか。このままサトマリが出てこなかったらどうするんですか」

「そりゃあ、その時よ。朝になったらどうせ港の人たちも来る。その時、漁協の人にでも相談すれば……」

「そうだ。漁協の山本さんに連絡しないと」

僕はつい、亮さんの発言を遮っていた。

「私、電話かけてくる」

とっさに反応したのは彩子さんだった。宿舎を飛び出していく。ようやくまともな反応が得られた。しかし三分と経たないうちに彩子さんはロビーに戻ってきた。

「どうでした?」

「出なかった。この時間はもう寝てるんだと思う」

「もう十時半やからのぉ。漁港の朝は早いから」

亮さんが呑気なことを言う。

外部と連絡を取る手段を考えてみる。辺りには公衆電話もない。漁協の事務所には固定電話があるけれど、夜間は鍵がかかっている。歯噛みする思いだった。

66

ふと、彩子さんが口を開けて「あ」と言った。

「サトマリ」

その場にいた五人の視線が、ロビーの入口に集まる。サトマリは廊下との境目に立って、虚ろな目で僕らを見ていた。服装は捜索に行った時のままだ。顔色は紙のように白い。知り合いの死に姿を目にしたのだから無理もない。

「……はずない」

口元が動き、消え入りそうな声が聞こえた。サトマリは色の薄い唇を震わせていた。

「今、何か言ったか」

「……自殺なんて、するはずない」

今度は聞こえた。ここにいる全員が聞いたはずだ。

大地さんが自殺するはずない。それは、彩子さんの疑念とも合致する。

「じゃあ誰かが殺したってことか」

「わからない。でも、自殺するなんておかしい」

サトマリは独り言のようにぶつぶつと言っている。彼女は夕方まで大地さんと一緒にいた。唯一、亡くなる直前の様子を知っている彼女がそう言うということは、裏付けがあるのだろうか。

「とにかくスマホ、返してくれ。通報しよう」

「……それは、ダメ」

「話にならない！」

つい大声が出た。これ以上、待っていられない。

「多数決でいきましょう」

全員の顔を順番に見やる。沈黙を了承と受け取った。

反対しているサトマリや亮さんはともかく、他の人たちは手を挙げるはずだ。

っている人なら、通報を選ぶ。六人中四人が通報に賛成すれば、さすがに止められないはずだ。普通の感覚を持

「通報したほうがいいと思う人は、手を挙げてください」

真っ先に僕が手を挙げる。次に手を挙げようとしたのは高井戸さんだった。サトマリは膝に手

を置き、亮さんは腕組みを解かない。ここまでは予想通り。しかし、彩子さんや乾さんまで、僕

から目を逸らしたまま手を挙げようとはしなかった。

その様子を見た高井戸さんが慌てて手を下ろす。他の連中に合わせるように。

「高井戸さんも反対?」

気付けば、すがるように尋ねていた。彼女は目の動きだけで左右を見ると、小声で「わかりま

せん」と答えた。

「わからない?」通報すべき状況なのはわかりきっている。

思考にノイズが混ざり、視線が落ち着きなくさまよう。間違っているのは皆ではなく、僕なの

か。僕の知らない何かを、他の五人は知っているのか。だから僕だけが孤立しているのか。

初めて、自信が揺らいだ。

「多数決なら、通報せんってことになる。それでええな」

亮さんが余裕のにじむ声で言った。反論の言葉が見当たらない。多数決を言い出したのは確か

に僕だ。今度はこちらが沈黙する番だった。

68

高井戸唯

このジャージを買ったのは、勤めていた会社に入ってすぐの頃だ。

研修中、新入社員の同期で休日にフットサルをやることになった。男の人だけでなく、女性も皆、参加を表明した。私だけが断るわけにはいかない。そんなことをすれば付き合いの悪いやつだと嫌われる。本当は運動なんて大の苦手だけど、仕方なく行くことにした。

それまで、私はまともなスポーツ用の衣服を買ったことがなかった。まさか高校のジャージを着ていくわけにはいかない。それなら行かないほうがましだ。

フットサルの前日、研修の帰り道に一人でスポーツ用品店へ寄った。陳列されている無数のジャージを前に混乱した。値段の相場なんて知らない。何を着て行けば恥をかかずに済むのかわからない。

声をかけられた店員に勧められるまま、私は知っているスポーツブランドの商品を買った。色は無難なグレー。上下セットで八千円という高さに驚いたけど、迷うのも面倒でそれを買うことに決めた。私はそれを着てフットサルに参加した。どんな会話をしたか一切記憶にない。

翌日から、そのジャージは部屋着の仲間入りをした。あれ以来、運動する機会は一度も訪れていない。

私は今、彩子さんと一緒に二人掛けのソファに座っている。もう一つのソファには亮さん。丸椅子にはシュウさん、乾さん、佐藤さん。互いに押し黙って、発言する機会を窺っている。

私はジャージのサイドポケットに両手を入れている。ここには、二つのスマートフォンが入っている。一つは私のiPhone。もう一つはシリコン製のカバーをつけた、黒のアンドロイド。持ち主はシュウさん。

ついさっき、彩子さんと女部屋へ様子を見に行った時に、手渡された。二段ベッドの下段で布団をかぶった佐藤さんは、顔と一緒にスマホをつかんだ右手を出した。

「これ、シュウさんのスマホなの」

事情を質すと、警察に通報されたくない、だからシュウさんから奪った、唯さんに持っててほしい、とまくし立てた。

「どうして私が」

「シュウさんは、たぶん唯さんのことは追及しない」

たしかに、シュウさんはとりわけ私には親切だ。責めにくい相手なのかもしれない。ただ、迷いはあった。通報されたくないという佐藤さんの事情も知らずに、他人のスマホを受け取っていいのか。もし見つかれば、隠し持った私も同罪だ。そこまでするなら、せめて理由を知りたかった。

「佐藤さん……」

「いいから、黙って預かって。お願いします」

土下座するかのように、顔をマットレスに擦りつける。

彩子さんの反応を窺ったが、途方に暮

れた表情でたたずんでいるだけだった。

結局、勢いに押されて預かることにした。

当のシュウさんは、多数決をしてから口を開いていない。結果がよっぽどショックだったらしい。内心、私もびっくりした。大地さんが死んだというのが本当なら、すぐに外部へ知らせるべきだ。それなのに私とシュウさん以外の四人は、全員、警察へ通報しないことを選んだ。私も最初は手を挙げかけたけれど、シュウさん以外に挙げている人がいなくて、戸惑った。

どうして、この人たちは賛成しないのだろう。もしかして、私だけが知らない真実が存在するのか。だとしたら、通報を強行するのは危険かもしれない。だってこの場では、通報を反対するのが多数派だ。下手に自分の意見を通そうとすれば〈空気が読めていない〉ということになる。

おもむろに、シュウさんが皆を見渡した。「サトマリ」と声をかける。

「何か知ってるんじゃないか。居酒屋で飲んでた時に、大地さん言ってなかったか」

「あの辺さ」と横から口を挟んだのは亮さんだった。

「一軒だけホテルあるよな。前に街行った時に見た」

余裕をなくしているせいか、佐藤さんは目を見開いたまま黙った。図星らしい。実は私も同じことを考えていた。飲むだけなら、街に行かずとも深夜のロビーでできる。

「言いたくない気持ちもわかるけど、こういう状況やし、後で嘘ついたってわかったら、ややこしいのぉ」

沈黙していた佐藤さんは皆から視線を逸らし、諦めたようにため息を吐いた。

「確かに、大地さんとホテルに行きました。でも、悪いことですか」

「悪いなんて言うとらん。隠してただけや」

「隠すに決まってるでしょう、プライベートなんだから」

完全に開き直っている。佐藤さんの顔はほんのり赤くなっていた。羞恥心と苛立ちが入り混じっている。

「大地さんと街に行った流れを、順を追って説明して。仕事終わりから」

シュウさんは生真面目な顔で言う。まるでドラマの刑事だった。佐藤さんはしばらく恨めしそうに睨んでいたけど、渋々といった口調で語りはじめた。これ以上黙っていても無駄だと観念したのかもしれない。

「三時に仕事が終わって、部屋で着替えたりメイクして、三時半に宿舎を出ました。大地さんは少し先に出てました。四時くらいに昨日行った丘の下で合流して、自転車で街に行きました。私はごはんでも行きますか、って言ったけど、食欲が湧かないとか、静かなところがいいとか言って。どこがいいんですか、って聞いたら、大地さんのほうから」

「ホテルにいたのは、四時半から二時間くらい?」

やけに生々しい質問だが、シュウさんの顔は真剣だ。

「多分、それくらい」

「何か手掛かりになりそうなこと話してないか。悩みがあるとか、死んでしまいたいとか。何でもいい」

れば、そこで話した内容を教えてくれ。

シュウさんは根気強く質問を重ねる。警察に通報できない代わりに、この場で取り調べをやっているようだ。

佐藤さんは両手で顔を覆い、黙っていたが、じきに手の内側からくぐもったうめき声が漏れ出した。明らかに逡巡しているが、やがて決心がついたのか、両手を膝に置いて誰とも目を合わせずに言った。

「……殺してくれ、って」

「殺してくれって、大地さんが言ったのか」

すかさずシュウさんが問い返す。

「言った。いろいろ終わってから、ホテルを出る前に」

「のぉ。それはつまり、サトマリが殺したってことか?」

亮さんが口を挟むと、佐藤さんは眉を吊り上げた。

「殺してない! そうなるから言いたくなかった!」

そういうことか。大地さんが〈殺してくれ〉と言ったことを証言すれば、証言した人が殺人者として疑われることになる。

「いきなりそんな物騒なこと言うから怖くなったの。しかもホテル出たらすぐに、用事があるからじゃあって……なんか気味悪いし、すごい独りよがりじゃない。だから白けて、そのまま一人で帰ってきた。着いたのは、七時半くらい? その後はずっと皆といた」

それまで胸に溜めていた本音と一緒に、佐藤さんは一部始終を吐露した。

しばらく、皆が互いの反応を窺っていた。シュウさんもこの新情報をどう処理すべきか、悩んでいるようだった。

「……やっぱり大地さんは、誰かに殺された可能性があるんだよね」

彩子さんのつぶやきに応じる声はなかった。

矢島彩子

この、張りつめた空気はなんだ。

今日の夕方まで、私たちはアルバイトの仲間として仲良くやっていた。それなのに、どうしてこんなことになったんだろう。

さっきからシュウが妙に張り切っている。まるで大地さんを殺した犯人がこのなかにいるかのように。確かに、このなかでは一番真っ当な態度なのかもしれない。普通に考えれば、１１０番も１１９番もせず、死体を放置している私たちのほうがおかしい。

ただ、実際に目にしていないせいか、大地さんが死んだことへの現実感がないのも確かだった。外は暗いし、シュウとサトマリの見間違いかもしれない。そう期待する気持ちもほかに残っている。大地さんがロビーにひょっこり顔を出してくれれば、この押し問答はすぐさま終わって、また平穏な日常が戻ってくる。

さっきの多数決では、通報すべきと主張したのはシュウだけだった。これはちょっと驚いた。

そう言う私も手を挙げなかったんだけど。

まあ、いい。しばらく外部への通報はないだろう。サトマリがシュウのスマホを奪ったのはフ

アインプレーだった。あれがなければ、今頃私たちは警察車両に乗っていたかもしれない。その先に待っているのは、地獄への帰り道だ。

そう。

警察に通報されて困るのは、私も同じだ。

さっき漁協の山本さんに連絡すると言ったが、電話をしたふりだけだ。間違っても誰かが本当に連絡してしまわないよう、私が申し出た。山本さんに事情をありのまま話せば、通報するに決まっている。少なくとも漁協には知られる。

季節バイトを転々とするこの生活を、手放すわけにはいかない。傍から見れば不安定に見える日々こそが、私にとっては心安らぐ毎日なのだ。

「仮に大地さんが殺されたとしたら、それこそ今すぐ警察を呼ばないと」

シュウが話を蒸し返す。

「それは早いかもしれんのぉ」

亮が反論した。語調は強くないけれど、静かな圧力を感じる。

「もし大地さんが殺されたとしたら、犯人は誰かのぉ。こんな、北海道の果ての通行人もおらん浜辺で、通りすがりの人に殺されるのはおかしい。シュウもさっき、そう言うとった」

「……何が言いたいんですか」

「犯人は顔見知りってこと。要するに、こんなかにおる可能性が高い。迂闊に１１０番したら、逆上したそいつに殺されるかもしれん」

一番、考えたくなかったこと。口にされるとにわかに現実味を帯びる。唯ちゃんは困ったような顔

さっきから発言しているのは主にシュウ、サトマリ、亮の三人だ。唯ちゃんは困ったような顔

で議論を見守っている。乾さんは黙ってうつむいているだけで、話を聞いているかすら心もとない。

「漁協の人たちも知り合いやけど、そこまで深い関係やない。いるとしたら、この六人のうち誰かよ」

「でもさ」

思いついたことを口にする。私のほうに視線が集まって少し緊張する。

「私と亮、シュウ、唯ちゃんは、仕事終わりからずっと宿舎にいたよね」

「うん。だからこの四人は犯人と違う」

亮の賛同を得られてほっとする。

「それ以外だと……サトマリか、乾さん?」

「私なわけないでしょっ!」

言い終わるより先にサトマリが反応した。顔は真っ赤を通り越して青ざめている。一方、乾さんはゆっくりと顔を上げて、ひとしきり私たちの顔を眺めた。道端の石ころでも見るような目だ。

「それは、仲野が殺されたとして、の話?」

「もちろん」

亮が応じる。

「殺された前提で話しているが、正しいのか? 仲野が佐藤に、殺してくれ、と言った。それだけ。佐藤が拒否したのが事実なら、殺されたという前提が間違っている」

乾さんは淡々とした口調で指摘する。そう言えば、なくした財布はまだ見つかっていないのだ

ろうか。

「乾さんがやった可能性は?」

「バカバカしい」

「でも乾さんは、財布がなくなったって言いだした五時半から、宿舎に戻ってくる八時半まずっと一人でしたよね。三時間も財布を捜し続けとったんですか」

「そうだ。何が悪い」

亮の質問を一蹴し、「どうして俺が殺すんだ?」と吐き捨てるように言うと、またうつむいて口を閉ざした。そこに「あの」と唯ちゃんが割って入る。

「大地さんの持ち物に、遺書とか、ないんですかね」

皆が唯ちゃんを見る。

「事件性がないってわかれば、私たちが警察に通報する必要はないですよね」

「遺体は放置できないけど……それに、そんなのあるかな」

首をひねるシュウに、「男部屋のどこかにあるかも」と唯ちゃんが言う。提案に乗ったのは亮だった。

「捜してみるか。たしか、大地さんの鞄はあったな」

「勝手に鞄のなかを漁るんですか」

「緊急事態やろう。もし自殺の証拠が出てきたら、通報諦めるよな?」

シュウは黙っている。私も異論はない。自殺のほうが通報される危険は少なそうだ。サトマリや乾さんからも反論はない。

「じゃあ、取ってくる」

亮はさっそくロビーを出て、一人で男部屋へ向かった。

じきに、大きめのリュックサックと、小型のキャリーケースを手にして戻ってきた。大地さんの持ち物はこれで全部らしい。

「こっちは開けられん」

キャリーケースには鍵穴がついていた。鍵穴の下には溝があり、ファスナーの引手が二つとも溝にはめ込まれている。どうやら鍵を解錠しないと引手が解放されず、開けることもできないらしい。大地さんが鍵を持っているとしたら、キャリーケースのほうは中身を確かめようがない。試しに持ち上げてみると、とてつもなく重い。数十キロはありそうだ。

「とりあえず、こっちの鞄だけ見てみるか」

亮はさっそくリュックサックの中身を検めはじめた。ファスナーを開け、なかに入っているものを一つずつローテーブルの上に置いていく。視線が引きつけられた。他の四人も亮の手元に注目している。

視線が外せなかった。浜辺で亡くなっていた大地さんが仮に自殺なら、唯ちゃんが言うように遺書が出てこないとも限らない。遺書と明記されていなくても、どこかにメッセージが残されているかもしれない。

けど、注目は期待外れに終わった。たっぷり時間をかけてテーブル上に並べられた品物は、他愛ない日用品とゴミばかりだった。スマートフォンの充電器、眼鏡ケース、タオル、ポケットティッシュ、安全カミソリ、レシートの屑、ゼムクリップ、などなど。遺書らしきものはない。

「これで終わり」

亮はリュックサックを逆さにしてみせた。底に溜まっていた埃が床に落ちる。張りつめていた空気が急速に緩む。

「どうするんですか。　勝手に荷物開けちゃって」

鼻白んだ顔のシュウが言った。

「勝手に、って……こっちも見てみるか」

リュックサックにはポケットもついていた。亮はそちらのファスナーも開ける。あ、と言いながらポケットに手を突っこみ、つまみだしたのは一枚の紙片だった。四つ折りにされた紙片を丁寧に開いていく。

亮の目が見開かれた。その反応に、皆が亮の隣や背後から紙片をのぞきこむ。

私は肩越しに文面を見た。　紙片はプリントアウトされたコピー用紙で、中央に一行だけ印字されている。

〈あなたの過去を知っています　日没時に海辺の丘で待ちます〉

「何、これ」

平静を装っているが、亮の声は動揺していた。

「……脅迫ですかね？」

シュウのつぶやきが紙の上のインク染みのように、意識へ滲んでいく。

遺書はなかったけど脅迫状は見つかった。その事実を理解するには、少しだけ時間が必要だった。

佐藤真里

宿舎に帰ってから、ずっと吐き気が消えない。
みぞおちのあたりに重いものが居座っている。むかむかして、気分が悪い。トイレで吐こうとしたけれど、口から出てくるのは唾液だけだった。断続的に頭痛もする。寒気で鳥肌が立つ。
理由はわかりきっている。大地さんの遺体を見たせいだ。
葬式以外で、死んでいる人を見たのは初めてだ。それだけでもくらくらするほど気分が悪いのに、その男につい数時間前まで抱かれていたことを思い出すと、言いようがない生理的な不快感に襲われる。
「……過去、って何なんでしょう」
今度はシュウさんがなかば独り言のように発言する。視線の先には、大地さんのリュックサックから出てきた脅迫状があった。
「これ、どこで印刷したのかな」
彩子さんがどこかずれた指摘をする。答えたのは亮さんだった。

「漁協の事務所にパソコンとプリンター、あったわ。講習受けた会議室。あそこに放置されとった。古い型だけど、俺らの同意書もあれで印刷してたし、使えると思う」

「じゃあ、誰でも使えたってこと?」

「たぶん。ようわからんが」

苛立ちは頂点に達していた。探偵ごっこのような会話を聞いているだけで具合が悪くなってくる。特にシュウさん。急に張り切りだして、気持ち悪い。

いったい、このバカみたいな話し合いをいつまで続けるんだろう?

「他殺だとして、宿舎にいた四人は違う。でもサトマリや乾さんがやったとして、動機がないですよね」

「そんなの俺らにはわからん。本人しか知らん理由があるかもしれん」

「だとしたら、やっぱり警察に通報して……」

「うるせえんだよ!」

絶叫していた。もう、我慢できなかった。

皆、怪訝そうな顔で私を見ている。構わない。構っている余裕がない。

「さっきから通報通報、もうその話終わってんだろ。多数決でしないって決まったんだから二度とその話すんなよ。部屋戻ってろ!」

いっそすべてぶちまけてしまいたくなる。きっと楽になれる。あとはシュウさんなり、亮さんなり、誰かが何とかしてくれる。

そう思いかけて、否定する。違う。心が折れそうになっている場合じゃない。私の身を守れる

のは私だけだ。ここにいる誰かが通報すれば、私たちは取り調べを受けることになる。殺人犯として一番疑われるのは、最後に大地さんと会っていた私だ。詳しく調べれば、私の過去なんてすぐばれる。

——あなたの過去を知っています

あの文面がフラッシュバックする。

今が正念場だ。このままシュウさんの行動を封じ込めれば、外部に連絡が行くことはない。そのうち、通りかかった誰かが代わりに通報してくれるはずだ。そうすれば私たちへの聞き取りは、きっと最低限で済む。うまくいけばスルーされるかもしれない。だから、ここにいる六人は誰も通報しちゃいけない。

ロビーはしんとしている。これでいい。もう、誰も話さなくていい。議論なんかやめて、部屋にこもって朝を待てばいい。

「落ち着けって、サトマリ」

なだめる亮さんの口ぶりは淡々としている。まるで他人事だ。

「俺ら、そもそも何のためにこんなこと話しとるんやったか」

「僕らが浜辺で大地さんの遺体を見つけたからですよ。放置するわけにいかないでしょう」

シュウさんが私の様子を窺いながら、発言する。

「ほやのぉ。でも多数決で通報はせんって決まったんやから、もうできることはないのと違うか」

「脅迫状はどうするんですか」

「大げさな。誰がいつ作ったかもわからんのに。とにかく、それも含めて、通報はせんということ。遺体を見た二人には気の毒やけど、悪い夢と思ったらええ。ほら、解散解散」

亮さんは率先してソファから立ち上がる。彩子さんと唯さんは顔を見合わせていた。

流れは私に味方している。亮さんが廊下に歩きだし、それに続くように乾さんが立ち上がった。

「ちょっと」というシュウさんの声が虚しく響く。私もその空気に乗じて、ロビーから立ち去ろうとする。

その時、重いものが落ちる音がした。

振り向くと、二つ折りの分厚い革の財布が床に落ちていた。いい加減に突っ込んでいるせいか、紙幣がはみ出している。その枚数にぎょっとする。ざっと一万円札が十枚。くたびれたおじさんが現金で十万円も持ち歩いていること自体、驚きだ。

乾さんは慌てて拾い上げるが、すでに全員が目撃している。財布はズボンのバックポケットに押し込まれた。シャツの裾で隠れて見えなかったが、長い時間椅子に座っていたせいで、ポケットからずれて落ちたらしい。

「財布、あったんですね」

彩子さんが冷ややかに指摘する。

「戻ってから見つけた。鞄にあった」

乾さんが早口で言う。両目が左右に動いている。

「……疑って悪かった」

「だからちゃんと確認するように言ったじゃないですか。いい大人なんだから」

よっぽど腹が立っていたのか、ここぞとばかりに彩子さんが言い募る。解散に傾きかけた流れが少し変わった。亮さんも廊下の境目で立ちすくんでいる。まずい、と思うけどどうしようもない。

「でも、何かおかしくないですか」

言い出したのはシュウさんだ。舌打ちしたくなる。

「鞄は最初に確認したんじゃなかったんですか。勝手に開いてたんでしょう。それなら、普通は最初に鞄をひっくり返して中身を確認するんじゃないですか。その時になかったのに、後で見たらあったんですか」

「見落としてたんだよ」

「こんな大きい財布を？」

「まあまあ、そんな責めんでも。とにかく見つかってよかった」

亮さんが割って入るが、変わりはじめた流れを止めることはできなかった。

「乾さん、何か隠してませんか」

一度は立ち上がった乾さんが、丸椅子に腰を下ろして「隠してない」と言った。座るなよ。座ったらまた議論がはじまる。部屋に戻れない。

「やっぱり僕らには、まだ話すべきことがあります」

シュウさんはまっすぐな目で皆を見回した。その目。後ろめたいことなんか何もないからこそ、できる目つき。嫌いだ。亮さんが顔をしかめる。

「もうええよ」

「なぜですか。大地さんは脅迫されて、殺されたかもしれないんですよ。その犯人がこのなかにいるとしたら、うやむやにしておけない。せめて、犯人がいないという保証が欲しくないですか」

解散のムードは完全に消えた。改めて、シュウさんが乾さんに向き直る。

「その財布の中身、見せてもらってもいいですか」

「はあ？」

「何も隠していないなら、見せられるでしょう。それか、僕らに見せたくないものが入っているんですか。僕らを嘘つき呼ばわりしていましたけど、隠し事があるのは乾さんのほうじゃないんですか」

シュウさんが挑発している。乾さんは無言で財布を引っ張り出し、ざっと中身を確認すると、座の中心にあるローテーブルに放りだした。

「ほら、見ろよ。それで済むなら」

視線が交錯する。「じゃあ」と言って、シュウさんが手を伸ばした。

その光景に背筋が冷たくなる。強烈な違和感。普通なら、他人の財布をのぞくなんて許されない。でもこの状況では仕方ないと思いはじめている。大地さんの鞄を開けた時もそう。亮さんや唯さんも、黙って様子を見ている。皆、少しずつ感覚が麻痺している。

テーブルにはレシートの束や、〈乾佳靖〉の名前でつくられたネットカフェの会員証が並べられている。本当に、全部調べるつもりなのだ。誰も止めようとしない。

もし、万が一、全員の持ち物を点検するなどと言いだしたら。私の財布には、絶対に見られて

はならないものが入っている。それを見られれば一発で正体がばれる。

身体の芯が冷たくなる。

「ちょっと、部屋行ってきます。すぐ戻ります」

テーブルを囲む五人に言って、小走りで廊下へ出る。

「あ、私も。パーカー取ってこよう」

女部屋へ駆けだした時、背後から彩子さんの声が追いかけてきた。嘘でしょ。来ないで、と思いながら部屋に駆け込む。

猶予は数秒しかない。枕元に置いてある財布から、健康保険証を引っ張り出す。被保険者の氏名は〈浅戸茉莉凜〉。大っ嫌いな名前。見るたびに怒りがこみ上げる。身元が特定されるものはすべて捨てたけど、これだけは捨てられなかった。感傷なんかじゃなくて、医療費がかさむのが怖かったから。

どこかに隠さないと。ばれない場所に。でも、どこに？

閉めた扉の向こうから足音がした。もう迷っていられない。彩子さんが下段で寝ている二段ベッドの、空いている上段。そのマットレスと木枠の間に押し込む。とりあえず、これで私の手元から離れた。

「サトマリ？」

扉が開いた。彩子さんは立ち止まって私を見ている。

「どうしたの。焦ってる？」

「いえ、別に」

笑顔を取り繕うけど、うまくできている自信はない。彩子さんは「そう」と言って、自分のベッドに置いてあった白のパーカーを取り上げた。

「もう十一時だよ。何時までやるんだろうね、これ」

「早く終わってほしいですよね」

答える声が微妙に震えている。大地さんの遺体を見てから、私の心は震えっぱなしだ。

「やっぱりさ」

パーカーを羽織った彩子さんは神妙な顔をしている。そこから先の言葉が出てこない。

「どうしたんですか」

「やっぱり、サトマリも警察に通報されたら困るんだよね?」

え、と思う。確かに今、サトマリも、と言った。

「彩子さん、も?」

それには答えず、女部屋から出て行った。フードが軽く上下に揺れる。

やっぱりそうだ。私だけじゃない。さっき手を挙げなかった亮さんも、彩子さんも、乾さんも、秘密を抱えている。警察に通報されたら困るような秘密が。きっと、唯さんは丸めこめる。邪魔者はシュウさんだけだ。シュウさんさえいなければ、私の、佐藤真里としての生活は続いていく。

正論しか言わないあの人には、早いところ黙ってもらったほうがいい。

高井戸唯

円形のローテーブルには、乾さんの財布の中身が広げられている。

現金は、一万円札が十二枚、千円札が三枚、小銭が百七十二円分。レシートは十枚くらい。その他は、ネットカフェの会員証、期限切れの割引券、ポイントカードなど。名義はどれも〈乾佳靖〉だ。

「免許証とか、ないんですか」

シュウさんが一つ一つを確認しながら、乾さんに質問する。いったん部屋に戻っていた彩子さんや佐藤さんも戻り、私たちは六人でテーブルを囲んでいた。

「持ってない」

「身分証明はどうするんです」

「職務質問みたいなこと訊くな」

見た感じ、おかしな所持品はない。四十歳前の男性にしては少なすぎる気もするが、違和感を覚えるほどじゃない。シュウさんは財布の構造まで調べていたが、隠しポケットも見つからなかった。

「気が済んだか」

テーブル上をのぞきこむ私たちに、乾さんが言う。

「ええ、ありがとうございました。財布がなくなって慌てる理由もわかりました。十万円も入っている財布をなくしたら、焦りますよね」

シュウさんは意外にもあっさり引き下がった。皆の間に、なんとなく安堵の空気が流れる。これで本当に解散、という雰囲気。

「でも、それとは別に気になることがあって」

「なんだよ」

またも繰り出された発言に、亮さんがうんざりしたように応じる。

「この財布には、誰もが一つは所持しているものが一切ない。運転免許証も、健康保険証も、クレジットカードも、銀行のキャッシュカードさえも入っていない」

「あ?」

乾さんの表情が、再び硬くなる。

「ここに入っているのは全部、身分証明書がなくても作れるものばかりなんです。だからさっき、身分証明はどうするんですか、と訊いたんです」

なるほど。このアルバイトの募集でも身分証明書は求められなかった。履歴書だけで採用してもらえる。

「なくてもなんとかなる」

「なんとかなりますかね。病院は全部自費診療ですか。銀行口座も必要ないんですか。役所の届出はどうするんです。身分証明書を持っていなくて、生きていけるはずがない」

立っていることに疲れたのか、亮さんはソファに腰を下ろした。まだしばらくは部屋に帰れな

い、と諦めたのかもしれない。二人の言い争いは続いている。

「だいたい、身分証明書がなかったらなんなんだ?」

「あなたが乾佳靖さんである証拠がなくなる」

──え?

今、シュウさんはすごいことを口にした。目の前にいるこの男性が、乾さんではない? そん

なことがあり得るのか。自分の口がひとりでに開いているのがわかり、慌てて唇を閉じた。

「頭おかしいのか」

「財布以外にカードケースとか持ってるんじゃないの。それに入ってるとか」

彩子さんが口を出したが、シュウさんは首を横に振った。

「さっき、乾さん自身が『なくてもなんとかなる』と言いました。持っていないんですよ」

乾さんが盛大な舌打ちをした。怒るということは図星なんだ。何日も同じ宿舎で寝起きして働

いてきた乾さんの横顔が、だんだん見知らぬものに見えてくる。肌が粟立つ。

「いいか。俺は病院には行かない。口座も必要ない。役所に用事なんかない。不要だから持って

いないだけだ」

乾さんの怒声に、思わず首をすくめる。体裁も顧みずに叫び散らす男の人は怖い。同時に、乾

さんは怯えているようにも見えた。

「家も借りられませんよね。どうやって暮らしていたんですか」

「借りる必要はない。短期の住み込みアルバイトを転々とすればいい」

90

「でも、私物を保管しておく場所がいるでしょう」

「いらない。全部持っていく」

「持ち物は全部、持ち歩いているってことですか。だからこんなに大金が?」

「そうだ」

足を踏み鳴らすたび、こちらの心臓がきゅっと縮む。シュウさんはその様子を観察しながら、おもむろに口を開いた。

「じゃあ、マイナンバーカードも持っているんですね」

乾さんの足が止まった。目を見開き、口を半開きにして見返す。

「……何?」

「マイナンバーカード。交付申請書か、通知書でもいいですけど。あれを持ってないってことはないですよね」

沈黙が落ちた。

「まさか、持ってないんですか」

挑発に乗ったか、乾さんはとっさに「持ってるよ」と答えた。口にしてから、後悔するように顎を上げ、虚ろな目で天井を見た。

「では、見せてもらえますか」

「だから、なんで俺だけがそんなことするんだよ!」

乾さんは顔を赤らめて叫んだ。

「もし大地さんが殺されたのなら、あなたが一番疑わしいからです」

シュウさんは一歩も退かない。それどころか、とんでもないカウンターを食らわせた。

「僕と高井戸さん、亮さん、彩子さんは宿舎に閉じ込められていました。他でもないあなたに。だからあの時間自由に動くことができたのはサトマリと乾さんの二人だけだ。もちろん、サトマリがやった可能性もないわけじゃない」

「だから違うって」

佐藤さんが割り込んだけど、シュウさんは無視した。

「でもサトマリが犯人だとすると、不自然なんです。サトマリは大地さんが帰ってこないことを誰よりも心配して、自分から捜しに行ったんですから。殺したのがサトマリだとしたら、死体はできるだけ遅く発見されたほうがいいに決まっている。早く発見されたほうがいい理由なんてないんです」

確かに、そうだ。他の皆は別に心配なんかしていなかったのに、佐藤さんは自分から志願して大地さんを捜しに行った。

「乾さんしかいないんですよ。しかもあなたは財布がなくなったと言って、僕らに宿舎から出ないよう指示した。あれは、殺人の邪魔をされないためじゃないですか？ 万が一、僕らのうち誰かが街に行くと言いだせば、あの浜辺を通らないとも限らない」

「ふざけるな！」

乾さんは捨て台詞を残してロビーを去ろうとした。足音がうるさい。普段は無口な乾さんだが、財布をなくした時といい、感情に任せて怒り狂う姿は別人みたいだった。これがこの人の本性なのかもしれない。大地さんを殺したかもしれない。正体不明の男。その背中にシュウさんが声を

かける。

「これだけは教えてください。あなたは本当に、乾佳靖さんなんですか?」

四　午後十一時十五分

工藤秀吾

——あなたは本当に、乾佳靖さんなんですか？

僕の呼びかけに乾さんが足を止め、ばっと振り返る。顔は赤黒くなっていた。眉を吊り上げた、鬼面のような形相だった。

「うるさい！」

「認めてくれなくても結構です。警察が来ればわかりますから」

「おい、シュウ。なんでここで警察が出る？」

亮さんが水を差した。通報反対派としては、聞き流せない言葉なのだろう。

「わかってます。今は通報しない。でもいずれ大地さんの遺体が発見されたら、僕は真っ先にこの人を容疑者として突き出します。それに皆さん、身元不明の人と一緒の生活なんて耐えられますか。乾さんが身元を偽称しているとすれば、それこそ、いつ捜査の手がここに伸びるかわかりませんよ。それでもいいんですか」

94

反論はなかった。乾さんは去ることもできず、ロビーの隅で立ち尽くしている。今、場の空気を握っているのは僕だ。

「あの、関係ないかもしれないですけど」

高井戸さんだった。スマートフォンに目を落としながら、発言する。

「乾さん、前に大阪のコンビニで働いてましたか?」

続いて店名を読み上げる。乾さんは仏頂面で「知らない」と答えた。あえて感情を押し殺しているようにも見える。

「どういうこと?」

「検索したら出てきたんです。そこのコンビニの店長が〈乾佳靖〉さんだって」

珍しく声を張った。乾さんは不愉快そうに「偶然だ」と応じたが、皆の視線の質が変わった。

それまで傍観していた亮さんが身を乗り出し、改めてテーブルに並んだカードを眺めている。

「ちょっと、よくわかんないんだけど」

サトマリが発言した。

「大地さんの遺体が見つかったら、すぐにシュウさんが乾さんを警察に引き渡してくれるの?」

「それなら、私たちは無関係だよね。警察に身元調べられることとか、ないよね?」

「どうなるかはわからないけど」

「大地さんの件はこっちから通報しないで。私、目撃者なんだから」

「通報したくてもできない。スマホがないから」

相手にもわかるよう、しっかり目を細めてサトマリを睨む。奪われたスマホはまだ手元に返っ

てきていない。

高井戸さんが人の輪を抜けて、早足でロビーを出ていった。大事なタイミングだというのに。

お手洗いだろうか。

「何も言わないなら、こっちで勝手にやらせてもらいますから」

その一言に、乾さんがようやく顔を上げた。

「どう説明する?」

重々しい口ぶり。反論の糸口でもつかんだつもりか。

「はい?」

「警察にどう説明する。俺が乾佳靖じゃないって言うのか。仮にそうだとして、それは罪か?

警察がいちいちそんなことのために時間を使うと思うか?」

「……確証はありません」

乾さんが言う通り、警察に知らせたところでまともに取り合わない可能性はある。経歴詐称で

アルバイトに潜り込んだだけなら、こちらで解決するよう指示されるかもしれない。

「ほらな。警察だって、どうでもいいことに関わるほど暇じゃない」

「僕が警察官だったら、この状況を知れば絶対に調べます」

「お前、警察官じゃないだろ」

半笑いで一蹴された。悔しさに奥歯を噛みしめる。

「もう、いいよ。なんでもいい。俺は寝る。仲野のことも知らん」

今度こそ、乾さんは立ち去ろうとした。引き留める言葉が浮かばない。何とは言えないが、絶

対、隠していることがある。そしてこの人はきっと〈乾佳靖〉じゃない。今までの反応がそう物語っている。だけど証拠はない。目の前に不正を犯した人間がいるのに、罰することができない。

「鞄、見てもいいですか」

一際高い声がロビーにこだました。乾さんは振り向いて目をすがめる。わずかに語尾が震えている。いつの間にか戻っていた、高井戸さんだった。

「今度は俺の鞄か」

「なくしたと思っていた財布は、鞄に入ってたんですよね。どんなものなのかと思って」

「……普通のバッグ」

「それじゃ、わからんのぉ」

さっと席を立ったのは亮さんだった。止める間もなく廊下へ走って行った。その後をすかさず乾さんが追う。

「待て、こら！」

小さい宿舎に怒声が響き渡る。今までとは焦りようが違う。財布ではなかった。見られて本当に困るのは、鞄のほうだったのだ。急いで廊下に出る。女性三人も僕の後ろについてきた。すでに男部屋に駆け込んでいた亮さんが、スポーツバッグを手に廊下へ出てくる。円筒形のスポーツバッグはずっしりと重そうだ。

「これか」

「やめろ、バカ！」

追い付いた乾さんが、すぐさまつかみかかる。押し倒された亮さんは仰向けにひっくり返った。

馬乗りになってバッグを奪おうとする乾さんを、羽交い締めにした。

「おい、放せ、工藤！　殺すぞ！」

殺す、という言葉に背筋が冷える。乾さんはでたらめに暴れたが、脇をがっちりと固めて動かせないようにした。バッグを持った亮さんが這い出るのを確認してから、羽交い締めのまま乾さんを立たせる。

「あんた一人が警察に行けばぇぇ！」

亮さんは挑発を口にしながら、ファスナーを開けようとする。しかし鞄のファスナーについた二つのスライダーはナンバー錠で固定され、開かないようになっている。手荷物にしては異常に厳重なセキュリティだ。

「おい、誰かペンチ持ってこい。この鍵、壊す」

「もういい！　やめろ！」

再び乾さんの叫び声が響いたが、今度は怒声ではなく悲鳴だった。僕に両腕を固められたまま、亮さんを睨み据えている。呼吸が乱れ、肩が上下している。

「クソが。わかった。話してやる。全部話す。だからこの腕、放せ」

「ロビーで放します」

腕を振りほどこうとする乾さんを押さえつけたまま、ロビーへ移動する。鞄はいったん男部屋に戻すよう亮さんに頼んだ。あの鞄が目の前にあると、冷静に話してくれなさそうだ。僕らは六人でロビーへ戻り、乾さんを椅子に座らせてから腕をほどいた。

「痛いんだよ、こいつ」

98

「暴れるからですよ」

肩をさする乾さんに、五人の視線が集中する。尋ねたいことは一つだ。

「改めて訊きます。あなたは誰なんですか」

「……警察には突き出さないと約束しろ」

「保証はできません」

乾さんは再び眉を吊り上げたが、観念したのか、鼻から長い息を吐いた。

「もう、なんでもいい。確かに俺は乾佳靖じゃない。本当の名前は黄海閔だ」

「ファン……？」

亮さんが不思議そうに聞き返す。

「中国人だ。今時そんなに珍しくもないだろ。年は四十一」

「バイトの年齢制限、超えてるじゃないですか」

「しょうがないだろ。嘘つかないと働けない」

平然と答える。名前を偽っていたのだから、年齢を二歳若く申告するくらいは嘘のうちに入らないのかもしれない。外国籍と聞いて、思い当たることが一つあった。

「恐れていたのは、入管ですか」

乾さんはぐっと頷いた。

「そうだ。警察に行って身元を洗われれば、入管に突き出される」

「オーバーステイですね」

再び乾さんが頷く。「何それ」と彩子さんが誰にともなく言った。

「外国籍の人が観光や留学の名目で入国して、滞在期間が過ぎてからもその国に居残ることです
よ。不法滞在の一種です」

「よう知っとんのぉ」

さっきまでの鬼気迫る様相など忘れたかのように、亮さんが呑気な口調で言う。

「しかし、日本語もうまいもんや」

「十五年もいれば、誰だって話せるようになる」

その年数に内心で驚く。思ったより本格的なオーバーステイだ。

「今さら黄さんというのも変なので、乾さんのままでいきますが……乾さんが偽名を使っていた
のは、不法滞在だと知られないためですか」

「そうだ」

「高井戸さんが言っていた、大阪のコンビニは関係ありますか」

「あそこの店長にはずいぶん世話になった。名前をもらったのもそうだ」

いつしか、乾さんの顔つきは穏やかになっていた。話すと決めたことで落ち着いたのだろうか。

その両目は、どこか遠くを見ているようだった。

乾佳靖

　この国に来て、十五年が経つ。

　今まで長いことさまよってきた。本当に色々なことをやった。工場のライン作業、土木作業、港湾の荷役もやったが、最も多かったのは地方での農作業だ。都会より田舎のほうが入管に見つかりにくいし、無意識のうちに故郷の農村風景を求めていたのかもしれない。もっとも、最近の故郷がどんな風景かは知る由もない。

　出身は河南省南陽にある農村地帯だ。雨は少なく、地域の住民は土地に合った作物を選んで農家をやっていた。実家は小麦農家で、俺は三人きょうだいの末っ子に当たる。上は姉が二人。長男の俺は将来農家を継ぐのだと幼い頃から信じて疑わなかった。事実、初級中学を卒業してそのまま実家で働きはじめた。親は高級中学に進学してもいいと言ったが、勉強が好きではなかったし、農家に学歴は必要ないと思った。

　もともと、自分の人生に取り立てて期待はしていなかった。ただ与えられた役割をこなして、田舎町でひっそり死んでいくのだと思っていた。二人の姉は三十になる前に嫁いだ。俺は二十三で、同じ地元出身の妻を迎えた。日常生活の細々とした悩みはあったが、人生を根元から揺るがすような困難はなかった。

日常が変わったのは、二十五の時だ。

　唐突に妻が失踪した。　　男との駆け落ちだとわかったのは、数日後だった。

　妻を寝取られた夫という汚名は、瞬く間に拡散した。娯楽のない田舎町だ。噂話はあっという間に尾ひれがついて広がる。　黄のせがれは嫁に有り金全部持ち逃げされた、嫁には不貞相手との子どもがいた、云々。　老いた両親は事あるごとに妻の悪口を言いながら、ごくたまに、俺を責めるような目をした。　幸か不幸か、子どもはいなかった。

　幼馴染の一人が日本から戻ってきたのは、その年だった。宴席で話を聞けば、東京で五年働いて事業資金を作ったということだった。金額を聞いて驚いた。農村では十年働いても、とても稼げない額だ。

　町には日本への移住を斡旋する業者がしょっちゅう訪問していた。すでに二〇〇〇年代の後半で、九〇年代ほどの勢いはなかったものの、中国人労働者の移住ビジネスはそれなりに需要があった。

　好奇と蔑みの視線にさらされるのは、もう御免だった。この田舎町にいても屈辱的な思いをするだけだ。ほとぼりが冷めるまで、故郷を離れたかった。　逃げる先はどこでもいいが、どうせならまとまった金を稼げる場所がいい。

　日本へ行くことを告げると、両親は揃って賛成した。　父母も心のどこかで、しばらく身を隠してほしいと思っていたのかもしれない。　両親だけでも営めるよう、数年は畑の規模を縮小することに決まった。日本で稼いだ金を元手に農機具を整備し、人を雇い、農場を大規模化するつもりだった。　汚名をかぶった俺が田舎町で新しい妻を迎えるには、経済的に成功するしかない。その

ためには元手が必要だ。

さっそく、幼馴染が使ったという仲介業者に当たった。業者はリピーター価格を適用してやると言いながら、要求してきた手数料は法外な値段だった。自力で航空券を買ったほうがずっと安かったが、住居や職場の手配、ビザの申請まで一手に引き受けるというので仕方なく呑むことにした。

俺と両親の貯金では足りなかったため、紡織会社に勤める伯父に借金をした。

「日本には、日本語学校の留学生の名目で行く」

手数料を払うと、業者はそう言った。就労ビザより、留学ビザのほうが長期間滞在できるからだ、と説明された。よく理解できなかったが、実情を知る業者が言うんだから任せることにした。

「職場は？」

「大阪のホテルだ。日本語を使うから、勉強しておけ」

手渡されたパンフレットに印刷されていたのは、見たこともない白亜のビルだった。大阪の都心にあり、日本国内でも有名なホテルらしい。住居は近くにある集合住宅のワンルームと説明された。個室を用意してもらえることに安心した。友人から譲ってもらったテキストを使って、来る日も来る日も日本語を勉強した。

出発の数日前、業者から連絡があった。

「ビザの申請に金が必要だ。すぐに用意しろ」

日本円にして数十万を要求されたが、すでに身内に借金している俺が払えるはずもない。正直に言うと、業者はことさら大きなため息を吐いた。

「じゃあ、こちらでなんとかする。ただしこれは貸しだ」

申請費用が回収できるまで、給料から天引きすると言われた。無茶な言い分だとわかったが、拒否する方法がわからない。すでに大金を払っている以上、行かないという選択肢は考えられない。俺は黙っているしかなかった。

故郷を出発する日は雨だった。両親に見送られ、父のお下がりのキャリーケースを引きずって、俺は二十数年暮らした町を離れた。

空港までは業者のバスに乗った。一台のマイクロバスに七人の男たちが詰めこまれた。狭苦しかったが、それでも初対面の俺たちはすぐに打ち解け、まだ見ぬ日本の風景を想像して話し合った。前途には希望があると信じていたからだ。

関西国際空港に降り立った俺たちは、業者の手引きで入国審査を抜けた。晴れて日本へやって来たのだ。感慨に浸る間もなく、日本人の男に連れられ、ワンボックスに無理やり押し込まれた。引率役の業者はいつしか消えていた。

「どこへ行きますか?」

誰かが日本語で問うと、ハンドルを握った男は「会社」とだけ言った。窓の外を高速道路のフェンスが流れていく。時おり街並みが見切れるたび、俺たちは小声で言葉を交わした。職場はあのビルか、それともあちらのビルか、と。この頃はまだ、ホテルで働けると信じていた。

到着したのは、都会の雰囲気に欠ける下町だった。古びた低層ビルの前で降ろされ、屋内に案内された。薄汚れた事務所で、事務員の女が一人ずつ順番に名前を呼び、写真を撮っていった。

「ほんなら次、黄海閔（ファンハイミン）」

104

おずおずと進み出ると、有無を言わさずデジタルカメラのフラッシュが光った。

それからまたすぐ、ワンボックスに戻された。

再び「どこへ行きますか？」と誰かが尋ね、今度は「工場」と返ってきた。留学の名目なのに、学校へ行かなくていいのだろうか。何かがおかしいと勘付いたが、運転席の男は何を尋ねても答えない。どうしようもなかった。

俺たちは、住宅街の外れにある工場に連れていかれた。荷物を持って降ろされ、守衛の詰所のようなところで待たされた。じきに巨大な灰色の建物から、白い作業服を着た男が吐き出されてきた。運転手はその男と二、三言交わして、あっさり去って行った。

「ついてきて」

わけがわからないまま、今度は作業服の男に誘導された。

「ここ、どこですか」

また誰かが尋ねた。

「どこって、工場や」

「ホテルはどこですか」

すかさず、俺は手渡されていた白亜のホテルのパンフレットを面倒くさそうに手に取って一瞥すると、突き返した。

「なんや、これ」

「私たち、働きます」

「ここで？　違う違う、お前らが働くんはここやろ」

作業服の男はパンフレットを差し出した。

男は親指を立て、灰色の建物を指さした。白亜のホテルとは似ても似つかない。別の誰かが、中国語で怒りを表明した。騙された、嘘をついた、金を返せ、と。男はぼんやりした顔つきで聞いていたが、やがて半笑いの表情を浮かべた。

「俺、チャイ語わからんねん。日本語でしゃべってくれ」

その一言で脱力し、皆が口をつぐんだ。

それから敷地の外れにある、三階建ての宿舎に通された。その三階にある八畳の和室が、俺たち七人に与えられた部屋だった。個室どころか、全員が寝転べば荷物の置き場もない。また誰かが中国語で抗議したが、もはや男は反応すらしなかった。

「今日はもうええから、明日からライン入れ。宿舎の入口に朝八時集合」

言いたいことを言って、男はいなくなった。

俺たちは片隅に積み上げられた布団を除け、車座になって話し合った。どうも、俺たちは業者に騙されたらしい。本当の職場はホテルではなく、何かの工場だ。日本に来てからの待遇も、聞いていたよりずっと悪い。しかし、俺たちには抗議する手段がない。

聞けば俺だけではなく、全員が渡日のために知り合いから金を借りていた。ここでとんぼ返りすれば、ただ借金をつくっただけということになる。勝手に逃げ出して別の場所で働くにも、ビザがどうなっているかわからない。面倒な手続きはすべて業者任せだったから、自分が今どういう立場で日本にいるのかすら不明だ。

結局、ここで働くしかないという結論になった。

不安を抱えたまま、和室で雑魚寝をして朝を迎えた。

次の日から工場での労働がはじまった。俺たちも白い作業服に着替え、建物のなかに入った。

そこでようやく、ここが惣菜工場だということがわかった。

主な商品は弁当。俺たちはベルトコンベアを流れてくるプラスチックの箱に、おかずを詰めていく作業を命じられた。ライン長と呼ばれる初対面の男が早口で説明するが、誰も聞き取れない。見よう見まねで作業をしていると、すぐにまたライン長が飛んできて怒鳴り散らされた。置き方が間違っていたらしい。俺たちは昼休憩を除いて、立ちっぱなしで午後八時まで作業を続けた。置き方宿舎のぬるい風呂に入って、さっき盛り付けていたのと同じ弁当を食べた。それで一日が終わった。

疲弊しきり、薄い布団をかぶった瞬間に意識を失った。

翌日も同じだった。翌々日も、その次の日も。起きて、働いて、寝る。その繰り返しだった。

起きている間はほとんど工場にいた。一週間に一度だけ休みを与えられたが、遊び方がわからないため、宿舎で寝て過ごした。外出といえば近所のコンビニに行くのがせいぜいだった。そこでの買い物が精一杯の贅沢だ。

一か月が経ち、初めての給料日を迎えた。ライン作業員は工場の経理担当のところに行って列をつくり、現金の入った封筒を順番に受け取る。一日の大半を仕事に費やし、週に六日働いて得た金は、三万二千円だった。

もはや文句を言う気力も残っていなかった。言ったところで、何も変わらない。

作業員のうち、ざっと八割は外国人だった。中国人は少数派で、大半はベトナム人。他にミャンマーや、南米系もいた。同じ宿舎には日本語の流暢なベトナム人がいて、わからない日本語はその男に尋ねると大抵わかった。中国から来たと言うと、鼻で笑われた。

昔景は、そんな彼女のことを見ていて、いたい。

日米、相手国の内情をきちんと踏まえて会見をする。その点、自分の外交官としての役割は大きいと思った。昔景のことを考えると、胸が締めつけられるようだった。

国の外交官である自分にとって、目の前の日米会談はこれ以上ない重要な場だった。この会談で、両国の関係をより良い方向へと導くことができれば──二人の人生も変わっていくのかもしれない。

日米関係の改善、それは長年にわたって積み重ねられてきたものだった。一朝一夕にはいかない。それでも、少しずつ前へ進んでいくしかない。

昔景は目を閉じて、これまでのことを思い返した。いろいろなことがあった。辛いことも、嬉しいことも、すべてが今の自分につながっている。

二十五年前の出来事が、昨日のことのように思い出される。あの頃、自分はまだ若く、未来に向かって歩み出したばかりだった。

目を開けると、窓の外には美しい景色が広がっていた。この景色を、いつか昔景と一緒に見ることができれば──そう思わずにはいられなかった。

工藤は、一人の人間として、そして国の外交官として、最善を尽くそうと決意した。その決意が、きっと未来を切り開いていくに違いない。

昔景の瞳の奥には、強い意志の光が宿っていた。その光を信じて、工藤は前へと進んでいった。

「令和、中国人の素養に感服するということか」

俺は虎の子の三十万円とパスポート、記入済みの履歴書をベルトに挟んでシャツの下に隠し、何食わぬ顔で正門から出た。守衛から見える場所まではゆっくり歩いて、角を曲がったところで一気に駆けた。工場の近くでは誰に見られているかわからない。後ろは振り返らず、とにかく全力で走った。

工場から三キロは離れた街角でいったん立ち止まり、一息ついた。

通行人は会ったこともない連中ばかりだ。俺のことを知っている人間は誰もいない。社員も、ライン労働者もいない。

俺は自由だ。

檻のような惣菜工場から解放された喜びを噛みしめる。呼吸を整え、速度を落として歩きだした。土地勘などあるはずがない。日本に来てからというもの、工場の敷地外にはほとんど出ていない。たまたま発見した停留所でバスに乗り、見知らぬ駅へたどりついた。まごつきながらどうにか切符を買い、電車に乗った。

初めての体験ばかりだった。ようやく、日本に来たという実感が湧いた。

ターミナル駅に着いたのは日没後だった。夕食を取っていないため、腹が減って仕方なかった。路上にはうまそうな匂いを漂わせる飲食店が軒を連ねていたが、なんとなく気後れした。注文の仕方も、どんな料理を出されるかもわからない。気付けば、慣れ親しんだコンビニの店舗に入っていた。

棚に並んだ弁当を見ても食欲が湧かないため、パンと牛乳を買った。レジで会計をしていると、壁の張り紙が目についた。アルバイト募集中、という内容だった。

「あの、あれ」

思わず、店員に話しかけていた。中年の男性店員が顔を上げた。

「アルバイト、できますか」

「応募ですか」

店員は手を止め、俺の顔を見て問うた。制服の胸元につけられたネームプレートには〈店長〉と表記されている。

「はい。中国人なのですが」

「別に気にせんよ。国籍は関係ないからね。ちょっと裏行って話しよか」

店長はレジを別のアルバイトに任せ、俺を裏手へ連れて行った。パイプ椅子を勧められ、腰を下ろす。手にはパンと牛乳が入った袋を持ったままだった。

と、そこは狭苦しい事務所になっていた。スタッフ専用のドアを開ける

「名前は？」

「黄海閔です」

「黄さんね。履歴書ある？」

ここぞとばかりに、腹に隠していた履歴書を差し出した。店長が苦笑する。

「どこから出しとんねん……二年前に中国から来た、と。一個だけ確認やけど、不法入国とかちゃうよね？」

答えになるかわからないまま、とりあえずパスポートを見せた。店長はパラパラとページをめくって、「まあ、ええか」と言った。住む場所を訊かれ、探していると言うと、近くにあるカプ

110

セルホテルを紹介された。

「ほんで、いつから働けるん。　明日からでもいける？」

「はい。あの」

「どうした」

「私は、採用ですか？」

「そうやね。採用。じゃあ、明日から来てください」

脱走初日、コンビニ店員として働くことがあまりにもあっさりと決まった。振り返れば、これは相当幸運だった。在留資格も不確かな外国人を、即決で雇ってくれるコンビニはそう多くないだろう。後々店長に聞いたところでは、一通り日本語ができたことがよかったらしい。会話さえできれば何とでもなると思った、と。

シフトは午後十時から午前六時までの深夜帯。驚くべきことに、深夜の時給は千二百円だった。毎月のカプセルホテル代は痛手だったが、それでも毎月十万円弱が手元に残った。月収は二十万円近くに上った。

立ちっぱなしはつらいし、接客は難しかった。レジ作業、品出し、宅配便、清掃と覚える仕事は多い。日本語がわからず、客から罵倒されるのは日常茶飯事だった。それでも工場のライン作業に比べればはるかに快適な職場だった。常連客の見分けがついてくると、対応にも慣れてきた。

何より、この生活には自由があった。業務時間以外は、何をしても自由なのだ。俺は居酒屋に入ったり、ゲームセンターで遊んだり、書店でエロ本を買ってみたりした。仲間がいない孤独さはあったが、雑魚寝にはもう戻りたくなかった。

俺は店長──乾佳靖に、心から感謝していた。

その店で五年、働いた。

俺はいつからか、ろくに学校に通わない留学生という設定を作っていた。留学ビザで入国したのは事実だし、完全な嘘でもない。日本語はほとんど問題なく話せるようになっていた。新入りのアルバイトは、名前を知るまで俺のことを日本人だと思ったりしていた。プリペイド式のスマートフォンも買った。一度、惣菜工場の社員が来店した時は心臓が止まりそうになったが、幸いばれずに済んだ。

故郷のことはもちろん忘れていない。すでに身内に借りた金を返せるくらいの額は貯めていた。だが、ここに来て欲が出ていた。事業資金の確保という本来の目的を思い出したのだ。せっかく日本で長年働いているのだから、金も持たずに帰るわけにはいかない。あと少し、あと少しと思っているうちに五年が経った。

ある日、バックヤードで飲料を補充している最中、店長に呼び出された。もう一人のアルバイトに店を任せて、俺は事務所で店長と向き合った。

「海閔……ビザの更新、してるか?」

いきなり切り出され、俺は取り繕うことができなかった。そんな話題だと思っていなかったのだ。目が泳ぎ、あ、えっと、と意味のない言葉をつぶやき、ようやく「してます」と小さい声で答えた。

「嘘やったら、やめてほしい」

店長はまっすぐ、俺の顔を見ていた。

「ほんなら在留カード、見せてくれるか」

そういうカードの存在は聞いたことがあった。だが、そんなものを所持しているはずがない。

「今は持っていません」

「そうか……じゃあ今度、持ってきてくれるか。本部からしつこく訊かれてんねん。五年も働いてるやから、ビザの更新してるはずやってな。うちはフランチャイズやから細かいこと言われんかったけど、最近は厳しくてな」

潮時だった。これ以上、この店に居残ることはできない。店長も察していながら、今まではあえて訊かなかったのかもしれない。いや、そうに違いない。

「仕事中に悪かったな。それだけや」

店長は気まずさを振り払うように店のなかへ去って行く。俺は一人、事務所に取り残された。

俺は知っていた。店長は仕事中、財布や貴重品を鍵もかけずに自分のロッカーに入れている。

この店に来るのも、今日で最後だ。何をしようが縁は切れる。もらいそこねた今月の給料の代わりに、財布から少しくらい抜き取っても罰は当たらない。

立ち上がり、ロッカーの扉に手をかけたが、それ以上は動かせなかった。店長は――乾さんは、路頭に迷いかけた俺を助けてくれた恩人だ。去り際に後足で砂をかけるような真似はできなかった。一瞬でも、盗みを働こうとした自分を恥じた。

いつもと同じように仕事を終え、タイムカードを切り、帰路についた。早朝の街並みはいつもより他人行儀だった。

荷物を置きっぱなしにしていたカプセルホテルの一室で、出発の準備をした。スポーツバッグに衣類を詰め、ひと眠りしてから街を離れた。店長や店の番号は着信拒否にした。

とにかく都心に向かい、しばらくネットカフェに寝泊まりした。そこでまず、外国人の在留資格について調べた。役所のウェブサイトに書いてあることはわかりにくかったが、暇だけはあるため、時間をかけて読みこんだ。

結果わかったのは、俺の在留資格はとっくに切れているということだった。留学ビザの更新期限は最長でも四年三か月。あの惣菜工場で働き続けているならまだしも、脱走した俺のビザを、業者が更新してくれているとは思えない。期限を切れて滞在することを、オーバーステイというらしい。

俺はかなり前から、不法滞在者になっていた。

不法滞在者に科される罰についても調べた。三年以下の懲役、または、三百万円以下の罰金、または、その両方。日本の警察に捕まれば、俺はこれだけの罰を受ける。それだけではない。不法滞在者を雇ったり、匿ったりすることも罪になるという。店長の顔が浮かんだ。俺が捕まれば、店長まで罪に問われる可能性がある。

俺はもう、中国に帰れない。そもそも、在留カードもないのに出国できるわけがない。

あの惣菜工場に戻って、頭を下げるか？　あの生活に戻るのか？

五年も行方をくらまして、簡単に許してもらえるとは思えない。一生、日本で飼い殺しにされるかもしれない。そもそも俺の在留カードなど、すでに捨てたかもしれない。仮にあったとして、今さら在留資格の更新はできない。俺がオーバーステイしたという事実が消えるわけじゃない。

罪には問われる。

ネットカフェの個室で頭を抱えた。絶望的だ。

この国から、まっとうな手段で出ることは不可能だった。

それからひと月ほど、ネットカフェでだらだらと過ごした。朝から夜まで漫画を読むか、インターネットでくだらない情報を漁り、気が向いたら食事を取り、眠くなったら寝た。何をする気も起きなかった。

ある日、いつものように本棚の漫画を物色していると、出入口のほうから二人組の制服警官が歩いてくるのが見えた。ぎょっとして、その様子を見守る。もしかして、俺が不法滞在者だと知って捕まえに来たのだろうか。

しかし、店員に先導された警官たちが向かったのは別の個室だった。店員が声をかけると、なかから男が出てきた。警官が何事かを口にすると、男は素直にその後について外へと出て行った。ほんの二、三分の出来事だった。

警官たちがいなくなっても、心臓がどくどくと脈打っていた。背後から利用客に「おい」と声をかけられ、慌てて通路を譲った。改めて、自分が罪人であることを思い出す。正体がばれれば、入国管理局に突き出され、裁かれることになる。

急いで荷物をまとめた。身分証明書を求められたため、このネットカフェには本名で居座っている。氏名からばれる可能性もある。一時間後には店を離れていた。持ち金

俺は死ぬまで逃げ続けるのだろうか。いや、こんな生活がいつまでも続くはずがない。持ち金

だって、いつかは底を突く。そうだ。働かなければ生きてはいけない。ケツに火がつき、ようやく行動する気になってきた。

ネットカフェでは、仕事についても少しだけ調べていた。ハローワークという、仕事の紹介所があると聞いていた。駅や街頭にある地図を頼りに、最寄りのハローワークへ足を運んだ。窓口に行けば根掘り葉掘り事情を問われるから、パソコンの端末を操作して勝手に求人情報を検索した。

身分証明書を求められないことと、短期であることは必須だ。仕事の人間と関係が深くなるほど、正体がばれやすくなる。一時間ほど操作して、条件に合いそうな仕事を見つけた。

〈夏季限定短期アルバイト 家電リサイクル 住み込み・食事付き日当八千円〉

応募資格は、十八歳以上四十歳以下の男女。場所は和歌山市。どこにあるかわからないが、行けない距離ではないだろう。電話番号を書き留め、外に出て自分のスマートフォンで電話をかけた。アルバイトの応募だと告げると、応対に出た女性は「はいはい」と軽く言った。

「えーっと、お名前は？」

「乾……乾佳靖です」

とっさに店長の名前を口走っていた。他に思いつく日本人の名がなかった。

「はい、乾さんね」

電話の向こうの女性は話を進めていく。採用条件、面接日程、履歴書といった言葉が耳を流れていく。俺は彼女の問いかけに、はい、はい、はい、と答えるのが精一杯だった。あまりにも順調に話が進むので、俺は、怖いくらいだった。

この日から、俺は乾佳靖を名乗り続けた。

和歌山のリサイクル工場に雇われ、そこで秋まで働いた。それからは、いくつもの職場を数か月おきに転々とした。短期アルバイトは意外と豊富で、身分証明書の提出を求められない案件も探せばあった。

不法滞在がばれないように、同僚とは決してつるまないよう気をつけた。いつどこでボロが出るかわからない。ばれれば、捕まる。捕まれば、犯罪者だ。そして本物の乾佳靖にも迷惑をかける。

気が付けば、日本に来て十五年が経っていた。とっさに口から飛び出すのは、中国語ではなく日本語だ。だがどれだけ日本になじんでも、日本人にはなれない。

この生活の終着点は、まだ見えない。

田辺亮

日付はとっくに変わっている。

いつもなら眠くて仕方ない時刻なのに、一向に眠気を感じない。他の皆も同じらしく、身じろぎもせずに乾さんの話を聞いていた。

正直に言って、乾さんの正体などどうでもいい。中国人だろうが不法滞在者だろうが、知った

ことではない。ただ、皆の注意が俺から逸れるのは助かる。だから口を挟まず、おとなしく聞いていた。

「それで理解できました」

話が一段落したタイミングで、シュウが言った。

「財布がなくなって過剰に慌ててたのも、鞄にナンバー錠までかけていたのも、それだけお金が大事だからですね。身分が証明できないから、所持金がなくなっても生活保護も受けられない。いつか身内に借金も返さないといけないし」

「……そういうことだ」

乾さんが咳払いをする。話しすぎたのか、声がかすれていた。

「俺が隠してるのはそれだけだ。とにかく通報はやめろ。それでもやるなら、俺は逃げる」

工藤は「わかりました」と言ったが、本心から納得したというより、この場限りの答えに聞こえた。

ひとしきり話し終えると、乾さんは再び口を閉ざした。どこか、ふてくされたような顔をしている。問われたことにはすべて答えた、とでも言いたげだ。実際、俺が無理やり言わせたようなものだが。

「乾さんの正体もわかったし……もう、通報する理由ないよね?」

また静かになったロビーで、彩子さんがおずおずと切り出す。いいタイミングだ。俺が言おうとしていたことを代弁してくれた。

予想していなかった展開だが、いずれにせよ通報は避けなければならない。俺は朝になる前に、

どうにかしてここから逃げる。仮にシュウが通報しなくても、いずれ大地さんの死体は発見される。そうなれば、警察は間違いなく宿舎に来る。警官のうち誰か一人でも俺の顔を覚えていたら、その時点で終わりだ。こっちは不法滞在どころではない。多少不自然に思われようが、逃げるのが先決だ。

「確かにいい加減、寝る時間やのぉ。明日の仕事もあるし」

反論はない。このまま、解散の流れに持っていけるかもしれない。

「待ってください」

流れをせき止めたのは、やはりシュウだった。舌打ちが出る。

「乾さんが通報を嫌がる理由はわかりましたが、あの脅迫状のことは解決していません」

「調べたいだけ調べたらええ。俺は寝る」

「サトマリ、どう思う」

乾さんが違うとなれば、今度はサトマリか。シュウも意地になっている節がある。去るべきか、残るべきか。少し迷ったが、残るほうを選んだ。今後、俺のいない話し合いで、俺が犯人ということにされたら厄介だ。

「どう思う、って？」

シュウの問いかけに喧嘩腰で応じる。

「脅迫状を書くことができたのは誰だと思う」

「誰でもできたんじゃないですか。あの漁協の事務所に入れれば。あそこ、夜は鍵かかってるけど昼間は素通しだし、職員もほとんどいないし。こっそり入って印刷するだけなら、そんなに時

間かからないと思うけど」

口数の多さが動揺を物語っているようにも見える。だが、動揺はこの場にいる全員に当てはまる。シュウだけが妙に落ち着いていた。

「でも、あの脅迫状には〈海辺の丘〉って書いてある。昨日あそこに行った人じゃないと、それがどこにあるかわからないんじゃないの」

脅迫状の文面はこうだった。

〈あなたの過去を知っています　日没時に海辺の丘で待ちます〉

確かに、俺はその、海辺の丘なる場所を知らない。唯ちゃんもそうだろう。恐らくは乾さんも。

訪れたこともない丘を待ち合わせ場所にするのは、やや不自然だ。

「……何が言いたいんですか」

「大地さん以外であそこに行ったのは、彩子さん、サトマリ、僕。海辺の丘に行ってからあの脅迫状を作って、大地さんに渡したとすると、事務所に忍び込むチャンスは午前中の休憩時間くらいしかない。でも、彩子さんと僕は休憩を取らずに作業場にいた」

そういえば、休憩時間にサトマリの姿を見なかった気がする。

「待ってよ。宿舎のトイレ行ってただけだって。作業場のトイレ汚いから」

「それに、脅迫していたなら大地さんと二人で外出した理由もわかる」

「だからホテル行っただけなの。だいたい、シュウさんが言ったでしょ。私が殺したんなら、大地さんのことを心配して捜しに行くはずがないって」

「殺したとは言ってない。ただ、脅迫状を作ったのはサトマリの可能性もある」

シュウはいたって真剣だ。だからこそ怖い。本気の人間が一番厄介だ。

そう思った瞬間、意外な人が発言した。

「ちょっといいですか」

唯ちゃんだった。ソファに腰かけたまま、意を決したような表情で言う。

「これ、さっき女部屋で見つけたんですけど」

掲げる右手には、プラスチックのカードがつまみあげられていた。視線が集まる。俺は数歩近づいて目をすがめた。よく見れば、手にしているのは健康保険証だった。被保険者の氏名は〈浅戸茉莉凜〉。知らない名前だ。女部屋で見つけた知らない人の保険証を、なぜこのタイミングで見せつけるのか。

「唯ちゃん、なんで今……」

彩子さんが諭そうとするのと、「どうして」と聞こえたのは同時だった。声の主はサトマリだった。サトマリは青白い顔で唯ちゃんを睨んでいる。唇が震えていた。尋常な反応ではない。

「どうして、唯さんが持ってるの」

今にも泣き出しそうな声音だった。対する唯ちゃんは平然としている。

「これ、佐藤さんの保険証だよね」

「違う……知らない」

「嘘つかないで」

「違う！　私、そんな名前じゃない！」

サトマリの言うことは間違っていない。確かに、彼女は〈佐藤真里〉であって〈浅戸茉莉凜〉

ではない。

そこまで考えてあることに気付いた。たぶん、他のアルバイトも気付きはじめている。互いの視線が忙しなく交錯する。サトマリというあだ名は、〈浅戸茉莉凜〉という名前にもあてはまる。

「説明して」

唯ちゃんの声が今までで最も強く響く。

どうやら、主役は交代したらしい。

五　午前〇時二十一分

矢島彩子

　バカとか、トロいとか言われることには慣れている。だけどこの状況についていけないのは、私がバカだから、というだけではない気がする。

　震える足で立つサトマリと、ソファに座った唯ちゃんが睨み合っている。さっきまで皆で乾さんの話を聞いていたのに。唯ちゃんが皆に見せているのは、女部屋に落ちていたという健康保険証だ。名義は〈浅戸茉莉凛〉。

「どこにあったの」

　尋ねると、「女部屋の床に落ちてました」と返ってきた。一時間前、私やサトマリが部屋に行った時にはそんなものはなかった。気が付かなかっただけ？

「もう一回訊くけど、これ、佐藤さんの？」

「……違います」

「じゃあ、彩子さんのですか」

もちろん「知らない」と答える。男性陣は黙って成り行きを見守っている。

「私も違います。誰のものでもないなら、いらないですね」

唯ちゃんはカードの両端をつまんで、折り曲げようとした。カードが曲がっていく様子をサトマリはじっと見つめている。いつ折れるかと冷や冷やしたが、唯ちゃんはカードが折れる前に力を抜いた。ため息がそれに続く。

「ごめんね、佐藤さん」

急に飛び出した謝罪の言葉が、余計に恐怖を煽る。今度は何を言い出すのか。

「さっき、この名前で検索したんだ。認めてくれないなら、私から話すけど」

それを聞いたサトマリは、観念したように目を閉じた。

「なんで話すんですか。話して、どうなるんですか」

「佐藤さんへの疑いが晴れる」

「なんの疑い?」

「大地さんは、殺してくれ、って言ったんでしょう」

「言ったけど、私は……」

「わかってる。でも、おかしいよね。警察への通報を誰より嫌がってるのも、大地さんと最後に会ったのも佐藤さん。シュウさんじゃなくても、不自然だと思う。だから皆に本当の理由を話そう。通報されたくない本当の理由を」

「……嫌です」

サトマリは涙声で、振り絞るように言った。それを聞いた唯ちゃんが皆の顔を見回す。

「この名前で検索してみてください」

亮も乾さんも、おもむろにスマートフォンを操作しだした。私もすぐにネットの検索窓に〈浅戸茉莉凜〉と入力し、検索をかける。スマホを取られたシュウだけは、憮然とした顔で腕を組んでいた。

いくつかのニュース記事が見つかった。試しにその一つを開いてみる。

――埼玉県警は一五日、県立高校二年の浅戸茉莉凜さん（一七）＝さいたま市＝が、十一月十六日朝から行方不明になっていると明らかにした。

三年前の十一月、その女子高生は登校のために家を出たまま、姿を消してしまったという。家族は二日後に行方不明者届を出したが、ニュース記事が出た翌月十五日の時点ではまだ行方不明のままだ。他の記事にも目を通すが、彼女が発見されたという記述は見つけられなかった。

ある記事には行方不明になった女子高生の写真も掲載されていた。ピンクのマフラーを首に巻いた硬い表情の女の子は、今より少し幼いサトマリだった。顔を上げると亮と目が合った。さすがの亮も目を見開き、口を半開きにしている。きっと私もこんな表情なのだろう。

警察の公表した年齢が正しいなら、行方不明になった女子高生は今、二十歳だ。サトマリに視線が集まる。自称、都内出身の二十二歳フリーターに。

「ねえ、これ……」

答え合わせをするような気持ちで問いかけると、唯ちゃんは大きくうなずいた。

「警察と接触すれば、佐藤さんが三年前に失踪した浅戸さんであることがばれてしまう。だから通報を嫌がっていたんだよね。これは私の想像だけど、失踪したのは自分の意思だったんじゃな

いかな。だから、発見されて連れ戻されるのが嫌なんじゃない？」

サトマリはもはや、私たちのほうを見てはいなかった。遠い目を窓の外に向けている。ガラス窓には同じ人が映っている。夜の闇の奥にいる、もう一人の自分を見ているようだった。照明の灯ったロビーにいる佐藤真里と、闇のなかにたたずむ浅戸茉莉凜。同じ顔をした二人は、窓を挟んで見つめ合っている。

唯ちゃんは立ち上がり、歩み寄って保険証を差し出した。振り向いたサトマリはそれを受け取って、視線を落とした。

「捨てればよかった」

独り言のようだった。カードを両手で目の高さに掲げる。

「嫌いなんだよなぁ、この名前」

しみじみと言った。ちょっと変わった名前ではあるけれど、そこまでひどいとも思わない。だけど、口には出さない。今、あの子に何を言っても慰めにはならないだろう。

「改めて言うけど、私は大地さんが死んだことに一切関わってないから。通報してほしくないのは、唯さんが言った通り。実家に連れ戻されたくないから」

「家族が心配してるんじゃないか」

シュウがまた正論を口にする。全然、わかってない。サトマリは「だから？」と言った。

「私は家族のために生きてるんじゃないんだけど。心配するなら勝手にすれば、って感じ。別にそれに応える義務、ないし。何様のつもり？」

「百パーセント、自分の意思で失踪したのか」

126

今度は亮だ。やっぱりわかってない。

「自分の意思と言えばそうだけど。でも、私だけが悪いんじゃない。どうしようもなかったの。こうするしかなかった……もう、いいでしょ」

よくなんか、ない。

言い返された男たちはだんまりだ。唯ちゃんはさっきまでの饒舌さが嘘のように、ただ棒立ちになっている。きっと、このなかで彼女の気持ちを理解できるのは私だけだ。

サトマリのそばに歩み寄り、唯ちゃんを押しのけて正面に立つ。泣くのを我慢するように、下唇を噛んでいた。

「しんどかったんでしょう？」

できるだけ柔らかく、右手を握る。拒絶も覚悟していたけど、手が振り払われることはなかった。そのまま両手を握ると、くしゃっ、と顔が歪んだ。両目の端から涙がぽろぽろとこぼれだす。

「いいから」

軽く引き寄せると、さらに激しく泣いた。迷ったが、肩に手を回してみる。サトマリの両手が私の腰のあたりに置かれた。誰かと抱き合うなんていつ以来だろう。胸のなかの彼女は、陽だまりを抱いているように温かかった。胸元から嗚咽が聞こえた。パーカーが涙で濡れている。

私たちはそのまましばらく、何も言わずに身を寄せ合っていた。

佐藤真里

茉莉凜という、自分の名が嫌いだ。

生まれてから何度、この名前をからかわれ、いじられたかわからない。一番多いのは、外国人みたい、というのでこれはマシなほう。「頭悪そう」「チャラそう」と言われたのも一度ではない。一番つらかったのは、「私、その名前だったら死ぬ」と言われた時だった。他の人なら死んでしまうほど嫌な名前を、私は背負わされている。

それだけで、本気で死のうとは思わない。だけど心は傷つく。市外の高校に入学した頃から、私は自分を〈サトマリ〉と呼んでほしいと言った。地元でそう呼ばれていたから、と。どうしても〈マリリン〉とは呼ばれたくなかった。

成長するにつれて疑問は募っていく。日本人なのに、なんでこんな名前を付けたのか。親に何度も尋ねたが、返事はいつも同じだった。

「だって、かわいいでしょう？」

お母さんはいつもそう答えた。こんなかわいい名前を付けてやったんだから感謝しろ、とでも言いたそうに。

確かに、かわいいと言う人もたくさんいた。けど、そういう人たちは自分がマリリンという名

前をつけられても平気なのだろうか。芸名やペンネームとは違う。私はこの名前を一生名乗るしかない。おばさんになっても、おばあちゃんになっても、マリリンのまま生きていくんだ。

お母さんなら、それでもいいかもしれない。でも、私はお母さんじゃない。

私の実家はさいたま市の南、旧浦和市の郊外にある。一戸建てに住む家族は父、母、私、弟の四人。父は大手企業の子会社に勤める事業部課長。母は短大卒の専業主婦。弟はバレー部に所属する中学生。そして私は、公立高に通う高校生。

あの家を出てしばらく経ってから、ネットの記事を色々読んだ。私の失踪が思いのほか大事件として報道されていたことには驚いた。そしてどのメディアも、口を揃えて我が家を〈ごく普通の家庭〉と言った。

だけど当事者である私に言わせれば、あの家庭はごく普通なんかじゃない。あれが普通ならこの世のすべての家庭は地獄だ。

私の最も古い記憶は、ピーマンだ。

三、四歳くらいの時だった。私はピーマンが嫌いで、皿の上に残った緑色の断片をフォークでいじっていた。おかずを残しても怒られたことはなかったから、今回もそうするつもりだった。

すると突然、お母さんが素手でピーマンの断片をつかんで私の口に押し込んだ。私は身をよじって逃げようとしたが、お母さんはもう一方の手で後頭部を押さえつけた。号泣した。口のなかに苦みが広がって、吐きだそうとした。

「出さない!」

絶叫しながら、お母さんは私が吐けないよう手で口を押さえてきた。わけもわからず泣き続けた。遠くから弟の泣き声も聞こえた。「うるさい」と母が叫ぶ。今度は指が口のなかに入ってきた。不快さにさらに泣くと、「さっさと食べなさい」と怒鳴られた。結局、食べたのかは覚えていない。

ただ、私は今でもピーマンが食べられない。

お母さんの教育はすべてその調子だった。ある程度までは放置しておいて、思い通りにならないと悟ると、いきなり力ずくで言うことを聞かせようとする。それは物理的な暴力であったり、精神的な暴力であったりした。

三歳下の弟も、同じような目に遭っていた。

駄々をこねると抱え上げられ、無造作にソファへ放り投げられた。打ち所が悪ければ大怪我していたかもしれない。スーパーで買い物している最中に小便を漏らした時は、「自分で何とかしろ」と言われ、しばらく放っておかれた。弟はまだ四歳だった。しかも、それから一か月ほど「どうせ漏らすんだから」とろくに外へ連れて行ってもらえなかった。

結果、私と弟は常にお母さんの顔色を窺うようになった。

とにかく機嫌を損ねないように。それが、この家の子どもとして最も優先すべきことだった。地雷を踏まないよう、一歩一歩慎重に足を踏み出していく。それでも時々踏んではいけないところを踏んで、爆発させてしまう。

じきに私と弟は、自己主張することを諦めた。何を言っても、何をしてもお母さんを爆発させてしまうなら、最初から全部に従ったほうが楽だ。

130

お母さんが大変だったのは、わかる。

お父さんは家庭に一切の関心がない人だった。授業参観や教師との面談はもちろん、休日に家族をどこかへ連れて行ってくれることすら、ほとんどなかった。週末、お父さんはずっと部屋にこもって趣味の映画を見ていた。家族そろっての旅行と言えば、お盆と年末年始、お父さんの実家である山梨へ行く時だけだった。

そんな人が夫だったから、お母さんは一人で私と弟を育てるしかなかった。専業主婦だったから、不満のはけ口もなかったのだろう。実家も遠かった。母方の実家は福岡にあったが、足を運ぶのは法事の時だけだった。

だからといって、親を許す気にはなれない。同情心もない。

もう一つ、受け入れられないことがあった。

お母さんの買ってくれる服や小物が、ことごとく私の好みと合わなかった。気が付いたのは小学校の中学年くらいだった。お母さんの選ぶ服は、妙にフリルがついていて、下はスカートばかりだった。靴はバレエシューズのようなデザインで、髪は肩より短くさせてもらえなかった。要するに、少女っぽさが強すぎた。

ズボンやスニーカーが欲しいと言えば、必ず「何が不満なの」と問い詰められた。

「マリリンにはこういう服のほうが似合うんだから。もう少ししたら、わかるの」

いつもそう言いくるめられた。欲しい服を買ってもらえることは、まずなかった。

私は自分の感覚が間違っているとは思わない。

狂っているのは、あっちだ。

普通、親は子どもが成長するにつれて自立を促すものだと思う。子どもに少しずつ自由を与え、自分で考えることを学ばせる。でも我が家は逆だった。小学校、中学校と進学するにつれて、お母さんからの束縛は厳しくなった。

小学生の頃、門限は午後五時だった。中学生になったらもっと遅くしてもらえると思っていたのに、門限は五時のままだった。友達に言うと、早すぎる、と笑われた。私は門限を延ばしてくれるよう直訴したが、お母さんは眉をひそめた。

「女の子が夜遅くまで出歩いたら、危ないでしょう」

「五時は早すぎる。部活もできないよ」

「四時半になったら、帰ればいいだけじゃない。危険から身を守るのと、夜遊びするのとどっちが大事なの」

夜遊びしたいなんて言ってない。お母さんはすぐに話をすり替える。私の言うことなんて最初から聞いてない。とにかく、自分の言うことに従わせたいだけだ。

携帯も持てなかった。

中学の同級生はほとんどが携帯電話を持っていた。クラスの上位にいるような子たちは、スマートフォンを持っていて当たり前だった。当然、私も欲しかった。でもお母さんは、中学の間は買わない、という主張を譲らなかった。

「携帯なんか何に使うの」

それが決まり文句だった。友達との連絡、という理由には納得してもらえなかった。

132

「どうせ悪いことしか覚えないんだから。中学生には使いこなせない」

「友達はみんな持ってるのに、私だけ持ってなかったら仲間外れにされるよ」

「友達なんて、いつか疎遠になる」

そう言って、お母さんはなぜかにっこり笑った。

「学校の友達より、家族が一番、大事でしょう」

結局私は、部活もできず、友達ともろくに遊びに行けなかった。

中学生になっても、私服はお母さんの趣味に合うものしか許されなかった。せめてフリルのついていないものがよかった。

特に嫌だったのは、ピンク色のマフラーだ。どぎつい色をした、モヘアのマフラー。肌寒くなると、母はそれを押し入れから引っ張りだす。首に巻いていると、お母さんに喉をつかまれているようで息苦しかった。だから、家を出る時と帰る時だけ首に巻いて、あとはこっそり外していた。

友達は皆、自分のお気に入りのマフラーを使っていた。どうしてマフラーしないの、と何度も訊かれた。そのたび、首がきついから苦手なんだよね、とごまかした。本当は羨ましくて仕方なかった。高価でなくても、ブランド品でなくてもいい。私がいいと思うものを、私のセンスで選びたかった。

でも、それは私には許されない贅沢だった。

私はお母さんのつくった庭のなかでしか、生きることができなかった。常にお母さんの目が届

く範囲でしか動けず、お母さんに決められた通りにしか生きられなかった。塾には通っていなかったけど、学校の成績はかなりよかった。クラスで一、二番くらいにはよくて、二年生の時には担任から「大宮、一女も狙える」と言われた。どちらも公立のトップ校だ。勉強ができるという自負はあった。偏差値の高い高校なら、親としても鼻が高いはずだ。私は胸を張って、担任の言葉をお母さんに伝えた。

「前から訊こうと思ってたんだけど、どうしてそんなに頑張ってるの」

お母さんは、どこか戸惑ったような言い方だった。まるで私が裏切ったかのような。困惑するのはこっちのほうだ。

「え……成績がいいのは、いいことだよね?」

「マリリンはそこまでやらなくていいの。バカだと思われない程度で」

「でも、先生は……」

「女は頭が良すぎると、嫌われるからね。男ならともかく」

金槌で頭をぶん殴られたような衝撃だった。

私は、最初から勉強ができることを期待されていなかった。女というだけの理由で。それなのに、勝手に手応えを感じて頑張っていた。トップ校にも合格できると信じて。それこそバカみたいだった。

たぶん私は、頭の良さを証明することでお母さんを悔しがらせたかったんだと思う。あの人が持っていない、立派な学歴を手に入れることでささやかな反撃をしたかった。でも、お母さんはそもそも学歴なんかどうでもよかった。女が勉強を頑張って何になるの、と思っていた。

三年に進級してから、お母さんは市内の共学を受けるよう勧めた。アドバイスという名の強制だった。「これくらいがちょうどいいわ」と選んだ高校は、偏差値六〇ちょっとだった。見下しているわけじゃない。ただ、県内トップ校を狙える学力がありながら、頭が良すぎると嫌われるから、という理由だけで、一方的に進学先を決められるのがたまらなく屈辱的だった。

抵抗はした。しかしお母さんが認めてくれるはずがなかった。今までの人生で一度だって、あの人が私の希望を認めてくれたことなどない。結局、私はお母さんの勧める高校を受けた。合格したけど喜びはなかった。進学後、勉強する意欲を失った。

自分の可能性の扉が、また一つ閉ざされていくのが悲しかった。

高校に入学してすぐ、約束通りスマートフォンを買ってもらった。四月のある日、いきなり家でお母さんから手渡されたのだ。突然のことで驚いたが、本当に嬉しかった。心の底から「ありがとう」と言ったのはいつ以来だったろう。その日はずっと、スマートフォンをいじって過ごした。新生活のはじまりと相まって、私は興奮していた。

だけど高揚した気分はすぐに冷めた。

数日後、使い方のわからないアプリが入っているのを見つけた。

「これ、何かわかる？」

リビングにいたお母さんに見せると、「わかるよ」と返ってきた。

「色々わかるアプリ」

「色々って？」

「マリリンのいる場所とか、誰と電話したかとか」

顔から血の気が引いて、頰が冷たくなった。そうだ。この人は、そういう人だった。素直にスマホを持たせてくれるような、ものわかりのいい親じゃない。お母さんは平然と、悪びれもせずに私を見ている。

「居場所を監視してるってこと?」

「見守ってるの。変な事件に巻き込まれないために」

「じゃあ電話は?」

「誰と電話するか把握するのは親の仕事でしょう。電話代の無駄遣いもしてほしくないし。だいたい、後ろめたいことがないなら誰に見られても平気なはずじゃない。それともマリリンは、お母さんに言えないようなことをするつもり?」

手のなかにある小さな機械が、急に薄気味悪く思えてくる。これを使えば、私の生活はすべてお母さんに筒抜けになる。どこに遊びに行っても、誰と話しても。

「娘のこと、信じてくれないの」

「それはこっちの台詞。お母さんのこと信じてるなら、言うこと聞いて」

「今までずっと、聞いてきたじゃん」

「うるさい!」

絶叫がリビングに響いた。久しぶりに、まともに地雷を踏んだ。

「せっかくスマホ持たせてあげるのに、文句ばっかり。そんなに好き勝手したいなら、もう家を出ていきなさい。この家にいなくていい。どこかの男に襲われて、妊娠でも中絶でもすればいい

でしょう。殺されても知らないよ。あんたがそれを望んでるんだから」

私は呆気に取られていた。

この人とは、会話できない。十五歳になってようやくそれがわかった。

お母さんは、娘に人形でいてほしいんだ。反論もせず、自分の言う通りに生きていく従順な人形。悪いけど、それは無理だ。だって私は人間だから。すべての感覚を他人であるお母さんと共有することはできないから。

仕方なく、私はお母さんに監視されたスマートフォンを使った。門限は五時。欲しいものがあればお母さんに伝えることになっていたけど、伝えたところで買ってもらえたことはない。遊びに行くのも滅多に許されなかったし、許されたとしても五時までだ。そもそも遊びになんか行かなくていい、という意味なのかもしれない。

同じ年に中学へ進んだ弟に、お母さんはサッカー部に入れと言った。理由は知らない。お母さんのなかでは、男の子はサッカーをやるものだという思い込みがあったのだろう。相当しつこく勧められていたが、弟はそれを無視してバレー部に入った。

その話を弟から聞いた時、さぞかしお母さんが怒っただろうと尋ねた。しかし弟は首を横に振った。

「怒んなかった。がっかりしたみたいだけど」

信じられない。何か裏技でも使ったのか。

「嘘。なんで怒らなかったの」

「知らねえよ。でももう、言うこと聞かなくていいってわかった。ケンカしたら勝てるし。俺、

姉ちゃんみたいにならないから」

その一瞬、弟が蔑むような目で私を見た。かっとなった。こいつだけ、ずるい。ずっと一緒にお母さんの顔色を窺って生きてきたのに、なんでこいつだけ抜け駆けが許されるんだ。

お母さんに、さりげなく訊いてみた。弟がバレー部に入ったことを批判するような雰囲気で。

同調すると思っていたお母さんは、薄く笑いを浮かべて、ため息を吐いただけだった。

「しょうがないよね。寂しいけど、男の子はいつか親元を離れるから」

耳を疑った。

女の子はいつまでも、親元を離れないとでも思っているのだろうか?

私はこの先ずっと、どちらかが死ぬまで、お母さんの元から離れられないのか?

心の底から弟が羨ましかった。生まれた性別が男であるというその一点で、弟はこの檻から釈放されたのだ。私は高校生になってもまだ出られない、もしかしたら一生出られないかもしれないのに。

それでも私は出口を探した。この檻を抜け出せるなら、どんな形でもよかった。

一年の秋、美化委員の集まりが終わって帰宅しようとしたところで男子の先輩に声をかけられた。二年の人で、校内清掃の時に何度か話したことがあった。背の高い、優しそうな人だ。一緒に帰ってもいいかな、と言われ、あたふたしながら頷いた。

これって、そういうことなのかな。

二人で並んで歩いている間、ずっとドキドキしていた。何を話していたか覚えていない。

「サトマリって、仲いい男子とかいるの」

138

「いや、別に……」

いないとはっきり言えばいいのに、妙に意味深な言い方になった。先輩から連絡先を聞かれた。

メッセージアプリのIDを教え合って、その日は別れた。

スマホを受け取った日に聞いた限りでは、お母さんが監視できるのは位置情報や通話記録だけで、メッセージアプリの内容までは見られていないはずだった。そこまでできる監視アプリはご

く一部で、しかもそれなりに高額な有料プランへの申し込みが必要になっている。私はメッセージアプリを抜け道に、友達とやり取りしていた。

一人になってもまだ心臓が高鳴っていた。まっすぐ帰宅するのが嫌で、回り道をした。このまま仲良くなって、告白されたら、私はあの先輩と付き合うのだろうか。すごくかっこいいわけじゃないけど、付き合ったら楽しいかもしれない。

その時ひらめいた。これだ。この人に、檻から連れ出してもらおう。

後から振り返るとバカみたいだけど、私はその先輩と駆け落ちしようと本気で思っていた。私一人では、どうすればいいのかわからない。でも男の人と一緒なら、何とかしてくれると思っていた。本当にバカだった。自分以外、自分の人生を何とかしてくれる人なんていないのに。

その日から、先輩とメッセージのやり取りをするようになった。お母さんが入浴しているタイミングを見計らって通話もした。相手がばれないよう、必ずメッセージアプリの通話機能を使うようにした。

ふた月ほどそんな期間があって、とうとう告白された。最初に声をかけられた時と同じ、美化

委員の帰り道だった。

ぼーっとした、熱に浮かされた感じだった。ふわふわした足取りで家に帰ると、ダイニングに

いたお母さんに呼ばれた。

「マリリン、ちょっといい」

「なに？」

せっかくの高揚感を邪魔され、少し機嫌を損ねた。それでも告白されたことの興奮が勝っていた。浮かれているのを悟られないよう、硬い表情を作ってダイニングテーブルにつく。お母さんはテーブルの上で両手を組んでいた。

「最近、男の先輩と仲いいの？」

いきなりそう切り出され、顔から血の気が引いた。うまくごまかせない。私の表情は完全に質問を肯定していた。

次に湧いてきたのは、どうして母が知っているのかという疑問だった。通話はしているけど、相手が〈男の先輩〉だとわかっていることだ。

「なんで先輩って知ってるの」

「だって、メッセージでずっと敬語使ってるから」

顔が熱くなった。この人はアプリのなかまで、見ている。位置情報や通話記録だけじゃない。スマートフォンを通じたあらゆる情報が、お母さんに見られている。先輩との、見返すだけで赤面するような会話も。猫みたいに甘える言葉も、大人のふりをして背伸びした言葉も全部。恥ずかしさと怒りで頭に血が上る。

メッセージアプリの機能を使っているから監視はできないはずだった。もっと不思議なのは、

郵便はがき

162-8790

料金受取人払郵便

牛込局承認

7395

差出有効期間
2023年6月
1日まで

新宿区東五軒町3-28

㈱双葉社

文芸出版部 行

||||·||||·||·||||·|||··||·|·|··||·|·|·|||·|·||·|·||·||·||·||·|·||||

ご住所	〒		
お名前	（フリガナ）	☎	
		男・女　　　歳	既婚・未婚
職業	【学生・会社員・公務員・団体職員・自営業・自由業・主婦(夫)・無職・その他】		

小説推理

双葉社の月刊エンターテインメント小説誌!

ミステリーのみならず、様々なジャンルの小説、読み物をお届けしています。小社に直
接年間購読を申し込まれますと、1冊分をサービスして、12ヶ月分の購読料
（10,390円/うち1冊は特大号）で13ヶ月分の「小説推理」をお届けします。特大号
は年間2冊以上になることがございますが、2冊目以降の定価値上げ分及び毎号の送料
は小社が負担します。ぜひ、お申し込みください。(略)(TEL)03-5261-4818

書名 (　　　　　　　　　　　　　　　　　　　　　　　　　　　　　　　)

●本書をお読みになってのご意見・ご感想をお書き下さい。

※お書き頂いたご意見・ご感想を本書の帯、広告等(文庫化の時を含む)に掲載してもよろしいですか?
1. はい　　2. いいえ　　3. 事前に連絡してほしい　　4. 名前を掲載しなければよい

●ご購入の動機は?
1. 著者の作品が好きなので　　2. タイトルにひかれて　　3. 装丁にひかれて
4. 帯にひかれて　　5. 書評・紹介記事を読んで　　6. 作品のテーマに興味があったので
7.「小説推理」の連載を読んでいたので　　8. 新聞・雑誌広告(　　　　　　　　　　　)

●本書の定価についてどう思いますか?
1. 高い　　2. 安い　　3. 妥当

●好きな作家を挙げてください。
(　　　　　　　　　　　　　　　　　　　　　　　　　　　　　　　　)

●最近読んで特に面白かった本のタイトルをお書き下さい。
(　　　　　　　　　　　　　　　　　　　　　　　　　　　　　　　　)

●定期購読新聞および定期購読雑誌をお教えください。
(　　　　　　　　　　　　　　　　　　　　　　　　　　　　　　　　)

ロにできたのは「どうやって？」という間の抜けた質問だった。

「別のアプリも入れたの。有料でね」

何でもないことのように言う。例の有料プランだ。いつの間に、と問う気力も湧かない。スマホを家に忘れた日が何度かあったから、そのタイミングを利用したのだろう。

そこまでするお金があるなら、少しでいいから自由になるお小遣いが欲しかった。

悔しかった。

私が自分らしく生きることより、私を監視するための費用のほうが大事なんだ。その場で泣き出したいくらい悔しかった。でも、泣けばお母さんはきっと怪訝そうな顔をする。どうしたの。マリリンのためにやってるんじゃない。そんな台詞を聞いたら、今度こそ気がおかしくなってしまいそうだ。

悩んだ末、帰り道に先輩に話した。人気のない公園のベンチだった。寒い冬の日だった。鞄の底には、ピンク色のマフラーを隠していた。

私のスマートフォンのあらゆる機能が母親にのぞかれていることを明かした。先輩はあからさまに引いたけど、逃がさなかった。先輩の腕をつかんで、上目遣いで顔を見た。

「スマホなんか捨てて、二人で逃げましょう」

先輩は「なんで？」と言った。腕をつかむ手に力が入る。

「あの母親と一緒にいるの、もう耐えられないんです。だから逃げましょう。どこでもいいから。どこか、あの人の手の届かないところに連れて行ってください」

「本気で？」

先輩の顔はこわばっていた。目の色には、後悔がにじんでいた。

「そんなの無理だろ。俺ら、高校生だぞ」

腕をふりほどかれた。身体にしがみつこうとしたが、あっけなくかわされた。

「ヤバいよ、お前の家」

先輩は一度も振り返らずに公園を出て行った。

翌日から、メッセージを送っても返事が来なくなった。通話したくても電話に出なかった。美化委員で顔を合わせても、徹底的に無視された。下校しようとする先輩を靴箱のところでつかまえた。他の生徒も見ていたが、構っていられない。私に肩を叩かれた先輩はあからさまに怯えていた。

「やめてくれ」

「好きだって言ってくれたじゃないですか。私を連れて行ってください」

「落ち着けよ。お前、マジでおかしいから。逃げるとか、無理だろ」

「なんでできないのっ！」

気が付けば、私は靴箱の前で絶叫していた。他の生徒がぽかんとした顔で私を見ていた。目が合うと、姿を隠すように去っていく。どこからか、くすくす笑う声が聞こえた。先輩はさよならも言わずに消えてしまった。

我慢できなかった。ぼろぼろ流れる涙を、コートの袖で隠した。靴箱から走り去り、校庭を横切って校門を飛び出した。行く当てもないまま、でたらめに走る。空気が冷たくて、頬に流れる涙が温かかった。

先輩に、決定的に嫌われた。叫びたくなんかなかったのに感情がコントロールできない。相手が期待に応えてくれないことに、とめどなく怒りが込みあげる。これじゃあ、まるでお母さんだ。

このままだと、私はあの人と同じになってしまう。

世界で一番嫌いな、あの人と同じに。

それでも私は耐えた。十六、七の女にできることなんてない。大学生になれば何かが変わるはずだと信じて、お母さんの監視に耐え続けた。

学校生活も針のむしろだった。私が先輩に叫んだことは、次の日から皆の噂の的だった。一瞬だけ彼氏だった先輩は、私のことを〈ヤバい女〉として周りに言いふらした。友達が減って、休み時間を持て余すようになった。

大学生になれば、何もかも変わる。今度こそ、誰に何を言われても自分の行きたい大学を受けるつもりだった。できるだけ遠いところにある大学がいい。私は北海道の国立大学を密かに第一志望にして、受験勉強に励んだ。

高校二年の十一月だった。朝から雨が降っていて、その日は最高気温も一桁止まりの寒い日だった。鞄に教科書と筆記用具、体育で使うジャージを詰めた。家を出ようとした時、お母さんが玄関まで追いかけてきた。

「はい、これ。今日寒いから」

お母さんが差し出したのは、ピンク色のマフラーだった。

「だいぶ古くなったね。新しいの、買わないとね」

「自分で選ぶよ」

「お母さんが買ってきてあげるから」

この人はいつもそうだ。あれをしてあげる、これをしてあげる、あなたのためを思って。虫唾が走る。自分が娘の人生を縛っている意識なんて、かけらもない。ただひたすらよかれと思って。

だから性質が悪い。

手渡されたマフラーを巻いた。ド派手なピンク色が目障りだ。

「じゃあ、行ってくる」

「北海道の大学に行きたいの?」

お母さんにその話をしたことはなかった。そういえば、この人は私のスマートフォンを全部のぞいているんだ。監視されていることが日常になりすぎて、たまに忘れる。

「ちょっと調べただけ」

「北海道なんて許さないよ」

雑談のような口調だったけど、お母さんの顔は本気だった。

「そんなところに行くなら、学費は出さないからね」

怒りはなかった。ただ、そうだよなぁ、とぼんやり思った。この人が許すはずがないんだ。最初から、北海道の大学を受けるなんて妄想でしかなかった。こっそり大学を受けたところで、その先、学費を払って生活するなんて土台無理な話だ。

「ここから通える距離でいいじゃない。別に大学に行かなくても、近くに短大もあるし。学者さんになるわけじゃなし、勉強の内容なんてなんだっていいでしょう? だいたい、そんな大学行

ってどうするの。結婚する時、敬遠されるのに。普通のところでいいの」

お母さんにとっては、結婚が人生のゴールなんだ。女にとっては結婚がすべてなんだ。結婚さえすれば、どうにかなると思っている。笑いたくなる。もう二十一世紀になってかなり経つというのに。

「でも、好きになる人がバカな女なんて嫌だと思うかも」

「バカな女が嫌な男なんていないわよ。大丈夫。心配しなくても、合う人を見つけてあげるから。服と同じ。マリリンに合うものはお母さんが一番わかっているからね。結婚相手も、住む場所も決めてあげる。子どもを産む時は立ち会って、背中をさすってあげる。産まれてからは一緒に世話をしましょう。だからマリリンは、何も心配しなくていいの」

目の前に薄暗い絶望が広がっていた。冗談じゃない。どちらかが死ぬまで、私はこのピンク色の首輪を一生外すことができないのか。

「もし、結婚できなかったら?」

お母さんは「そうねえ」と腕を組んで、私の目を見た。

「その時は、ずっとこの家にいるのね」

私という器から、何かが溢れた。

溢れる瀬戸際、表面張力だけで持ちこたえていたところに最後の一滴が落とされた。

「行ってきます」

ロボットのように、決められた台詞を口にして玄関を出た。背後でドアが閉まる。雨が降っていることに気が付き、折りたたみ傘をさす。心を無にして学校への道のりを歩く。少し離れたと

ころで自分の家を振り返る。築二十年弱の一戸建て。私はここで、お母さんと永遠に暮らし続けるのだろうか。

「嫌だ」

声が漏れていた。

「嫌だ」

捨てろ、と耳元で誰かが言った。私自身の声だった。

首に巻いていたマフラーを片手で解いて、側溝に捨てた。ピンク色の塊が濁った水に浸されていく。首元が涼しい。こんなに気持ちいいんだ。もっと早く、こうすればよかった。

もっと捨てろ、とまた誰かが言った。

鞄に入れていたスマートフォンを取り出した。溝に向かって、力いっぱい投げつける。どぼん、と音を立てて沈んでいった。背筋がぞくぞくするほど気持ちいい。これでもう、お母さんが私を監視することはできない。

次に私の声は、逃げろ、と言った。

傘をさしたまま、その場から逃げた。とにかく誰にも見られていない場所へ。もちろん登校する気なんてなくしていた。寒かったけど途中でコートも脱いだ。お母さんから押し付けられたものは、すべて捨ててしまいたかった。

逃げろ。とにかく逃げろ。あの家から離れた場所へ。

私はひたすらつぶやいていた。あの家には戻らない。お母さんのところには戻らない。逃げて、逃げ切る。一人で逃げる。私は私の人生のために生きる。どんなに苦しくなっても、私

逃げて、逃げ切る。

は自由を選ぶ。

最初から檻は開いていたんだ。ただ、私に檻を出る勇気がなかった。それだけのことだ。

近くに無人の神社があった。住宅街の外れで人通りも少ない。その神社の物置の裏に身をひそめた。じめじめした狭いところで、傘を立てかけて財布を確認する。ランチ代という名目でもらったお金をこつこつ貯めてきた。五千円入っているが、これだけで逃げられるだろうか。

バスや電車は人目につくからダメだ。街角には監視カメラもある。タクシーはお金がかかりすぎる。自転車？　論外。そこまで考えて、ピンときた。

ヒッチハイク。

テレビで見たことがある。ほとんどお金を使わず、日本中どこでも好きな場所へ行ける。行き先はどこでもいい。ただ、変な男の人に捕まったら、どうしよう。車のなかじゃ助けも求められない。怖い。お母さんなら絶対に反対するだろう。

それでも、他に方法が思いつかなかった。それに、できるだけお母さんが反対する方法で逃げてやりたかった。

制服はさすがにまずい。私は物置の裏でジャージに着替えた。一時間ほどで雨がやんだ。傘をたたんで鞄に押し込み、人目を気にしながら神社を離れた。徒歩で国道を目指す。途中、スーパーの裏に捨てられていた段ボールを拾った。鞄に入れていたマジックで大きく〈北〉と書いた。

自動車がたくさん通る国道の道端で、段ボールを掲げた。十五分もすると一台の車が停まった。運転席の窓が開く。現れたのは女性ドライバーの苦々しい顔だった。喜んで近づいたが、タクシーだった。

「あんた、何やってんの?」

　ハンドルを握っているのは五十歳くらいの女性で、短い髪はほとんど白くなっていた。

「危ないよ。まだ十代でしょ」

「大学生です。彼氏の家から逃げてきたんです。ヤバい人で。お願いです、どこか連れて行ってください。どこでもいいんです。お願いします」

　でまかせを必死で言い募る。もう誰でもいいし、どこでもいい。ここから連れ出してくれるのなら。女性ドライバーは私の着ているジャージをじろじろ見て、鞄に目を留め、それから後部席の扉のロックを解除した。

「高速の手前まで乗せてやるよ」

　今になって思えば、私が彼氏の家から逃げてきた大学生じゃないことくらい、簡単に見抜いていたんだろう。靴や鞄を見れば、高校生だということは推測できる。それでもあのドライバーは私を後部座席に乗せてくれた。たいした距離じゃなかった。走っていたのは二十分ほど。でも料金も取らず、黙って高速道路の料金所近くまで乗せてくれた。

「そこで待ってたら、誰かはつかまるだろうよ」

　顎で示したのは、ハンバーガーショップの駐車場だった。

「あ、ありがとうございます」

「女一人なんて、事件に巻き込まれに行ってるようなもんだからね」

　忠告を残して、タクシーは去った。

　それから、私はいくつかの車に乗せてもらった。ほとんどのドライバーは男性だった。距離が

148

近い人も、遠い人や臭い人もいた。汚い人や臭い人もいた。手を握られたり、肩をつかまれたりもしたけど、「嫌です」と言えば、相手は「冗談、冗談」と半笑いで手をひっこめた。たまたま怖い人に巡り合わなかっただけだと思う。寝泊まりの場所は女子トイレや、二十四時間営業のファストフード店だった。途中で服も買って、着替えた。

制服の警察官を見かけるたび、心臓が縮んだ。けど、声もかけられなかった。

四日目、山形に行く人の車に乗せてもらった。

「何しに行くんですか」

「短期バイト。梨の加工」

軽自動車を運転する三十歳くらいの男の人だった。

「農家さんですか」

「工場。二か月泊まり込みで、仕事すんの」

「そこ、バイト募集してますかね」

「さあ。繁忙期だし、してるんじゃない？」

到着した先で、私はそのまま働きはじめた。工場の人に一応書いてくれと言われた履歴書には、嘘ばかり書き連ねた。年齢は十九。出身は都内。氏名は、佐藤真里。ずっと憧れていた普通の名前。

私はもう、茉莉凜じゃない。ごく普通の女だ。

仕事もして、恋愛もして、自分の意思で人生を決めることができる。他人のために生きる必要なんてない。やりたいように、やればいい。

家を逃げ出してからもう三年になる。同級生の顔も、担任の教師の顔も、ほとんど忘れてしまった。あの先輩の顔ですら、もうおぼろげだ。ただ、大嫌いなお母さんの顔だけは今でも鮮明に思い出せるのが、悔しくてたまらない。

高井戸唯

泣きやんだ佐藤さんはソファに腰かけ、腫らした目で呆然と宙を見ている。

ついさっきまで、涙まじりにここへ来た経緯を語っていた。隣に座った彩子さんに背中をさられながら。母親の支配から逃げ出した彼女が、母性に慰められている光景は少し皮肉だった。

佐藤さんの正体がわかった今は、すっきりしている。彼女が反対しているのは、警察とかかわれば、失踪した元女子高生であることがばれる恐れがあるからだ。

改めて、スマホの検索結果に視線を落とす。行方不明になった浅戸茉莉凜に対して、ウェブ上では多数の匿名コメントが投稿されている。外見に関するものが最も多くて、美人だとかブスだとか、尻軽そうとか整形とか、好き勝手な意見ばかりだ。失踪した理由も、誘拐された、殺された、パパ活の男と逃げた、と何の根拠もない予想が列挙されている。神隠し、というのもあった。

育ちが悪そう、しつけができてない、親の責任、という言葉も並んでいた。

佐藤さんの話を聞くに、彼女の母親は血眼で娘のことを捜しているはずだ。手掛かりを探して、

150

この匿名コメントの群れを目にした可能性も高い。その時、自分の娘が、自分の育て方が、顔も知らない他人から品評される屈辱に耐えられるのだろうか。この光景を見せることができただけでも、佐藤さんの復讐は成功したと言えるかもしれない。

「……殺してないし、脅迫状も私じゃない。人の過去をエサに脅すなんて、最低」

佐藤さんは赤い目で私を睨んだ。

「私は本当に、さっき話したことしか知らない」

「ごめんね。でも、はっきりしてよかった」

優しい声音で言ってみたけど、視線のとげとげしさは変わらない。隠されていた保険証を持ち出したのは私だけど、そのおかげで彼女の疑いが晴れたのだから、そこまで敵視しなくてもいいと思う。

もう午前一時だ。

私を含めたロビーの六人は、完全に解散するタイミングを失った。乾さんと佐藤さんは、通報に反対する理由が明らかになった。さっき挙手しなかった彩子さんや亮さんにも、秘密があるのだろうか。

順番に顔色を窺っていると、亮さんと目が合った。

私は視線を逸らしたけど、向こうはじっとこちらを見ている。まるで牽制するような視線だった。佐藤さんとはまた別の敵意。いや、敵意というより、疑念かもしれない。こちらの秘密が暴かれるのでは、という恐怖が頭をもたげる。

まさか、気付いた？

そんなはずない。今まで、ばれたことなんてほぼなかった。

「お手洗いに」

視線に耐えかねて席を立った。ジャージのポケットに手を突っこむと、二つのスマートフォンが指先に触れる。一方は私のもの、もう一方はシュウさんのものだ。

お手洗いの頻度が高すぎるかな、と思ったけど、そうするしかなかった。

田辺亮

唯ちゃんは素知らぬ顔でロビーに戻ってきた。こっちを見ようとはしない。　俺の視線に気付いていながら、あえて避けている節がある。

どうも、怪しい。

あの子が保険証を見せつけた時、サトマリは「どうして、唯さんが持ってるの」と言った。女部屋に落ちていたと言ったが、サトマリがそんな大事なものをうっかり部屋で落としたりするだろうか。今までそんなミスをした気配はないのに、よりによってこの異常な状況で？

丸椅子に腰を下ろした唯ちゃんは、すぐにスマホをいじりはじめた。そういえば乾さんの時、名前をネットで検索したと言っていた。それくらい普通と言えば普通かもしれないが、どこか薄気味悪さを感じる。あるいは、外部にいる何者かと連絡を取っているのか。だとすれば厄介だ。

まさかとは思うが、すでに警察に通報している可能性はないか？　いいかげん、本気でここから逃げる算段をしなければならない。

その時、耳鳴りがはじまった。

——リョウちゃん、リョウちゃん。

聞こえないはずの声が聞こえてくる。今まで何度となく悩まされてきた幻聴だ。

——リョウちゃん、リョウちゃん。

老女の声が俺を呼ぶ。表面上は平静を取り繕い、その呼び声を無視する。しかし頭はどんどん窮屈になっていく。脳味噌が締め付けられるように痛い。消えてくれと願っても、老女の呼びかけは止まない。俺は黙って耳鳴りが去るのを待った。

ロビーにはけだるい空気が漂っている。もはや、何のために集まっているのかもわからなくなっていた。

「警察には知らせないから、スマホは返してくれ」

久しぶりに口を開いたのはシュウだった。

サトマリは弱々しく首を横に振った。それはそうだ。あれだけ強硬に通報を主張していたやつを信じられるわけがない。

「どうせ、私が殺したと思ってるんでしょ」

「もう思ってない」

「嘘。スマホ返したら、私が殺人犯だって警察に言うんだ」

「あの、それより、大地さんの他の持ち物とかないんですか。話してるだけじゃ何もわからない

し、部屋のなか調べてもいいと思うんですけど」

唯ちゃんが割って入った。

ただ。また、あの子だ。どさくさに紛れて男部屋を漁ろうという魂胆に見えてくる。俺の考えすぎか？　それにしたって、何か引っかかる。本当に怖いのはシュウではなく、唯ちゃんかもしれない。

老女の声はようやく消えたが、頭痛はまだ治まらない。苛立ちが募る。無性に煙草が吸いたい。

立ち上がると、彩子さんが振り向いた。

「どこ行くの」

ピースサインを口の前に持ってくる。反応を待たずにロビーを出た。

素足に共用サンダルをつっかけて外に出る。風が冷たい。夜の空は曇っている。真っ黒な天井が触れられそうな距離まで迫っている。

何もかもが億劫だった。

サトマリが街で買ってきたマールボロに火をつける。煙を吸い込むと、胸に重いものを入れられたような感覚があった。

――リョウちゃん、リョウちゃん。

頭痛が引く代わりに、また老女の声が聞こえてきた。俺はこの声から、一生逃れられない。誰も俺を捕まえられなかったとしても、この声だけはしつこく追いかけてくる。

一本吸い終わる頃、サンダルのぺたぺたという足音がした。彩子さんだった。

「ご一緒してもいいですか」

こちらが答えるより先に、メンソールをつまみ出している。俺は吸殻を携帯灰皿に捨てて、二本目に火をつけた。

黙って吸いながら、これからのことを考えていた。無事にここから逃げられたとして、次はどこへ行こう。当てはない。永遠に終わらない夜を歩いているような気になる。

「ねえ、亮」

──リョウちゃん、リョウちゃん。

彩子さんの声と老女の声が重なる。目が合うと、彼女は真剣な顔をしていた。

「あなたが誰か、わかった」

足元にマールボロの灰が落ちた。

六　午前一時三十一分

工藤秀吾

　今更ながら思い出した。今日は僕の二十六歳の誕生日だ。

　誕生日だからといってはしゃぐような年齢でもない。だけど、今年は特別な日になるはずだった。高井戸さんは、目覚ましの電話をかけてくれると約束してくれた。彼女の声で、爽やかな朝を迎えるはずだった。

　今となっては明日の仕事があるかどうかもわからない。この状況で、僕らは平然とカラフトマスを捌けるだろうか。潮と血の匂いにまみれて、包丁をふるうことができるのか。

　煙草を吸っていた亮さんと彩子さんが、外から戻ってきた。亮さんは丸椅子に、彩子さんはソファに戻る。二人ともどこか悄然とした様子だった。

「ちょっといいですか」

　声をかけると、二人が同時に振り向いた。

「亮さんたちがいない間に話していたんですけど。男部屋をもう一度、捜してみようかと」

156

「なんで？」

「鞄の他に、大地さんの持ち物があるかもしれません。乾さんは了解してくれました」

言い出したのは高井戸さんだ。他に打つ手もないため、駄目元で探ってみることにした。

「……俺も別に、ええけど」

「じゃあ、見てきます」

さっそくロビーを出て、男部屋へ向かう。誰もついてこないかと思ったが、一瞬遅れて、高井戸さんが追いかけてきた。胸がじんわりと温かくなる。

男部屋には二段ベッドが二つ並んでいる。ベッドの上下が男性アルバイト四人の寝床であり、所持品置き場だ。女部屋も同じ造りらしい。大地さんの寝床は入って右手にあるベッドの下段。ベッドの上には物干し用の紐が渡され、衣類やタオルがかけられている。枕元には大きめのリュックサックがあり、ベッドと壁の隙間に小型のキャリーケースが押し込まれていた。いったん亮さんが持ち出したが、元の位置に戻したらしい。

捜してみるとは言ったが、当てがあるわけではない。枕を動かし、シーツをめくってみるが、めぼしいものは見つからなかった。高井戸さんはベッドの下をのぞきこんだり、部屋の隅を探ったりしている。

「特にないみたい」

「……すみません、無駄骨でしたよね」

「気にしないで。むしろ嬉しかった」

男部屋を後にしてロビーに戻ろうとすると、廊下で「シュウさん」と声をかけられた。高井戸

さんは上目遣いにこちらを見ている。眉尻は下がり、どこか自信なさそうな佇まいだった。

「私のこと、どう思いますか」

どきりとする。異性からそんなことを言われたのは初めてだった。舞い上がりかけた感情をなだめる。恋愛感情が絡んだ質問とは限らない。浮かれれば、恥をかくのは僕だ。

「どう、って?」

「ひどいやつだって思ってますよね」

拍子抜けすると同時に、恥をかかずに済んだと安堵する。僕が期待していた意味の発言ではなかったらしい。

「さっき佐藤さんにひどいことしちゃったって、後悔してるんです。本人にしたら話したくないことだったのに、無理やり話させたし」

「あれは仕方ない。女部屋に落ちていた保険証を拾ったのは、偶然なんだし。むしろ、高井戸さんのおかげでサトマリは疑いを晴らすことができたんだから。全然、後悔する必要ないって。元はと言えばあっちが悪い」

落ちこんでいる高井戸さんを見ていると僕まで悲しくなる。どうにか励ましたくて、つい饒舌になった。

「そもそもサトマリが家出なんかしなければ、警察から隠れる必要もなかった。失踪したせいでニュースになって、家族や周りの人に迷惑かけて。そこまでして逃げなくても、きっと他の方法はあったのに。安易に逃げるからこういうことになる。自業自得だ」

そこまで話して気が付いた。高井戸さんの表情が変わっている。眉間に軽く皺が寄り、視線を

158

逸らしていた。顔に浮かんでいた憂鬱は薄れ、代わりに僕への違和感が頭をもたげているように見えた。いわゆる引いているという状態だろうか。またやってしまった。僕はよく相手をこういう顔にさせる。きっと、一方的に話す癖のせいだ。

でも間違ったことは言っていない。正しいのは、いつも僕だ。

「ごめん。戻ろうか」

踵を返して、廊下を歩きだす。少し遅れて高井戸さんの足音がついてくる。

ロビーの照明が廊下と、その奥の玄関も照らし出していた。スニーカーやサンダルが脱ぎ散らかされている。いつも綺麗とは言えないが、今は一段と乱れている。履き物の乱れは心の乱れ、と言っていたのは小学校の教師だったか。

何気なく、玄関にかがみこんで履き物を直した。こういうことに最初に気付くのは、たいてい僕だ。しゃがみこんで靴を整理していると、高井戸さんが隣にかがんで一緒に直してくれた。

「あれ、これ」

ほとんどすべての靴を揃えた頃、高井戸さんが手を止めた。振り向くと、右手には共用のサンダルがつかまれている。高井戸さんはサンダルをひっくり返して、底を見ていた。

動きを止めた理由はすぐにわかった。

底に刻まれた溝には、砂がびっしりと挟まっている。ロビーから漏れる明かりの下で、その砂は、赤黒い血の色に染まっていた。

田辺亮

シュウと唯ちゃんを待つ間、外での会話を思い出していた。
　──あなたが誰か、わかった。
火のついたメンソールを手に、彩子さんはそう言った。
　──田辺亮だってことが？
　──とぼけないで。
夜の屋外ではほとんど相手の表情が見えない。煙草の火の弱々しい光が届くのは、手元までだ。だが、俺には彩子さんが今どんな表情をしているのか想像がついた。口元にはうっすらと笑みが浮かび、こちらの反応を窺うために目を細めている。まるで、恋人の浮気を見抜いた女のように。
　──警察とは、絶対に顔を合わせたくないんだよね。
　──それは彩子さんも同じと違うの。
　──そう。私も。だから一緒に逃げよう。このままここにいたら、いつか警察が来る。
それには答えず煙を肺に送る。煙草の苦みとは無関係に、思わず顔が歪む。シュウの呼びかけに合意しなかった理由がわかった。彩子さんにも秘密があるのか。
ここにいる六人のうち少なくとも四人は、警察とは無縁で暮らしていきたい人間ということだ。

——それは気の毒や。

俺は問いかけを肯定も否定もしなかった。

——でも、この場で逃げても怪しまれるだけと違うかのぉ。それに逃げるって言うても、どうやって逃げる？　徒歩か、自転車くらいしか手がないやろ。

やんわり諭すと、そうだけど、と返ってくる。人数が増えれば、暗闇のなかで二つの火がぼんやり光っている。

誰かと一緒に逃げるつもりはなかった。人数が増えれば、それだけ不測の事態が起こりやすくなる。どんなに親密な相手だろうが、他人を完全にコントロールすることなどできないのだから。

——こんな場所、もういたくない。

——だったら一人で逃げたらええ。

自分の声がことのほか冷たく響いた。だが、それが本心だった。

逃げる手はずについては考えがあった。三時か四時あたりにこっそり姿を消し、海岸で身を隠す。街と逆方向にしばらく歩けば、バスの停留所がある。バスが来るのは一日に数本。早朝五時過ぎに第一便が来る。それに乗って街とは逆方向へ行く。しばらく乗っていれば無人駅周辺にたどりつく。そこからは電車に乗り換えればいい。

アルバイトの連中はたびたび街との往復をしているが、逆方向に行くことはほとんどない。そちらには何もないからだ。停留所の存在すら知らないかもしれない。俺だけでなく彩子さんまで一緒にいなくなれば、怪しまれる可能性は高まる。足手まといになるかもしれない。俺たちは気まずい空気を引きずってロビーに戻った。

男部屋を調べていたシュウと唯ちゃんが戻ってきた。シュウは共用サンダルをつまんでいる。

どうした、と尋ねる気力も湧かない。

「サンダルの底に、血の混じった砂がついていました」

一拍置いて、反応が返ってくる。

「だから?」

「人の血なの、それ。魚の血じゃなくて?」

サトマリと彩子さんが言い返す。唯ちゃんや乾さんは黙っていた。正確には乾さんではなく黄さんなのだが、誰も本名で呼ぶ気配はない。

「作業場ではウェーダーを着るから、なかにサンダルを履いていてもこうならない。魚の血じゃないと思う」

「だから、何が言いたいの?」

「これを履いた誰かが、大地さんの遺体の傍にいたんじゃないか。僕とサトマリが捜しに行った時は自分の靴だから違う。他の誰かが遺体の近くまで行ったんだ。ほら。この砂、たぶん浜辺の砂だよ」

細かい砂がパラパラと床へ落ちた。今度はサンダルか。次から次へと、よく見つけるものだ。

サトマリが憤然と腕を組む。

「で、誰なの。まさか、また私か乾さんって言うんじゃないよね」

「それはわからないけど……」

「偉そうに言ってるけど、シュウさんだってアリバイないでしょう」

162

勢いよくサトマリが詰め寄る。

「乾さんの指示で、ずっと男部屋にいた」

「それ、誰か証明できんの。乾さん証明できる？」

乾は静かに首を横に振る。

俺とシュウ、彩子さん、唯ちゃんは、乾さんから宿舎にいるよう指示された。だが、お互いを監視していたわけじゃない。

「亮さんはどう？」

「俺はずっと外にいた。あの堤防。証明できる人はいない」

先回りして教えてやる。

「唯さんは？」

「部屋にいたけど、ご飯食べてすぐ寝ちゃったから」

「じゃあ、彩子さん」

「ロビーにいた。誰か来るかと思ったけど全然来なかった」

要するに、宿舎にいた四人も互いが何をしていたか知らないのだ。バスや自転車を使えば、あの時間に大地さんが亡くなった海辺の丘まで行って帰ることも、不可能ではない。

サトマリが勝ち誇ったような顔で見渡す。対照的に、シュウは苦りきっていた。

「待てよ。俺は……」

「とりあえず、アリバイないことは認めなよ。ここにいる全員が同じ条件。シュウさんも、亮さんも、唯さんも、彩子さんも、乾さんも。もちろん私も。当たり前のことしか言えないなら黙っ

て」

サトマリの語気は荒い。正体を晒した彼女は明らかに開き直っている。予想外の展開に、シュウは顔を赤くしていた。

場違いだと思いつつ、口の端に苦笑いが浮かぶ。開き直った人間は強い。もはや彼女には隠すべきことなどないのだ。どこまでも強気になれる。その点、俺は弱い。秘密を隠し通すためには無理をしてでもここから逃げるしかない。

横目で他のアルバイトの様子を窺う。乾さんは半分目を閉じ、黙っている。唯ちゃんは会話に耳を傾けながら、スマホをいじっている。そしてソファに浅く腰かけた彩子さんは、青ざめた顔で窓の外を見ていた。月も出ていない空は底なしに暗い。

彼女がこれから何をするつもりか、俺にはわかった。

乾佳靖

やりこめられた工藤は、無言で佐藤――本名で呼ぶなら浅戸と呼ぶべきか――を睨んでいた。あいつは一度絡みだすとしつこい。

真面目さが取り柄の大人しい男だと思っていたが、面倒なやつだ。

ロビーの五人は無言で時が過ぎるのを待っていた。

矢島は煙草とライターを持って、席を立っ

164

ている。

掛け時計に視線を送る。もう二時だ。じきにこの集まりも解散になるだろう。注意が手薄にな

った頃合いを見計らって、ここを逃げる。自転車を漕いで、行ける場所まで行く。どっちみち、

捕まれば入管行きだ。それなら少しでも逃げおおせる可能性があるほうに賭ける。

「で、これからどうする?」

機会を窺っていたように、すかさず尋ねたのは田辺だった。

「もう、ええんと違うのぉ。これ以上、俺らが話し合ったところで得るものなんかないやろう。

解散しようや。通報せんと決めたんやから、おとなしく部屋で待つしか……」

「ねえ」

スマホから顔を上げた高井戸が、割り込んできた。

「彩子さんは?」

場が静まる。外に出てからずいぶん経つが、矢島はまだ戻っていない。

「外で吸ってるんと違うの。ちょっとおらんくらいで、心配すんな」

話を遮られた田辺が疎ましそうに答える。苛立っているように見えるが、その仕草はどこか芝

居じみている気もした。

「でも、解散する前に言っておかないと。ちょっと、外見てきます」

言うより早く、高井戸はロビーから飛び出していった。アルバイトで一番おとなしいと思って

いたが、今一つ読めない。ある意味、工藤よりも薄気味悪さを感じる。

「彩子さんが警察に通報されたくない理由って、何でしょうね」

佐藤がつぶやいたが、田辺は反応しない。その話題を突き詰めれば、いずれ矛先は田辺へ向くことになるからだろう。すでに素性を明かした佐藤や俺とは違う。きっと、あいつも何か事情を隠している。代わりに答えたのは工藤だった。

「もしかしたら、発覚していない不正や犯罪に加担しているのかもしれない」

「シュウさんには聞いてません。乾さん、どう思います」

「……借金とか」

実体験に基づいた思い付きだったが、佐藤は頷いている。

「そうかあ。お金借り過ぎて失踪中とか？」

「あの、金銭の貸し借りでは有罪にならないと思うけど」

「だからシュウさんには聞いてない」

開き直ってからの佐藤は、鬱憤を晴らすように容赦ない態度で工藤に接する。よほど腹に据えかねていたのだろう。

「……あの脅迫状出したのだって、彩子さんじゃないとは言い切れない」

文面を頭に思い浮かべる。

〈あなたの過去を知っています　日没時に海辺の丘で待ちます〉

工藤は、海辺の丘に行ったメンバーの誰かが書いたのではないかと疑っている。過去をさらけ出した佐藤と、通報したがっている工藤自身を除けば、残るのは矢島しかいないと考えたのだろう。

窓の外から、彩子さん、と叫ぶ高井戸の声が聞こえた。捜しに出てから数分は経っている。

「いないのかな」

工藤が言った。たいてい、矢島や田辺は宿舎前の空き地で煙草を吸っている。高井戸が小走り

で戻ってきた。ロビーの全員が、その口から発せられる言葉を待つ。

「彩子さんがいません」

「落ち着けって」

真っ先に反応したのは田辺だった。

「だから、トイレとか部屋に行ってるだけかもしれんやろ」

「女部屋にはいません。それに、彩子さんの靴がない」

「別の場所で煙草吸ってるって。ただの散歩かもしれん」

「宿舎の周りを見たけど、いないんです……そうだ、携帯」

高井戸はスマートフォンを取り出して、素早くタップした。矢島の連絡先を呼び出したのだろ

う。スマホを耳にあてるが、相手が応答する気配はない。高井戸はもう一度、画面をタップした。

焦りすぎだ。田辺の言う通り、少し離れた場所で散歩をしているだけかもしれない。

「……逃げてないよね？　自分だけ助かろうとして」

佐藤が独り言のようにつぶやいた。佐藤はついさっき矢島から優しい言葉をかけられ、二人で抱き合っ

やけに悲痛な声色だった。佐藤はついさっき矢島から優しい言葉をかけられ、二人で抱き合っ

ていた。わずか一時間後にその相手が逃げてしまったのなら、見捨てられたと思っても仕方ない

かもしれない。

「僕も見てきます」

女二人に煽られたように、今度は工藤が外へ出た。田辺は呆れたように他の連中を見ている。

俺は少し違うことを考えていた。さっきの高井戸の発言だ。彼女は宿舎の周りを見た、と言っていた。裏を返せば、屋内は見ていないということだ。それなのになぜ、女部屋にはいいません、と言えば一応説明はつくが、妙に腑に落ちない。窓を開けたと言えば一応説明はつくが、妙に腑に落ちない。

佐藤の保険証を見つけたのも高井戸。俺と乾店長の関係を指摘したのも高井戸だった。工藤の声の大きさに隠れているが、話題の起点になっているのはいつもあの女だ。

何か、裏がある。

いったん出て行った工藤が、五分と経たず戻ってきた。走ったのか息が上がっている。

「裏の自転車が一台、なくなってる」

「電話も出ません」

呼応するように高井戸が言う。

「やっぱり逃げた！」

佐藤が怒りに任せて叫ぶ。言われるまでもなく、矢島が自転車に乗って逃げたのはほぼ確実だろう。わざわざ自転車で深夜の散歩に出るとは思えない。通報に賛成しなかった時点で、あの女にも後ろめたい事情があることはわかっていた。もはや田辺は反応しない。

「……どうします？　捜しに行きますか」

高井戸が工藤に伺いを立てた。判断を預けているように見えて、密かに誘導している。放っておけばいいのに、捜しに行きますか、とわざわざ尋ねているのがその証拠だ。それとも俺が考え

168

すぎなのか？

沈黙する工藤に、佐藤が「追いかけよう」と言う。

「一人だけ逃げるなんて許せない」

「でもどうやって……」

「ここから逃げるなら、街を目指すに決まってる。そっち方向に行く。自転車、他にもまだある
でしょ？」

この地域から少しでも早く逃げたいなら、繁華街に紛れ込むほうが好都合だ。この港から街ま
ではほぼ一本道なので、矢島より早く移動すれば、追いつく可能性はある。

「でも……街に向かってなかったら？」

「知らないよ。その時はしょうがないじゃん。とにかく、追いかける」

髪をかきあげる佐藤は、夕方までとは人が変わったようだった。敬語も忘れている。今にも駆
けだしそうな佐藤に、田辺が「まあまあ」とやんわりした口調で言う。

「そこまでせんでもええって。逃がしてやったら？」

「そこまでしたほうがいいんです」

代わりに応じたのは高井戸だった。

「自殺するかもしれないから」

声が裏返っている。飛び出した言葉の不穏さに、自分で驚いたような顔をしている。

「なんでそこまで言える？」

「わかるんです。調べたから」

この女がさっきから焦っているのは、自殺を心配しているせいか。しかし、調べた、というのはどういうことだ。高井戸への不審がさらに膨らむ。いったいこの女は何を、どこまで知っている?

「じゃあ、僕とサトマリと高井戸さんで行こう。二人は留守番を頼んでもいいですか」

自殺という言葉に刺激されたか、工藤は勢いこんでいた。その愚直さというか、単純さには呆れるばかりだが、留守番をすることに異論はない。宿舎から他のアルバイトがいなくなってくれれば、俺としては好都合だ。田辺に答える気配がないので、仕方なく「わかった」と応じた。

「よろしくお願いします」

三人は我先にと玄関へ向かった。靴を履き、裏手へ回って各々自転車にまたがるのだろう。どこに行ったかもわからない相手を、よく捜す気になるものだ。ほんの数週間一緒に過ごしただけの職場の人間なのに。屋外から錆びたチェーンの異音がしたが、すぐに消えてしまった。連中のいなくなったロビーは恐ろしく静かだった。

矢島彩子

ひたすらにペダルを漕ぐ。

夜の闇に潜む海や森が後ろに飛んでいく。電池式のライトは、頼りない光を前方に投げかけて

170

いる。光の外にあるものはほとんど見えない。危険だってことはわかっている。だけど足は止められない。一秒でも早く、一センチでも遠くへ逃げるためには、この自転車を前へ進めるしかない。

回転が速すぎてチェーンが空回りしても、構わず足を動かし続ける。肌寒い夜なのに、額や首筋に汗がにじむ。太ももやふくらはぎはとっくに悲鳴を上げている。ハンドルを握る両手まで、力が入りすぎてこわばっていた。

ジャージのポケットのなかでスマホが震動している。どうせまた、誰かからの着信だ。腹が立つ。バイブレーションだけでも電池は消費する。これから先、そう簡単に充電もできないんだから、電池は貴重に使わないといけない。

あの宿舎を飛び出したのは、衝動だった。亮が一緒に逃げてくれないとわかって、ヤケになったというのもある。けどそれより、あの場所にいるのがとにかく嫌だった。穏やかな日常の薄皮が剥がれて、皆の本性が少しずつ剥き出しになっていくのを目の当たりにするのが辛かった。

持ち物はスマホと財布、煙草くらいだ。お金で買えるものは何とでもなる。一番大事なのは、私の身体と心だ。

もうかれこれ十五分、全力で漕いでいる。とにかく街まで行けば何とかなる。駅だってあるし、漁港の周辺よりは人が多い。何食わぬ顔で電車に乗ってしまえば、もう誰にも見つからない。もったいないけど、今月分の給料は諦めた。とにかくこんなところで連れ戻されるわけにはいかない。

私は〈岡本彩子〉には戻らない。

右手に海が広がっている。この海は冷たすぎて、夏でも泳げないらしい。アルバイト初日に漁協の山本さんが言っていた。いっそ海に飛び込んでしまえば、楽になれるかもしれない。もう逃げなくていい。

あの頃も、同じようなことを繰り返し考えた。今ここで死ねば楽になれる。死の誘惑に掴め捕られそうになるたび、私を引き留めていたのは子どもだった。今、あの子はどうしているだろう。お腹を空かせていないだろうか。殴られていないだろうか。私には祈ることしかできない。だって、あそこには二度と戻らないから。

かすかな光に浮かぶ風景から、あの丘に近づいているとわかった。一昨日、四人で訪れた海辺の丘だ。大地さんとサトマリとシュウがいた。なんでもない、平凡な午後だった。あの丘の下にある浜辺で、大地さんは死んでいたらしい。

でも、本当にそれは大地さんの死体だったんだろうか？　別人と見間違えた可能性は？　仮に大地さんだったとして、死んだことまで確認できたのか？

私には、大地さんの死がいまだに信じられない。実際、遺体を見たのはサトマリとシュウだけだ。暗闇のなかで見間違えた可能性だって十分にある。もしも二人の勘違いなら、この夜はとんだ茶番だ。

そもそも私が今逃げているのだって、大地さんが死んでいたという前提があるからだ。遺体が見つかれば、いずれ警察が宿舎に来る。そう思ったから逃げている。逆に言えば、別人の遺体なら、もしくは大地さんがまだ生きていれば、逃げる必要なんてない。

急に、全力で自転車を漕いでいることがバカらしくなってきた。これで見間違いなら、私は無

駄に逃走しただけということになる。今になって、持ち物の大半を宿舎に置いてきたことが悔やまれた。

目撃談が本当なら、遺体のある場所はもう近いはずだ。私は静かに決意した。逃げるのは、大地さんの遺体を確認してからだ。怖いけど、そうしないとこれからもずっと後悔することになる。

胃がきゅっと縮む感覚を振り切るように、ペダルを踏み、暗闇を前進した。

浜辺と車道を区切る石垣が見えてくる。シュウの話では、この石垣が血に濡れているはずだった。いつしか、私の足はペダルを漕ぐのをやめていた。両手でゆっくりとブレーキレバーを握る。

浜辺までは自転車の光が届かないため、スマホのライト機能で周囲を照らす。電池の残量は半分を切っている。それでも遺体を確かめずにはいられない。

自転車を降り、石垣沿いを歩く。吹き付ける潮風の匂いが濃い。

石垣に黒い染みを発見した時、それが血痕だとはすぐに気付かなかった。鼻先を近づけて、ようやく血の匂いを感じ取れた。きっとこの辺りが現場だ。緊張で光が小刻みに震えている。血痕の量は進むにつれて増える。

少し離れた場所に赤黒い血だまりがあった。バケツで塗料をぶちまけたみたいだった。鼻のなかへ一気に腐敗臭が入り込んできて、吐き気を催す。石垣を乗り越えて浜辺に降り立つ。波の音はいつからか消えていた。自分の拍動と呼吸しか聞こえない。

浜辺を照らすと、いきなり砂上に横たわる人間が現れた。思わず腰を抜かす。恐る恐る、スマホの光を向けてみる。身体を横向きにして倒れた血まみれの男性。辺りの砂はかき乱され、這いずったような痕跡が残っている。

恐る恐る顔をのぞきこむ。一目で誰かわかった。

大地さんは、本当に死んでいた。

数秒遅れて、自分が叫んでいることに気が付いた。慌ててその場から離れようとするけど、砂浜に足を取られて派手に転んだ。もがくように両手を振り回した時、指先が固いものに触れた。ライトを向けると、そこにはスマホが落ちていた。まだほとんど砂をかぶっていない。少し考えて、それが大地さんのものだと気が付いた。とっさに拾い上げ、ジャージに入れていた。電池が残っていれば、こっちをライトとして使える。

転びながら体勢を立て直し、石垣に手をついたところで、目の前がまぶしく光った。

「彩子さん」

サトマリの声だった。目を細めて見ると、三人のシルエットが逆光に浮かんでいる。

「なんで逃げるの」

表情は見えない。だけど確実に、サトマリは怒っていた。

「……追いかけてこないで」

「だったら逃げないでよ!」

「あの、ちょっといいですか」

小柄な人影が口を開いた。唯ちゃんだ。もう一人、突っ立っているのはシュウだった。唯ちゃんはサトマリの剣幕をものともせず、割って入る。

「彩子さんも、本当は矢島彩子さんじゃないですよね。厳密なこと言えば」

「え?」

「岡本彩子さんですよね。矢島は旧姓」

表情の見えない唯ちゃんが淡々と語る。怖い。なんで、そこまで。

「彩子さん。自殺しようとしていませんか」

「……はあ？」

「SNSに投稿していたでしょう。死にたい、って」

確かに投稿したことはある。でも、もう二年も前、あの家を飛び出す直前のことだ。しかも本名で登録していないアカウントだった。

目が光に慣れてきて、三人の表情がうっすら見えてくる。サトマリは目を見開いている。シュウは冷静に砂浜や車道を観察している。そして唯ちゃんは微笑していた。

「とりあえず、帰りましょう」

「嫌！」

反射的に叫んでいた。もはや逃げる気力は失っている。けど、拒否せずにはいられない。

「琉希ちゃんに合わせる顔がないからですか」

続けて、唯ちゃんが名前を口にした。あの子の名前を。

その瞬間、私のなかで何かが崩れた。

二年の間、心の底で押し殺していたものが急速に膨らんでいく。無視できないほどに大きく。

再び、腐敗臭が身体に入り込んでくる。涙がにじんだのは吐き気のせいだろうか。

あの子——琉希の顔が目に浮かぶ。思い出すのはあどけない表情ばかりだ。あんなに苦しかったのに。もう捨てたはずなのに。過去は全部、置いてきたのに。

浜辺に膝をついた私は、砂を握りしめて嗚咽を殺した。泣いてしまったら二度と立ち上がれなくなりそうだった。

二十六歳までビューティアドバイザー――いわゆる美容部員をしていた。百貨店の化粧品フロアで働くのが、学生時代からの憧れだった。専門学校を出て新卒で化粧品メーカーの正社員に採用され、都内の百貨店配属になった時が人生の絶頂期だったかもしれない。群馬の片田舎で、何冊もの雑誌をにらみながら独学でメイクをしていた十代の自分に教えてあげたかった。将来は東京でメイクのプロとして働けるよ、と。

どんな仕事でもそうなんだろうけど、理想と現実にはギャップがある。

最初に直面したのは体力的なきつさだ。朝夜二交替のシフト制で、一時間の休憩を挟んで一日九時間勤務。ほぼ立ちっぱなしで足はパンパンになる。五連勤、六連勤は当たり前。

人間関係も気を遣った。職歴の長い現場リーダー的な先輩がいて、仕事中の身だしなみや売り場管理にいちいち口を挟んでくるし、休憩中も陰口ばかり聞かされた。リフレッシュしようにも、土日は基本仕事だから友達とも休みが合わない。

二年も働いた頃には、身体も心も疲れきっていた。でも仕事を辞めようとは思わなかった。ずっと憧れて、一生懸命メイクの勉強をして就いた仕事なんだから、簡単に諦めちゃいけないと思った。

あんなに頑張ったんだから、せっかく手に入れたんだから、手放すわけにはいかない。こういう考え方をするのが、私のよくないところだ。今になればわかる。

就職三年目の何てことない平日、私は休憩のために裏の喫煙所へ直行した。煙草はその少し前から吸いはじめていて、短い休憩時間には一、二本吸って売り場へ戻るのが習慣になっていた。

そこで、たまたま居合わせた出入り業者の男と話が弾んだ。彼は大手紳士服メーカーの営業で、私より少し年上のようだった。別れ際、彼は爽やかな笑顔を見せた。

「また会えたらいいですね。だいたい木曜の午後に来るんで」

男は岡本と名乗った。

それから、木曜の午後は必ず喫煙所に通った。

岡本とはだいたい二週に一回は会えた。売り場の社員と定例のミーティングがあるとかで、毎週木曜午後に来る決まりらしい。毎回、二本くらい一緒に吸って解散する。

話すのは他愛ないことばかりだ。学生時代に何をしていたとか、よく見る朝のテレビ番組とか、そんなレベル。だけど、私にはかけがえのない息抜きになっていた。木曜は出勤の前からそわそわした。ネットニュースで見かけた情報を、岡本との話題のためにメモしておくくらいには気になっていた。

一年ほど、喫煙所でだけ会う関係が続いた。その間に別の男と付き合って、すぐに別れたりもした。岡本とのことが、無意識に関係していたかどうかはわからない。

「今度、ご飯行かない?」

ある木曜の午後、唐突に岡本が言った。やっとか、と安堵した。その日、私たちは初めて連絡先を交換した。

知り合ってからの一年で色々と話していたから、初めて二人で食事に行った時も緊張感なんて

なかった。恵比寿のダイニングバーで、喫煙所でするのと同じような会話をした。ただ、「制服じゃないほうが綺麗だね」と言われたのは心に残った。

それから三回くらい食事をして、岡本の部屋に行った。そうなるだろうな、と思っていたから準備をして行ったら、やっぱりそうなった。熱烈な恋愛ではない。だけど、落ち着くところに落ち着いた、という感じがした。

私は木曜の午後に喫煙所へ通わなくなった代わりに、岡本の部屋を訪れるようになった。マンション二階のワンルーム。ただ、足繁く通ったというわけでもない。私はたいてい休みが平日で、土日に休む岡本とはなかなか予定が合わなかった。向こうはたまに週末勤務の代休で平日に休みを取ったから、そういうタイミングが狙い目だった。

ぬるい温度で付き合いはじめた時から、たぶんこの人と結婚するんだろうな、と思っていた。このタイミングを逃したらしばらくできない、という予感もあった。職場は人の入れ替わりが激しくて、五年も働く頃には古株になっていた。とげとげしい人間関係は相変わらずで、私は不用意に後輩の相談に乗り、お局の不興を買ったりしていた。派閥を作ろうとしている、と思われたらしい。バカバカしい。ノルマへのプレッシャーも年々厳しくなる。正社員ならなおさらだ。

就職したての頃の使命感は、ちぎれた綿雲みたいにどこかへ飛んでいってしまった。付き合いはじめて一年が経ち、プロポーズされた。私の誕生日に青山一丁目のレストランで食事をして、タクシーで岡本の部屋に帰った。どこかのホテルに泊まれるんじゃないかと期待していた私は内心がっかりしたけど、帰宅してすぐに婚約指輪を差し出されたら、そんなことはどうでもよくなった。私は泣きながらプロポーズを受けた。

178

嬉しかった反面、虚しさも数パーセントだけあった。これでもう二度と恋愛できないんだ、という落胆。もちろんそんな態度は微塵も見せなかった。

「仕事、続けるの」

翌朝、一緒に朝ご飯を食べている最中に岡本が尋ねた。

「どうしようかな」

「辞めちゃえば。俺、来年くらい転勤ありそうだし」

その一言はやたらに軽かった。トーストをかじるのと同じくらいの気軽さ。私にとって、ビューティアドバイザーになることは人生の一大目標だった。専門学校に入って、就職活動を勝ち抜いて、やっとつかんだ立場だった。でも岡本にとって、私の仕事は自分の転勤より軽い。そのことに腹が立たなかったわけじゃない。

でもそれより、私は疲れていた。

「じゃあ辞めようかな」

現状に不満があって、そこから逃げられる手段があるなら、逃げることを選ぶ。後ろめたさなんて、これっぽっちもなかった。

私は勢いで、その月に辞職を申し出た。店長には儀礼的に引き留められたけど、心から惜しいと思っている感じじゃなかった。お局はどこからか噂を聞きつけて、私の送別会をやろうと言い出したけど、断固拒否した。

五年働いた結果、キャリアも、仲間も、何も得られなかった。手元に残ったのは数十万円の貯金だけだった。

婚約してすぐ、岡本を群馬の実家に連れて行った。両親は、仕事上転勤が多いということに引っかかっていたけど、それ以外は概ね岡本のことを気に入った様子だった。

二つ上の姉は出産のため、ちょうど実家に戻っていたのだ。隣室では、生後一か月の姉の息子が一時間ほどひっきりなしに泣いていた。すいませんね、と言いながら中座する姉は、ほとんど会話に加われていなかった。

両親は一泊していくよう勧めた。私はたまには実家でゆっくりしてもいいかなと思ったけど、岡本が固辞した。もともと日帰りの予定だったし、それ自体に文句はなかった。

「赤ん坊の声ってすごいよな」

帰りの電車で、岡本がぽつりと言った。

「必死って感じだよね」

「いや、そうじゃなくて。なんであんなに耳障りな声で泣けるんだろう、って」

躊躇なく、そう口にした。聞き間違いかと思った。私はたぶん凍り付いたような顔をしていたけど、岡本は気付いていないのか、平然と続けた。

「俺、あんな赤ん坊がいる家で寝れないわ」

顔色も変えない岡本の冷淡さに、私はぞっとした。こんな人だったんだ。自分も昔はそうだったくせに、子どもの泣き声を批判できる神経が信じられない。しかも泣いていたのは義理の甥になる子どもだ。自分の身内になる人間だ。

ふっ、と何かが冷めるのがわかった。

今ならまだ間に合う。籍を入れたわけじゃない。婚約を破棄して、岡本と縁を切ることだって

できる。でも、縁を切ったらどうなる？　せっかく手に入れた婚約相手を、みすみす手放していいのか。それに仕事はどうする。今の職場には戻れない。派遣にでもなればいいけど、いったん切れてしまった緊張の糸は、元に戻りそうにない。私はもうあの仕事を捨ててしまったのだ。岡本に勧められるまま。

改めて岡本の横顔を見る。特別整っているわけではないけど、清潔感はある。収入もそれなりにあるし、気も合う。この人と別れて、次にまた別の誰かと出会えるだろうか。後になって、一時の気の迷いだった、と後悔したくはない。

そうして私は、別れの言葉を呑み込んだ。

二十六歳の終わり頃、私と岡本は入籍した日に式を挙げた。私は絶対に専門学校時代の友達を呼びたかったけど、岡本が断固反対した。招待するのは家族だけだと言って聞かなかった。

「それでいいだろ。金は俺が出すんだから」

不満はあったけど、そう言われると反論できなかった。同棲をはじめた直後から、家事はすべて私の担当ということになっていた。何から何までやるのはしんどかったけど、「お前は仕事してないんだから」という理論を振りかざされ、言い返せなかった。

九州に住む岡本の両親とは、式の当日まで顔を合わせることができなかった。それまで「予定が合わない」「忙しい」と丸め込まれ、家族の写真を見ることしかできなかった。義理の両親が私との結婚をどう思っているのか、不安でならなかった。

役所で婚姻届を提出し、その足で都内の式場に移動した。いろいろ不満はあっても、やっぱり式は楽しみだった。何日も通って選んだドレスに身を包んだ。他人にメイクしてもらうなんて、本当に久しぶりだった。タキシードの岡本はいつもよりすらっと見えた。

控室で初めて対面した岡本の両親は、異様な緊張感をにじませていた。私の前に来ると、よろしくお願いします、と老夫婦はそろって重々しく頭を下げた。私の両親と姉夫婦もいた。生後間もない甥は、義兄の実家に預けてきたという。

義母は正装の、三歳くらいの男の子を連れていた。白のワイシャツに、黒の半ズボンを穿いている。誰だろう、と思った。岡本は一人っ子で、甥はいないはずだった。しかしここにいるということは親族のはずだ。

「あの子は？」

「琉希だよ」

隣に座る岡本はさらりと言った。好きな映画のタイトルでも答えるように。

「だから、どこの子？」

「俺の息子」

当然だろ、という調子だった。男の子と目が合った。どこか挑戦的な目つきが岡本と似ている。それでわかった。これは、性質の悪い冗談なんかじゃない。

「……子ども、いたの」

「うん。いたよ」

私たちの会話を聞いていた家族は一様に啞然（あぜん）としていた。対照的に、義父母は気まずそうにうつむいている。琉希という名前の男の子だけが、落ち着きなく室内を見回していた。

「どういうことですか」

父が口火を切った。控室に緊迫感が漂う。視線の先には義父がいた。

「申し訳ありません。息子には何度も、お伝えするよう言ったんですが」

義父は椅子に座ったまま、真っ白な頭を何度も上下させた。義母もそれに倣う。話にならないと判断したのか、今度は岡本に矛先が向けられた。

「子どものことをなぜ隠していた？」

「言う必要もなかったので。結婚は二人の問題ですから」

「……本気で言ってるの」

姉の嘆く声が聞こえた。この時点で、私は気分が悪くなっていた。今日は人生で最も幸せな一日になるはずだった。明るい未来は分厚いカーテンで閉ざされた。気が遠くなり、今にも卒倒しそうだった。

「じゃあこれが初婚というのは嘘か」

「事実です。琉希の母親とは籍は入れませんでしたから。僕、彩子さんに嘘ついたことはないんです」

岡本はなぜか胸を張っている。がんがんと頭が痛む。

「大事なのは、僕と彩子さんが愛し合っているということです。息子がいるからという、それだけの理由で別れるんだとしたら、偽りの関係だったんですよ。でも僕らの絆は、子どもの存在で

かき消されてしまうような弱いものじゃありません。むしろ、家族が増えるんだから喜ばしいことだと思っています」

絶句する私の家族に、岡本は淀みなく言い放った。義父母は嵐が過ぎ去るのを待つように、沈痛な面持ちでつま先を見つめている。

最初から仕組まれていたんだ。私は岡本の妻として選ばれたんだ。浮かれ気分で選んだウェディングドレスが、私を縛り付けるロープのように思えた。

それからどうやってチャペルに行って、式を挙げたのか覚えていない。教会式だったはずだけど、牧師の顔も、ステンドグラスの模様も、讃美歌も記憶にない。ただ、出席者が誰一人泣いていなかったのは確かだ。

披露宴の席はひどく重苦しい空気に包まれた。誰もお酒どころか、食事すら手をつけていない。義母が手慣れた様子で食事を取り分けていた。

「その子はどういう経緯で……それに今まで、どうやって育てていたんですか」

母が質問すると、岡本が「僕はね」と答えようとした。しかし義母が遮り、ぽつりぽつりと答えはじめた。

四年前、岡本が突然実家に彼女を連れて帰ってきた。その彼女はすでに妊娠四か月だという。両親と三人きりになると、できればまだ結婚はしたくないと言い出した。とりあえず出産費用だけ都合してほしいと言われ、三十万円を渡した。半年後に琉希が生まれた。母親だった女性は岡本と派手な喧嘩をして、家を出て行った。

岡本は彼女の前では結婚するつもりだと言いながら、

結局、籍は入れていなかった。

岡本は実家に電話をかけ、こう言った。

――俺育てられないから、代わりに育ててくれる？

義母は岡本に育児能力などないことを、よく知っていた。かと言って生まれた子どもを見捨てるわけにもいかない。仕方なく、九州に連れ帰って育てることにした。

要約するとそんな話だった。

岡本の身勝手さに目がくらんだ。皿の上のフォアグラを見ているだけで胸が悪くなってくる。

喫煙所で雑談を交わしていた頃、すでにこの男には息子がいた。琉希の母親との間に、どんな経緯があったか知らない。けど、生まれたばかりの育児を遠方に暮らす実母に丸投げして、それを隠したまま私と結婚するなんて、どういう神経をしているのだろう。

式の後、家族全員から結婚を猛反対された。父は怒り狂い、母は泣いた。それでも私はもう少しだけ様子を見てみることにした。入籍した翌日に離婚なんてみっともなかった。それに、出会ってから数年間育ててきた関係を、たった一日の出来事で壊すのも嫌だった。

わかってる。結局は自分の判断だ。だけどあの時、無理やりにでも私と岡本を離婚させてくれていれば、辛い思いをしなくて済んだのに、と思ったことはある。

私は後悔を恐れるあまり、結果として後悔の種を播き続けた。

翌月から、私と岡本、それに琉希の三人暮らしがはじまった。岡本が、九州の実家から琉希を

「じゃあ別れる?」

「いきなり息子ができて、こっちも大変なんだけど」

呼ぶことを勝手に決めてしまったのだ。迎えに行った日、義母は「ごめんなさい」と何度も口にしていたが、その顔にはどこか安堵が浮かんでいた。

都内の2DKのアパートで、琉希と一日中顔を突き合わせることになった。子どもを育てたことなんてない私は、突然できた息子をどう扱っていいかわからなかった。

琉希はおとなしい子どもだった。とりあえず九州から持ってきた絵本やおもちゃを与えてみると、一人で静かに遊んでいることが多かった。

ただ、一度かんしゃくを起こすと手がつけられなかった。唐突に、顔を真っ赤にして手足をじたばたさせる。きっかけはどこに潜んでいるかわからない。おもちゃをなくした、絵本が破れた、おばあちゃんがいない、部屋が暑い、身体がむずむずする。その時々に異なる理由で、琉希は暴れまわった。一度はじまると、三十分でも一時間でも続いた。

琉希には他人の身体を噛む癖もあった。遊んでいたと思ったらいきなり手や腕を噛まれて、手加減なしの痛さに絶叫することもたびたびだった。一か月もすると、三歳児との生活にノイローゼぎみになっていた。結婚前にやめた煙草を、また吸うようになった。

岡本に相談しても、まともな答えが返ってきたことはなかった。

「何のために仕事やめたんだよ。今時専業主婦なんて恵まれてんだろ。家事と育児くらいしっかりやってくれよ。頼むから」

そう説教されるのが常だった。だが、こっちにも言いたいことがある。

186

少しでも旗色が悪くなると、岡本はすぐにそれを口にした。

「いいよ、離婚しても。また実家に預けるだけだし。どうする？　出ていく？」

私の目をじっと見てそう迫る。目の奥が、どうせできないだろ、と言っている。

別の日、琉希がなかなか寝なかった。岡本は翌朝早いとかで、八時には床についていた。私は子ども用の部屋で絵本を読んだり、おもちゃを使ったり、なんとかして寝かしつけようとした。だけど琉希は例のかんしゃくを起こして絶叫を続けていた。

タオルを取りに寝室へ行くと、岡本がスマホをいじっていた。

「さっさと黙らせろよ。寝れねえだろ」

私の顔も見ずにそう言った。その一言で、おかしなスイッチが入った。泣き叫ぶ琉希のもとに戻った私は、大きく息を吸い込んだ。

「寝て！　寝て！　寝ろ！」

琉希のかんしゃくに負けないくらいの声を張り上げた。相手の声をかき消せば、こちらの耳には入らない。意味不明の理由で、私は叫び続けた。

ふいに部屋が明るくなった。ドアが開けられ、リビングの照明が入ってきたのだ。

「どけ」

振り向くとすぐそこに岡本がいた。私は一撃で蹴倒され、床に転がった。それから、岡本は躊躇なく琉希を蹴りつけた。

「静かにしろ、ボケ！　いつまで泣いてんだ、こら！」

罵声を浴びせながら、岡本は小さな身体を何度も蹴った。琉希は身体を丸めてしゃくりあげて

いる。さすがにすがりついて止めた。

「ちょっと、やめて」

「お前が無能じゃなければ最初からこんなことしなくていいんだよ」

「わかった。寝かせるから。だから蹴るのはやめて。ね、ね？」

岡本は私と琉希を交互に睨み、舌打ちをして寝室へ去っていった。

「誰が金稼いでんだよ」

そんな捨て台詞が聞こえた。

その夜から、岡本は躊躇なく暴力をふるうようになった。少しでも琉希がかんしゃくを起こせば、即座に手か足が飛んだ。平手で背中を打ち、拳骨で後頭部を殴った。止めれば私も殴られ、蹴られた。暴力をふるうほど琉希は泣き叫び、それがさらに岡本の苛立ちを煽った。悪循環。

もしかしたら、琉希の母親が逃げた原因はこれだったのかもしれない。だとしたら、それまで義父母に抱いていた一抹の同情心が、完全に消えた。

岡本の暴力癖を知らないはずがない。知っていて、あえて私に黙っていたのだ。それまで義父母に抱いていた一抹の同情心が、完全に消えた。

結婚式から三か月と経たず、私は地獄に落とされた。

それから二年続いた地獄の詳細については、語りたくない。語るべきこともない。些細なことで暴力をふるう岡本。思い通りにならない琉希。私はその間でただふらふらしていただけだ。

私は二十九歳になっていた。

琉希を幼稚園に入れてから、育児は少し楽になった。その代わり、岡本からアルバイトで働く

188

よう命じられた。「暇なら少しは働けよ」というのがその理由だった。どうも、琉希を幼稚園に入れたのは、私が手抜きをするためだと思っているらしい。何もかもがバカげている。私は近所のスーパーでレジ打ちをやることにした。外界とのつながりができたのは嬉しかったけど、身体はしんどかった。

琉希のかんしゃくは幼稚園児になっても収まらなかった。身体が大きくなった分、暴れる男子を取り押さえるのは大変だった。園の先生も手を焼いていた。岡本からの暴力は逆効果だと薄々感じていたが、やめさせることはできなかった。

ある日、迎えに行くと園長先生に呼び出された。

「琉希くん、ちょっとアザがね……」

個室でそう打ち明けられた時、園長の責めるような目つきに気が付いた。そして私がやったと思われている。

「違います。あの子、すぐ転ぶんです」

言い訳してから、しまった、と思った。余計に嘘くさい。それよりも正直に、岡本の暴力に悩んでいると言えばいい。私の腹や背中にも、アザは残っている。しかしいったん口にした言い訳は呑み込めない。園長先生は「じゃあ、お気をつけください」とだけ応じた。

自転車の後ろにつけたチャイルドシートに琉希を乗せて、帰宅した。

——今夜も殴られるだろうか。

——今夜殴られなくても、きっと明日は殴られる。

このところ、考えるのはそればかりだった。

思っていることをぶつぶつつぶやきながら、ペダルを漕ぐ。後ろに座る琉希は、私の髪を引っ張っている。振り払ってもつかむから、もう好きにさせている。髪は結婚してから一度も染めていない。そんな暇はなかった。

友達や家族とも自由に会えず、夫と息子の顔色を窺い、暴力に怯える毎日。それはおそろしく退屈で、憂鬱で、逃げ出したくなるものだった。SNSで実名とは別に匿名アカウントを作って、家庭の愚痴と「死にたい」という言葉を吐きだした。同じことを考えている人たちはたくさんいて、死にたい、という主婦たちのメッセージがタイムラインに溢れた。

そして、その日は突然やってきた。

琉希を寝かしつけている最中だった。その夜はおとなしく寝てくれそうだったのに、いきなりぱちりと目が開いた。徒労感に襲われた私に、琉希は言った。

「死にたい」

確かに、あの子ははっきりとそう言った。

「死にたいなら、死ねよ」

私は幻聴を聞いたのかもしれない。幼稚園で覚えたにしては物騒すぎる台詞だ。それに、私が「死にたい」とメッセージを発していること自体、琉希は知らないはずだった。でも、その言葉はいやに明瞭に耳に飛び込んできた。

幼い声でそう言われた時、身体が軽くなった。

そうか。それでいいんだ。

それは新鮮な発見だった。気付けば、琉希は眠りこんでいた。

190

私はボストンバッグに着替えや貴重品を詰めこんだ。ノートの切れ端に〈さようなら〉と書き残し、リビングのテーブルに置いた。スマホも添えて。決断してから三十分で、私はアパートを出発していた。

本当に死ぬつもりだった。だけど、死ぬ前にどうしても行きたい場所があった。

沖縄行きの最終便には何とか間に合った。搭乗した機内で、私は少し笑ってしまった。今まで檻に閉じ込められていると思っていたけど、その気になれば、思い立ってすぐ沖縄に飛ぶことだってできる。

どうしても行きたい砂浜があった。空港の近くで一泊して、翌朝タクシーで目的地に向かった。

琉希は朝ご飯を食べているだろうか。岡本はあの子を殴っていないだろうか。不安が浮かんでは消えていった。

到着した砂浜は、夏の朝の光に照らされて白く輝いていた。晴れた空は青白く、海は凪いでいた。

自然がつくった白と青の濃淡は、完璧な絵画のようだった。

海を見ながら、私は呆然と立ち尽くした。どれくらいそこにいたのかわからない。一時間か二時間か、もっと長かったかもしれない。この風景をじかに目にしたら、死ぬ気なんて失せるに決まっている。

こんなに美しいものを見てしまったら、死ぬ気なんて失せるに決まっている。

同時に、私は自分の思い違いに気が付いた。そう言ったように、私には聞こえた。でもそれは裏を返せば、生きたいなら、生きろということだ。逃げたいなら、逃げればいい。やりたいこと

を、やりたいようにやればいい。

あの家はもう捨てた。琉希も岡本も。岡本彩子としての私は死んだ。これからは、また矢島彩子として生きる。

沖縄で住み込みの仕事を見つけて、しばらくお世話になった。そこを辞めてからも季節アルバイトを探して、沖縄を出たり戻ったりしながら、いくつかの職場を渡り歩いた。恋愛も何度かした。

振り返れば、岡本と出会ったあの時、私は仕事に疲れ果てていた。あれは恋愛なんかじゃなかった。うっすらとした好意を引き延ばして、恋愛に見せかけていた。岡本のことはそこまで好きじゃなかったんだと、今はわかる。

幸い、この日常を脅かされたことはまだない。だけど警察の世話にでもなれば、きっと、私が家出人だとわかってしまう。サトマリのように偽名を使っているわけでもない。そうなれば、またあの家に引き戻される。地獄の日々に。

もしそうなるなら、今度こそ私は死ぬほうを選ぶかもしれない。

それにしても。

唯ちゃんがなぜ、私の過去を知っているのだろうか？

七　午前二時五十五分

高井戸唯

宿舎に到着したのは午前三時前だった。

泣きじゃくる彩子さんを皆で励まし、どうにか連れて帰った。道すがら彩子さんの話を聞いているうちに同情心が湧いたらしく、最初は怒っていた佐藤さんも、そのうち「そうだよね」とか「がんばろう」と声をかけはじめた。

彩子さんは七人のアルバイトのなかで唯一、実名でSNSをやっていたから、そこを出発点にして暇を見ては彼女の過去を調べた。時間ならあった。

まずは本人の投稿を振り返ったが、判明したのは数年前に岡本という男性と結婚したことくらい。それまで頻繁に投稿していたのに、以後は途絶えている。写真投稿が中心のSNSで、文章として得られる情報は多くない。次に、つながりのあるアカウントの投稿を片端から見返す。そこで発見したのが、小さな男の子と一緒に映る彩子さんの写真だ。コメントからその子が〈琉希〉という名前らしいことがわかった。

続いて、別のSNSサイトに移った。こちらは短いメッセージの投稿が主だ。一人でいくつでもアカウントを作れるから、友達との交流用の表のアカウントと、愚痴を吐きだすための裏のアカウントを別々に持っている人もいる。育児をしている人の裏アカウントも多い。

彩子さんはきっと、育児用アカウントを持っていると直感した。ただの勘だが、しょっちゅう投稿していた人が急に投稿をやめたのが不自然だった。SNSには依存性がある。どこか別の場所で投稿を繰り返しているはずだ。

手掛かりはいくつかある。本人や岡本、琉希という子ども、友人たちの名前。出身地や居住地。学歴、職歴。私はめぼしい単語を放り込んで、しつこく検索した。しかし、それらしきアカウントは見つからない。

勘は外れていたのかもしれない。諦めかけた時、彩子さんがいつも遊んでいるパズルゲームのことを思い出した。これが当たった。ハイスコア画像を投稿しているアカウントのなかに、育児の愚痴を吐いているものがあった。もちろん匿名だが、状況を照らし合わせると、彩子さんで間違いなさそうだった。

投稿を遡っていると、〈死にたい〉というコメントが現れてぎょっとした。二年以上前だけど、繰り返し〈死にたい〉と投稿していた。裏同士でつながった別のアカウントが、〈わかる。今すぐ死にたい〉と同調している。

そして気が付けば、ロビーから彩子さんが消えていた。

この時点で、彩子さんに家庭を放り出した過去があることはだいたいわかっていた。通報されれば、警察の手で連れ戻されるかもしれない。それを避けるために姿を消したということも察し

がついた。

心配なのは、〈死にたい〉というコメントだった。

裏アカウントでそう発言したのはずいぶん前のことだが、今でもその思いが消えていないとは言い切れない。この異常な状況下で、自殺への衝動が蘇らないという保証もない。家庭に連れ戻される未来を思い描いて、絶望しているかもしれない。

私は焦った。

できるだけ早く、彩子さんを見つけ出さないといけない。彼女を一人にしてはいけない。その必要性を理解しているのはこのなかで私だけだ。だから、自分で動いた。

幸い彩子さんに死ぬ気はなく、単なる脱走止まりだった。

宿舎に戻り、また何となくロビーに集った。亮さんと乾さんは部屋にも戻らず、出た時と同じ位置でおとなしく待っていた。シュウさんが、さっき聞いたばかりの身の上話を手短に共有する。さっきは彩子さんが慰めていたのに、今は逆の構図だ。

その間に佐藤さんが彩子さんをなだめて、ソファに座らせる。

「要するに、旦那のところに帰りたくないから通報を渋ってたってことか」

亮さんが雑に話をまとめた。基本的に、この人は他人の過去に興味がないらしい。

再びロビーに六人が集まった。もう、明日の仕事なんてどうでもいい。この異常な展開にどう落とし前をつけるか。私たちの興味はその一点に集中している。互いの出方を窺うように、視線がさまよう。部屋に沈黙が満ちた。

「ところでさ。唯ちゃん、何か怪しくない?」

前置きなくそう言ったのは亮さんだった。突然指摘され、冷や汗が肌を伝う。

「どういう意味ですか」

「なんかなぁ……知りすぎとるんよなぁ」

心臓が高鳴る。緊張を表に出してはいけない。冷静に。亮さんは落ち着いた様子で顎を撫でている。乾さんも黙って私を見ている。そういうことか。この二人は、ロビーで情報交換をしていたのだろう。そして私が怪しいという結論が導かれた。

「普通に調べてわかる範囲やないことを、知っとる気がする。彩子さんを捜しに行く時、自殺するかも、って言ってたよな」

嘘をつくことはできない。さっき、本人にそう話してしまった。亮さんはわざとらしく首をひねる。

「……SNSに投稿してたから」

「それは、実名で登録してたから」

「なんで唯ちゃんが、知り合ったばかりの彩子さんのSNSアカウント知ってんの」

「嘘。結婚したことくらいは実名のほうで投稿したけど、死にたいとか言ったの、匿名のアカウントだよ。そんなこと実名で言えない」

いくらか生気を取り戻した彩子さんが発言した。まだ目の縁が赤いが、口調はしっかりしている。下手な言い逃れはできなそうだ。

「……ゲーム」

「え?」

「彩子さんがいつもやってるパズルゲーム、ありますよね。そのハイスコア画像を投稿しているアカウントをたまたま見つけたんです。内容が彩子さんっぽいなと思って見ていたら、色々出てきて」

「たたま、ねぇ」

亮さんがおおげさにため息を吐く。彩子さんは気味悪そうにこちらを見ていた。

「やっぱり保険証もおかしいと思う」

佐藤さんは腕組みをして、じっとりとこちらを睨んでいる。

「私、ベッドのマットレスの隙間にあの保険証を挟んでおいたの。しっかり奥のほうにね。唯さんは拾ったって言ったけど、そんなの、簡単に床に落ちると思う?」

「私もおかしいと思う」

同調したのは彩子さんだ。まだ目の縁が赤い。

「さっきの話……私、確かに〈死にたい〉って言ったことがある。でもそれは匿名のアカウントだし、よっぽど調べないと私だってことはわからないはずなんだけど。リアルの知り合いには誰も教えてないし」

「ほやのぉ。なんで唯ちゃんがそんなこと知っとったんか」

乾さんは発言せず、ただ細い目で私を見ている。

「ちょっと待ってください。何の話ですか。怪しいとか怪しくないとか」

シュウさんが割って入る。このなかで味方と呼べそうなのは、シュウさんだけだ。

「シュウは不自然やと思わんか。唯ちゃんはたまたま部屋に落ちてた保険証見つけて、たまたま

197　七　午前二時五十五分

彩子さんの匿名のアカウント見つけたっていうんか」

「……本人がそうだって言うなら、信じます」

「それは不公平やろ。今までさんざん人のこと疑っておいて、唯ちゃんだけは本人の発言を信じるなんて。乾さんなんか殺人犯扱いされてたで。かわいそうやのぉ」

あっけなく、シュウさんが黙る。

まずい。まずい、まずい、まずい。やりすぎたんだ。万能感に酔って、調子に乗りすぎた。いつからか秘密を暴くことが快感になっていた。言い訳をしなければいけないのに、喉が渇いて言葉が出ない。

亮さんは上目遣いに私を睨んでいる。

「唯ちゃんにも、隠し事あるんやないの」

焦れば焦るほど頭のなかが真っ白になる。手はないか。何でもいい。この状況を、うまく切り抜ける方法は。

乾佳靖

ソファに深く腰かける田辺は、先ほどまでと姿勢も表情も変わらないはずなのに、どこか冷え

追い詰められた高井戸の顔色が、白さを増している。

冷えとした空気をまとっている。いや、違う。こいつはもともと、こういう男だったのだ。それを柔和な衣でごまかしていたに過ぎない。

さっきまで、この男とロビーで二人きりだった。

最初はこの隙に、宿舎を逃げ出そうとした。だが腰を浮かせかけた時、田辺が俺の顔を見ずに口を開いた。

——唯ちゃん、おかしいと思いませんか。知りすぎとる。

驚いた。こいつも、まさに俺と同じことを感じていたのだ。興味を引かれ、中腰から再び椅子に落ち着いた。

——確かにそう思う。

——あの子、絶対何か隠してますよ。

ソファに寝そべった田辺は、肘掛けに頭を置き、仰向けのままこちらを見た。上下逆さの顔に笑みをたたえて。目の奥が挑発していた。

——乾さん、逃げようとしてます？

心中を見透かされたようで、とっさに言い返せなかった。

——やめたほうがいいっすよ。シュウと唯ちゃんが戻ってきたら、また追及されますから。下手したら失敗する。もう少ししてから、逃げたほうがいい。

——そっちはどうなんだ。

田辺は上体を起こし、ソファに座り直した。その顔にもう笑みはない。

——俺は、好きにやらせてもらいます。

不遜な表情をした田辺は今、会話の流れを完全に握っている。一方の高井戸は眉間に皺を寄せ、しきりに唇を動かしていた。こっちには聞き取れないほどの小声で、独り言をつぶやいているらしい。

「説明しろ。何を隠しとる」

田辺の詰問に高井戸は無言で応じるが、明らかに顔色が悪い。やはり、あの女にも何かやましいところがあるのだろう。それが佐藤や矢島の過去とどう関係しているかは見えないが、人前で堂々と口にできない内容であることは間違いない。

高井戸はまだぶつぶつと独り言を口にしている。

その独り言が止まった。

ふいに、口元に笑みが浮かぶ。気味の悪い笑みだった。秘密をのぞく喜びに打ち震えるような、下世話な表情。ぞっとする。無害な若い女としか思っていなかった高井戸が、こんな表情をすることに。

「……110番アプリって、知ってますか」

か細い声が沈黙を破った。田辺が「何？」と聞き返すと、高井戸が声のボリュームを上げる。

「110番アプリ。耳が不自由な方向けに警察が作ったんです。電話しなくても、文章や画像を送ることで通報できるんですよ」

「おい、お前」

田辺が前のめりになった。佐藤や矢島も顔を向ける。

「もう通報したのか」

「画像を送る準備はできています。　後は送るだけです」

「何の画像だ」

「亮さんの写真」

高井戸は自分のスマートフォンを一同に向けた。いつの間に撮ったのか、ディスプレイには田辺の写真が鮮明に映っている。

「名前と居場所とあわせて、今から送ります」

「消せ！」

田辺が跳ねるように立ち上がる。高井戸に駆け寄り、スマホを取り上げようと手を伸ばす。悲鳴を上げた高井戸が逃げるが、ジャージの襟首をつかまれ、仰向けに倒れた。

「やめてください！」

工藤が背後から田辺を羽交い締めにした。数時間前に俺も同じことをやられた。見かけによらず、工藤は力が強い。田辺は腕を固められ、膝を突かされて身動きがとれなくなった。高井戸はロビーの床を這いつくばる。

「送ってやる！　あんただけ、通報してやる！」

スマホを両手でつかんで絶叫する。

「亮さんにも、警察と接触したくない理由があるんだ。だからそんなに必死になるんでしょう。安心して、まだ送ってないから。でもおかしなことしたら、すぐにこの画像で通報する。それが嫌なら私の質問に答えて」

両腕を封じられたまま、田辺は高井戸を睨んでいる。

工藤秀吾

宿舎に戻ってきた時から、亮さんはどこかおかしかった。

同時に、その顔立ちに既視感を覚えた。人は行動や場面によって、微妙に顔つきが変わる。もちろん造形が変わるわけではない。ただ、置かれた状況によって、各個人の表情は微妙に違ってくる。

今の亮さんの顔には見覚えがある。間違いなく、どこかでこの人の顔を見ている。前の仕事か。

当時は、数えきれないほど多くの犯罪者の顔を目にした。そのなかに亮さんの顔も交ざっていたというのか。

とにかく、亮さんの変わりようは尋常ではなかった。

もともと通報には反対していた。やんわりと場の空気を動かして、僕の発言を封じ込めようとしていた。空気が読めない僕でも、それくらいは気付く。きっと、亮さんにも後ろ暗い事情があるのだろう。

でも、ここまで激しく抵抗することには驚いた。羽交い締めにしている腕のなかで、今も亮さんはもがいている。こちらも両腕に力を込めていないと、振りほどかれそうだ。

「では、最初の質問です」

202

落ち着きを取り戻した高井戸さんは、亮さんと距離を取って問いかける。

「亮さんは、なぜ通報に反対するんですか」

答えはない。最初の質問にしては、さすがに直球すぎる。

「じゃあ別の質問にします。警察に知られたくない過去がありますか」

高井戸さんの度胸は認めるが、肝心の質問がうまくない。こういう時は、直接的に質問を投げても、口を閉ざされることが多い。少し離れた話題から接近したほうがいい。

「出身はどこですか」

見かねて問いかけた。

「……福井」

羽交い締めにされたまま、亮さんは答えた。高井戸さんの顔色を窺う。やや不満そうだが、僕の質問を認めてくれたようだった。

「仕事は」

「フリーター」

「どんな仕事をしていましたか」

「季節労働」

「その前は？　学生ですか」

「無職」

僕には後頭部しか見えないが、亮さんは淡々と答えを返してくる。福井という地名が、大きなヒントに思えた。亮さんが出身地を明言したのは、記憶にある限り

ではこれが初めてだ。本人にとっては隠したい情報だったと推察できる。

「福井で同居していたご家族は」

「父、母、祖父」

「お祖母さんはお亡くなりですか」

そこで返答が途絶えた。両腕から力が抜けている。様子がおかしい。

「お祖母さんはお亡くなりですか」

質問を繰り返すが、やはり答えはない。

二十代の男。端整な顔立ち。福井。祖母。キーワードをつなぎ合わせるうちに、ぼんやりと前職の記憶が蘇ってきた。積極的に掘り返したくはないが、このどこかに目当ての記憶が潜んでいる気がする。仕事で目にした資料の数々が浮かんでは消える。

どこで見た。実際に顔を合わせたのか。それとも……

それは唐突だった。

すべての手掛かりに合致する記憶が、一つだけ、ぽんと浮き上がった。

「……わかった」

亮さんはうなだれていた。表情は見えない。油断せず腕は固めているが、力が抜けた両腕はだらりと垂れ下がっている。僕は思い出した事実の重さに、口にするのをためらった。それでも、皆の視線を浴びてなお黙っていることはできなかった。

「福井の介護殺人だ」

殺人という単語に、場の空気が凍りつく。その言葉の物騒さと、飄々とした亮さんの雰囲気が

204

どうしても一致しない。だけど手配されていた容疑者の顔写真は、亮さんの人相とそっくり同じだった。

「二年前の、福井の殺人事件……介護していた祖母を放置して死なせた。容疑者が指名手配されていた。二十代の男だった。名前は思い出せないけど……」

「亮さん、お祖母さんを殺したんですか」

スマホを操作していた高井戸さんが、すかさずつぶやいた。

「ひどいですね」

「黙れ！」

興奮した亮さんが吠える。しかしすぐに力が抜け、また腕のなかでぐったりとした。

亮さんの理由は、他の三人とは訳が違う。科される刑は重くなるだろう。自分の画像を警察に送られないよう、必死で抵抗したのも頷ける。サトマリや彩子さんも、各自のスマホで事件の概要を検索している。

「まさか大地さんも……」

サトマリがつぶやいたが、亮さんはいち早く「違う」と断じた。

過去に殺人を犯したからといって、その後も殺人を繰り返すとは限らない。僕は事件の概要を徐々に思い出していた。たしか福井の事件は、容疑者が能動的に殺したのではなく、放置した末に死なせた事件だったはずだ。

腕の力を緩めると、皆が後ずさった。人生で初めて目にする殺人犯を前に、たじろいでいるのだろう。だが、膝を床についた亮さんは両手を広げたまま、ぐったりと首を垂れている。その姿

は、まるで磔にされた聖人のようだった。

田辺亮

また、あの幻聴が聞こえる。

──リョウちゃん、リョウちゃん。

あれから二年が経ったが、老女の声はどこまでも追いかけてくる。この声から逃れるため、とうとう北海道の東の端まで来た。しかしどれだけ遠くへ行っても、耳にこびりついて離れない。

幻聴ではないのかもしれない。

きっと俺はまだ、あの夏の日に閉じ込められている。

祖母ちゃんの部屋の光景は、今でもはっきりと思い出せる。

六畳の和室で、襖を開けると正面には立て付けの悪いガラス窓がある。左手は押し入れになっていて、布団が二組入っている。上の戸袋には着物やアルバムがあった。右手には年代物のタンスと本棚。その間に小さい文机がある。

一軒家の片隅にあるこの一室が、祖母ちゃんの城だった。

古いが部屋数の多い家で、祖父と祖母は一つずつ個室を持っていた。夜は、少しだけ広い祖父

の部屋で二人並んで寝ていた。

父は税理士で、街なかに事務所を構えていた。家から車で十五分ほどの距離にあり、父が所長、母が事務員として働いていた。所員が二人しかいないせいか、年中忙しそうだった。平日はもちろん、土日もよく依頼者の対応に追われていた。

物心ついた頃から、両親はほとんど家にいなかった。二歳上の兄貴と俺は、もっぱら祖母ちゃんに相手をしてもらった。祖父ちゃんも機嫌がいい時は遊び相手になってくれたが、気難しい人で、自然と敬遠するようになった。

祖母ちゃんはいつでも優しかった。毎日、俺たち家族の朝、昼、夜の食事をつくってくれた。日中は兄貴と俺を外に連れ出し、遊ばせてくれた。お菓子を買ってくれることは滅多になかったけど、家でゼリーや汁粉をつくってくれた。

大人になってから聞いた話だが、俺たち兄弟は一歳頃から、ほとんど祖母ちゃんの手で育てられたらしい。ミルクをあげるのも、オムツを替えるのも、寝かしつけるのも、すべて祖母ちゃんの仕事だったという。

母はその話をする時、どこか開き直っていた。旧帝国大学を出た母は勤め先を辞めて家庭に入ったものの、仕事への欲求を抑えきれず、父の補佐をすることに生きがいを感じていた。義母に育児をまかせることに後ろめたさはあっても、仕事を辞めるという選択肢はなかったのだろう。積もり積もった後ろめたさは、母を開き直りへと導いた。

父はそもそも、祖母ちゃんが俺たちを育てることに何の疑問も感じていなかった。税理士の仕事に専念できて、家庭が回れば、後はどうでもよかった節がある。

ともかく、兄貴と俺は祖母ちゃんの手で育てられた。小学校に上がってからは、野球クラブへの送り迎えもしてくれた。他のやつらは若い母親が迎えに来るのに、俺だけ祖母ちゃんなのが恥ずかしくなって、もう来ないでほしいと伝えた。一人で家へ帰りながら、祖母ちゃんが迎えに来てくれることは二度とないんだなと思った。

一丁前に意地を張ったところで、俺への評価が上がるはずもない。もともと、ぼんやりしたやつ、というのが俺の定評だった。何を考えているかわからない、と言われることも多かった。口数も少なかった。そんな調子だから、友達は少なかった。

兄貴は勉強ができた。高校受験では、父の母校である進学校に合格した。その辺りから、両親は露骨に兄貴をかわいがるようになった。たまに食卓で顔を合わせると、大学はどうするとか、学部はどうするとか、そんなことを盛んに話し合っていた。税理士になったら事務所は継ぐのかなどと、気の早い話題も出ていた。

そんな時、俺はいつも蚊帳の外だった。俺は兄貴ほど勉強ができなかった。成績は下から数えたほうがずっと早い。中学までは同じ公立校だったけど、俺が進んだのは地元の工業高校だった。手に職をつけられそうだというのが理由だ。

成績はよくなかったが、頭は悪くないと思っている。兄貴は勉強というゲームが得意で、俺はそのゲームが苦手なだけ。それだけのことだった。

学校では、いじめられはしなかった。でも親友もいなかった。深い仲の友人などほしくもなかった。あと数年すれば疎遠になるのは目に見えている。そんな一瞬のつながりを欲しがる気持ちが、むしろ理解できない。その程度の友人なら、いないほうが身軽なだけましだ。俺は主に一人

で学校生活を過ごした。

兄貴は大阪の大学に進んだ。誰でも知っている大学だ。経済学部を選んだのは、税理士の仕事を意識していたからだと思っている。

俺は高校を卒業してから、石川県の自動車部品メーカーに就職した。本当は福井県内がよかったけれど、受けた会社はすべて不首尾だった。実家からはそれなりに距離があるため、工場に併設された社員寮で暮らすことになった。

実家を離れる日、見送ってくれたのは祖母ちゃんだけだった。七十を過ぎた祖母ちゃんは目に涙を溜めて、俺の手を握ってくれた。温かい、皺だらけの手だった。

「リョウちゃん、会社でも頑張ってのぉ」

良平（りょうへい）という名前から、祖母ちゃんは俺をそう呼んだ。俺は大きく頷いて、古い一軒家を後にした。

そうして入った会社で、人生初のいじめを受けた。しかもかなり本格的なものだった。

新人歓迎会で一発芸を拒否したのが理由だ。工場にある講堂で、二百名くらいの社員が飲んで騒いでいた。同期の新人たちはギャグや腹踊りをやっていたが、俺だけは壇上に連れていかれても棒立ちのままだった。酔った先輩たちに「やれ」と恫喝（どうかつ）されたが、どうしても嫌だった。一瞬でも芸らしきものをやれば、プライドが木端微塵（こっぱみじん）に砕かれてしまいそうだった。

「おい、新人なら芸やれよ、芸」

無表情で突っ立っていると、中年の男に頭からビールをかけられた。アルコール臭さが鼻をつき、髪先から酒が滴り落ちた。

「制服汚してんじゃねえよ」

別の先輩が後頭部を小突いた。それを機に、数名が俺を囲んだ。肩や背中を殴り、太ももを蹴る。騒々しい宴会場で、その行為を咎める者はいなかった。俺は暴力をふるわれるまま左右によろめき、とうとうバランスを崩して膝をついた。

「犬の物真似で許してやるよ」

うつむいたまま黙っていると、尻を蹴られた。おのずと四つん這いの格好になる。その時ようやく、「やめろ、やめろ」という声が聞こえた。人事部の社員だった。白けたように先輩社員たちが散り、その場はどうにか収まった。

だが翌日から、俺はターゲットにされた。

最初は更衣室の着替えがなくなったり、作業着に泥をつけられたりといったイタズラからはじまった。行為はすぐにエスカレートし、職場で先輩から無視されるようになった。業務上の質問にも答えが返ってこなかった。間違えれば、猛烈な勢いで怒鳴られた。

信じられなかった。いい年をした大人たちが子どもじみたいじめをして恥ずかしくないのか、不思議でならなかった。じきに、俺は疑問を持つのをやめた。職場の先輩たちは別人種なのだと思うことにした。理解できない相手を理解しようとするから、苦しくなる。

いつからか煙草を覚えた。煙草を吸える場所では、人目があるから派手にいじめられることはない。喫煙所が避難場所になっていた。

結局、三年もたなかった。二十一になってすぐ、俺は会社を辞めた。いじめからの逃避もあったが、何よりこんな会社で働いていることがアホらしかった。

210

同じ年、大学を卒業した兄貴は外資系のコンサルティング会社に入っていた。税理士になるのはやめたらしく、父は落胆していたが、それでも名の知れた一流企業に就職した兄貴を誇りに思っているのは明白だった。母も同じだ。

実家に戻った俺は、近所のガソリンスタンドで働きだした。俺はみっともなさから、会社でいじめに遭っていたことを誰にも話さなかった。三年もたずに会社を辞めた俺に、両親は冷淡だった。「根性がない」と面と向かって言われた。

父と母が、内心で兄貴と俺を比較しているのは明らかだった。兄貴はぴかぴかの一級品で、俺は出来損ないだ。同じ親から生まれて、同じように育てられたのに。

実家を空けていた二年余りで、祖父ちゃんはほとんど変わりなかった。だが、祖母ちゃんは認知症がはじまっていた。アルツハイマー型の認知症で、物忘れがひどく、一日の大半をぼんやりして過ごした。こちらが呼びかけても、反応しないことが多い。

半年ほど経って、祖母ちゃんが骨折した。自宅の段差で転び、大腿骨を折った。手術を行ったが、入院中にせん妄に陥り点滴を引き抜くような行動が見られ、すぐに退院となった。

数日入院してから実家に帰された祖母ちゃんは、ほぼ寝たきりだった。食事もトイレも一人ではできない。自然と祖母ちゃんの世話をするのは俺の仕事になった。父と母は忙しく、八十歳を過ぎた祖父ちゃんに介護を任せるわけにはいかない。

俺は恩返しのつもりで引き受けた。俺や兄貴は、小さい頃ほとんど祖母ちゃんに育ててもらったようなものだ。今度は俺が面倒を見る番だった。

自分の力だけでは何もできない祖母ちゃんは、常に他人の助けが必要な状態だった。施設に入れるという案も出たが、祖父ちゃんが反対した。「住み慣れた家で過ごさせてやりたい」というのが理由だったが、祖父ちゃんが自分で世話をしたことは一度もなく、もっぱらパチンコ通いに勤しんでいた。

すぐにアルバイトに支障が出はじめた。シフトの日は交代してくれるよう母に頼んだら、きっぱりと拒絶された。仕事があるから、と。俺にだって仕事はあるのに。

「あんた、バイトなんか辞めたら。どうせ大して稼いでないんやし」

母からはそう言われた。

実際、働きながら二十四時間世話をするのは限界だった。俺はガソリンスタンドを辞めて、祖母ちゃんの介護に専念することになった。

兄貴には相談できなかった。就職を機に上京してから、めったに実家へ帰らなくなっていた。学生時代には、盆と正月だけは必ず帰省していたが、コンサルティング会社に就職してからは丸一年実家に顔を出さないのも当たり前だった。激務という噂は聞いていた。この年齢ではあり得ないほど年収が高いということも。

もはや兄貴は、別世界の住人だった。

祖母ちゃんにものを食べさせたり、トイレに連れて行くことはさほど苦ではなかった。入浴させるのはきつかったが、無理ではない。一番つらかったのは、夜中の体位変換だ。寝たきりで筋力の落ちた祖母ちゃんは、ろくに寝返りもうてない。そのため二、三時間おきにクッションを入れたりして、身体の角度を変える必要がある。そうしないと床ずれができてしまうのだ。

夜、二時間ごとに起きて体位変換するのはしんどかった。睡眠不足になり、昼間もうとうとすることが増えた。

食事もトイレもそうだが、代わってくれる人はいなかった。一日二日のことではない。三百六十五日欠かさず、対応しなければならない。代わってくれる人はいなかった。俺がやるしかない。俺がやらなければ、祖母ちゃんの病が進み、身体は傷ついてしまう。

二十代前半の体力にまかせて、介護をこなした。ケアマネージャーにも「若いから大丈夫でしょう」と言われ、ケアプランだけ出されて、その後のサポートはほとんどなかった。後で別の介護業者から聞いたところ、担当者のケアマネは〈ハズレ〉という噂だった。

昔の俺がそうしたように、祖母ちゃんは俺に甘えるようになった。

「リョウちゃん、リョウちゃん」

事あるごとに、祖母ちゃんは俺を呼んだ。呼ぶ理由はさまざまだった。お腹が減った。おしっこがしたい。背中が痛い。テレビをつけてほしい。寒い。暑い。廊下と接する襖は開け放され、家のどこにいても祖母ちゃんの声が聞こえた。

すぐに行けないと、父や祖父ちゃんの声が伝えに来ることもあった。

「おい。呼んどるぞ」

言われるたび、あんたが行けよと思ったが、口にしたところで無意味と知っていた。俺以外の家族は食事も満足に食べさせることができない。黙って祖母ちゃんの枕元に向かうしかなかった。

一年が経ち、二年が経った。

祖母ちゃんの認知症は着実に進行していた。家族のことも徐々に忘れ、顔を合わせても怯えたような表情を浮かべることが増えた。最初に母、次に父、最後に祖父ちゃんを忘れた。出会った順番で言えば俺は最後なんだ。俺だけは相変わらず「リョウちゃん」と呼ばれていた。

寝たきりの症状も進んだ。食事はどんどん固形分が少なくなり、オムツが欠かせなくなった。会話が成立せず、何を呼びかけても反応を返さないことが増えた。突然リモコンを投げつけたり、食事を拒否するようになった。そうかと思えば、いきなり正気に戻って「ごめんね」と謝ったりした。

そんな状況でも、手を貸してくれる家族はいなかった。祖母ちゃんが俺の名前しか呼ばないのをいいことに、すべてを俺に押し付けた。

「あの人は良平が好きだから」

「良平の介護じゃないと食べないから」

家族は薄ら笑いと一緒にそんな言い訳を口にした。恩返しをしたいのも嘘じゃない。だけど、さすがに二年もこんな生活を続けていると限界が来る。

祖母ちゃんのことは大事だった。

ケアマネをせっつき、訪問介護を週に五日利用できることになった。本当は外に一泊するショートステイも使いたかったが、家族で話して「そこまで金は出せない」という結論になった。

「介護は金がかかるんだな」

父が漏らした一言に、怒りでどうかしそうだった。実の母が寝たきりになっているのに、その言いようはなんだ。息子に丸投げしておいて、その言い分はなんだ。金を出しているやつが一番

214

偉いのか。あんたが金を稼げるのは、俺が寝ずに介護をしているからだ。

そうした悪態は胸のうちから少しも漏らさず、全部呑み込んだ。言えば惨めになるだけだ。どんなに気持ちを伝えたところで、この日常は変わらない。

三年が経ち、四年が経った。

祖母ちゃんの要介護度は年を追うごとに上がっていった。要介護4になってからしばらくして、ケアマネが特別養護老人ホームの案内を持ってきた。特養というやつだ。

「申し込んでみたらどうですか。待機が多いからすぐには無理かもしれないけど」

俺は初めて、このケアマネに心から感謝した。すぐさま特養への入所を家族に提案した。だが、返ってきたのは信じられない答えだった。

「預けてどうするの」

そう尋ねたのは母だった。

「どうするって、別に変わらんやろ。祖母ちゃんは寝たきりなんやから」

「いや、あんたのこと。預けてできた時間で、何するの。働くの？」

考えてもみなかった。この、地獄のような二十四時間の介護体制から抜け出せるなら、なんだってよかった。自信はないが、働いたっていい。あの工場以外なら。

「仕事、探すよ」

「見つかるわけないやろ。のぉ？」

母に一蹴された。話を振られた父を見るが、じっと黙っていた。ショックだった。二人とも、俺はもうまともに金を稼ぐことなどできないと思っているのだ。

「……自宅で死なせてやれんかのぉ」

祖父ちゃんが哀れっぽい口調で言った。こんな時だけ、妻を心配するような態度を取らないでほしい。パチンコ店に入り浸ることが生きがいのような人に、祖母ちゃんの介護を語る資格はない。

誰も、俺のつらさをわかっていない。

「リョウちゃん、リョウちゃん」

話している最中にも、廊下の奥から祖母ちゃんの声が聞こえる。三人の視線が俺に刺さる。見捨てるなよ、と目で語っているようだった。俺は腰を上げて、とぼとぼと声のするほうへ歩いた。

そして五年が経った。俺は二十六歳になった。

不眠はピークに達していた。眠っている間も常に緊張していて、ちょっとした物音で目が覚めた。そうでなくても二時間で起きなければならない。一度、疲れが溜まって六時間ほどぶっ通しで眠ってしまった。慌てて様子を見に行くと、祖母ちゃんの腰のあたりの皮膚が赤くなっていた。放っておくだけで、この人は弱って死んでしまう。その事実を改めて見せつけられたようだった。

認知症はさらに進んだ。食事は自分からはほとんど食べようとせず、随分やせ細った。オムツを交換している途中で股に手を伸ばし、汚物が付着することもあった。意思疎通はほぼ不可能で、何を話しかけても反応は乏しかった。ただ、「リョウちゃん」と呼ぶことだけはやめなかった。

どんどん弱っていく祖母ちゃんを前に、俺は不謹慎なことを考えていた。

――あと少しで、解放される。

216

罰当たりだとわかっていても、そう思わずにはいられない。五年という歳月は、祖母ちゃんへの感情を変化させるのに十分だった。

夏になり、祖父ちゃんが倒れた。クモ膜下出血だった。

入院の付き添いには、母が行くことになった。父は仕事を理由に、また親の病気と向き合うことを避けた。両親の世話を息子と妻に任せておいて、将来は面倒を見てもらえるとでも思っているのだろうか。

とにかく、家庭の様子は一変した。俺は祖母ちゃんの在宅介護。母は入院した祖父ちゃんの世話。父は事務員の母が抜けた穴を埋めるためか、ほとんど家に帰ってこなくなった。家族がバラバラに動いていた。

祖父ちゃんが倒れてから四日後の午前中、唐突に兄貴がやってきた。家には俺と祖母ちゃんしかいなかった。顔を見るのはずいぶん久しぶりだ。最後に会ったのがいつか思い出せないくらい。

「いきなりどうしたん」

「母さんには言ったよ」

兄貴は半袖のワイシャツにスラックスという格好で、よく磨かれた革靴を履いていた。暑い日だったが、髪はきっちりセットされている。俺は染みのついたTシャツにスウェットで、髪も髭も伸ばし放題だった。

「すごい顔してるぞ。顔でも洗えよ」

完璧な標準語だった。

「なんで、急に来る気になったん」

「出張で福井に来たから、東京帰る前に寄っとこうと思って。祖父ちゃんも倒れたんだろ？　俺も帰って手伝いたいけど、今抜けられないんだよ」

兄貴は靴を脱ぎ、我が物顔で居間に入る。銀色に光る腕時計が視界に入った。グラスに麦茶を入れて出してやった。兄貴は立ったまま受け取る。

「変わってないな」

「変えとらんからのぉ」

「お前、まだ無職なのか」

不意打ちだった。無職、という言葉が鋭い刃となって突きつけられる。答える必要はなかった。

無言でいることがそのまま答えになるから。

「一日中、祖母ちゃんの介護してるんだろ」

「……まあな」

「俺たち、祖母ちゃんには世話になったもんな。大事にしろよ」

驚いた。この人の言葉はなんて軽いんだろう。今まで聞いたなかで、最も薄っぺらい励ましの言葉だった。こんな軽薄なことしか言えない人が、同世代でトップクラスの収入を得ている。この世はどこか、おかしい。

兄貴に促されるまま、祖母ちゃんの枕元に案内した。ベッドに横たわる祖母ちゃんはぽかんとしていた。同居家族ですら忘れているのに、数年ぶりに会う兄貴のことを覚えているはずがない。

「かわいそうになぁ」

兄貴はスラックスのポケットに両手を突っこんでいた。祖母ちゃんの手に触れようともせず、

218

ただ見下ろしている。

「いやぁ……俺が代わりに面倒見たいくらいだよ」

「だったら、やってみろ」

頭ではなく本能が口を動かしていた。兄貴はむっとした表情で俺を見たが、それだけだった。

言い争っても分が悪いと判断したのだろう。

家に来てから三十分ほどで、兄貴は出て行った。父の事務所に顔を出すつもりらしい。グラスの麦茶を飲み干し、玄関でぴかぴかの革靴を履いた兄貴は、戸を開けてから振り向いた。

「お前、祖母ちゃんが死んだらどうするんだ」

またその問いだ。特養に入れてどうするの、と言われたことを思い出す。

どうせ、やることなんかないんだろう。嘲笑う声が聞こえる。そんなことはない。俺にだって、やりたいことがあった。たくさんあった。ただ、諦めてただけだ。介護が終われば、ようやくやりたかったことができる。

しかし本当に、解放されるのだろうか。

祖母ちゃんがいなくなったら、母はこれ幸いと俺に祖父ちゃんの面倒を押し付けるに違いない。

その後はどうなる？父や母が要介護にならない保証なんてない。いや、きっとなる。あの二人ももう六十だ。そうなればまた俺が面倒を見ることになる。なぜなら無職だから。じゃあ、その後は？みんな死んでしまったら、今度こそ俺は、自分の面倒を見ることができるだろうか。

思考の渦に呑み込まれているうちに、今度は祖父ちゃんの面倒を見ることができるだろうか。開け放された玄関の戸から、蝉の声が入ってくる。

——俺は、いつになったら俺の人生をスタートできるんだろう？

「リョウちゃん、リョウちゃん」

　廊下の奥から、か細い声が聞こえた。

　反射的に身体が動いた。ベッドの横に立ち、老女を見下ろす。俺の助けを借りなければ生きられない、弱い存在。そんな弱い人間の世話をするために、人生を浪費していいのか。

　いいはずがない。

　両手が、白い枯れ枝のような首へと伸びた。力を込めればぽきりと折れてしまいそうだ。ほんの数秒でいい。右手で顎の下を、左手で喉仏の辺りをつかみ、ゆっくりと力を込める。蟬の声が意識から遠ざかっていく。

　汗が額を伝い、顎から滴が落ちる。

　祖母ちゃんはもう、俺の名を呼んでいない。

　そう気付いた瞬間、慌てて手を離した。

　横たわる祖母ちゃんが、弱々しい咳をした。

「リョウちゃん……」

　ぞっとした。どれくらい首を絞めていたのか。ほんの一瞬だったかもしれない。だが、俺は確かに祖母ちゃんを殺しかけていた。首には指の痕が、赤くくっきりと残っている。手加減をしなかった証だ。

　逃げなければ。このままでは、いずれ本当に殺してしまう。俺が俺の人生を生きるためには、この家を離れるしかない。

220

自分の部屋に駆け込み、財布と銀行のキャッシュカードを手に取った。リュックサックに着替えを手当たり次第ぶち込む。スマホは迷ったが、置いていくことにした。きっと足がついてしまう。欲しくなれば、プリペイド式を買えばいい。

「ねえ、リョウちゃん」

再び声が聞こえた。かすれた声で、懸命に呼んでいる。

俺はもう無理だ。限界だ。あとは母と父で、なんとかしてくれ。きっと夜には母が帰ってくる。後は特養に入れるなりなんなりすればいい。今までまともに考えてこなかった報いだ。俺は抜ける。

いやに重いリュックサックを背負い、外に出た。強い日差しが目を射る。

あの世まで見えるような、綺麗な晴天だった。俺は手びさしをして、しばし真っ青な空を見ていた。穴倉から這い出した獣のようだった。湿って不快なはずの空気も、どこか心地よい。もう、祖母ちゃんの声は聞こえない。

この数年で、最も爽快な気分だった。

家を離れ、電車を乗り継いでターミナル駅に出た。繁華街に足を運ぶのは、本当に久しぶりのことだった。すでに午後も遅い時間だった。ファストフード店で食事を済ませて、東京行きの夜行バスに乗った。

心臓が高鳴って、一睡もできなかった。暗い窓の向こうを流れていく灯火を、延々と見つめていた。修学旅行のような興奮が、いつまでも冷めない。祖母ちゃんを見捨てたことへの罪悪感は、驚くほどなかった。奴隷のような生活を五年も続けた俺は、解放されて当然だと思った。いい加

減、俺以外の家族も重荷を背負うべきだ。

　早朝に降り立った新宿で、さらに東北行きのバスに乗り換えた。

　一度でいいから、夏の仙台に行ってみたかった。テレビで見た、大通りのケヤキ並木が印象に残っていた。青々とした葉が茂り、街の至る場所が生命力に満ち溢れている。仙台で降り、大通りで夏の並木を目の当たりにした。緑の濃淡に覆われた景色を見て、俺はやり直せると確信した。

　この街なら、青葉のような力を取り戻せる。

　スマホのない生活は快適だった。俺はいっさいのしがらみから解かれていた。

　数日ぶらぶらして、市内の石材店で職人見習いを募集しているのを見かけた。開け放たれた扉の奥、広い作業場の真ん中で、短髪の男が手作業で石を削っていた。その素朴な光景を見て、ここだ、と思った。

　志願して、住み込みで働かせてもらえることになった。親方は厳しいが、親切な人だった。素性を話したがらない俺に、しつこく過去を詮索するようなことはなかった。奥さんは先輩職人と俺を分け隔てなく、同列に扱ってくれた。

　やっと人生をやり直せる。

　夏の終わりのある日、プリペイド式のスマートフォンを買った。今さらながら、家のことが気になっていた。家族が俺の行方不明者届を出していれば、大事になっているかもしれない。祖母ちゃんのことも心配だった。人間らしい生活のおかげで、人間らしい感覚を取り戻していた。スマホを買ってすぐ、住み込みの個室で、自分の名前や福井という単語を入力してウェブ検索した。

　福井を離れてひと月が経ち、そう思えるようになった。

　顛末はすぐにわかった。

祖母ちゃんは、俺が見捨てた三日後に亡くなっていた。

祖母ちゃんの死は介護殺人事件として扱われ、俺の名前は容疑者として報道されていた。同居していた孫は故意に祖母を放置し、食事も与えず、意図的に衰弱させた。これだけでも立派な虐待だが、遺体の首には絞められたような跡もあった。警察は殺人罪の容疑で、その孫を捜しているという。

スマホを持つ手が震えた。

どうして。家族は、俺が祖母ちゃんにどれだけ尽くしていたか知っているはずだ。少なくとも、襖を開ければ祖母ちゃんの顔を見ることはできた。それなのに、どうして俺だけが人殺しの罪を負うんだ？

考えられる理由は一つ。父や母、祖父は、自分たちの立場を守るため、俺にすべてをなすりつけた。ケアマネやデイサービスの職員は当てにならない。小さな町内で波風を立てずに生きていくため、口を閉ざすくらいのことはするだろう。

事実だけ見れば、俺は動けない祖母を見殺しにした非道な孫だ。首を絞めた記憶はある。だが、殺すつもりじゃなかった。ああしなければ、俺のほうが死んでいた。比喩ではない。本当に。でも、そんなことを言っても誰も信じない。

——リョウちゃん、リョウちゃん。

俺を呼ぶ声が蘇った。

はっとして振り向くが、誰もいない。ここは仙台だ。幻聴に決まっている。

しかしどうしても、祖母ちゃんがすぐそこで俺を呼んでいる気がした。おそろしく痩せ細った

祖母ちゃんが、幽霊の姿で背後に立ち、後ろから肩を抱いて耳元でささやく。

──リョウちゃん、リョウちゃん、リョウちゃん。

その夜のうちに、最低限の荷物を持って石材店を抜け出した。親方たちに迷惑をかけるわけにはいかない。そのまま電車に乗り、北を目指した。とにかく逃げなければならない。遠くへ。もっと遠くへ。

二年ほど居場所を転々とした。住み込みの職場を探して、一、二か月で逃走することを繰り返した。そしてとうとう、北海道の東端まで来てしまった。

俺は二十代の五年間を、祖母ちゃんの介護に費やした。結果、俺には人殺しの肩書だけが残った。

今、俺を羽交い締めにしているのはシュウだ。力は緩められているが、こっちが妙な動きをすれば、またすぐに腕を固められるだろう。

「シュウ。ちょっと訊いてもええか」

口だけ動かして、顔の見えない相手に問いかける。

その疑念はもはや確信に近かった。福井の介護殺人と言っても、大々的に報道されたわけじゃない。容疑者の顔写真がネットに公開されているわけでもない。俺の顔を知っているのは限られた人間だけだ。

シュウは大地さんの遺体を見てもサトマリのように取り乱さなかった。俺や乾さんを取り押さえる手つきも慣れすぎている。そもそも、通報にこだわっていることから気付くべきだった。

224

「お前、警察やろ」

そう言った途端、アルバイトたちの表情がこわばる。当たり前だ。乾さんもサトマリも彩子さ
んも、警察と顔を合わせたくないから通報を避けていた。それなのに、このなかに警察がいたと
なれば台無しだ。誰かが後ずさりする足音が聞こえた。

シュウの表情は見えないが、腕に少しだけ力がこもった。皆の視線を浴びながら、今、何を考
えているのか。

「……正確には」

耐えかねたように、シュウがつぶやいた。

「半年前まで警察官でした」

硬い声が、ロビーに響いた。

八　午前三時五十二分

矢島彩子

シュウが両腕をだらりと垂らした。解放された亮がゆっくりと立ち上がり、肩を回している。

長い間、羽交い締めにされていたせいか肩が痛そうだ。改めて、亮の顔をじっと見る。

亮の正体に気付いたのは、サトマリの告白の直後だった。

家から逃げ出す直前、財布をなくして交番に駆け込んだことがあった。あの子をあやしながら、警察官の指示通りに遺失届を書いていた。警察官が席を外した時、デスク上にあったファイルの写真が視界に入った。

そこには一人の若い男が写っていた。介護、とか、死亡、という単語が見えた。

ああ、ここにも苦しんでいる人がいる、と思った。

なぜかわからないけれど、その男も、私と同じような苦しみを味わっているんだと直感した。

他人に自分の人生を吸い取られ、逃れられない穴の底でもがいている。ただ顔が整っていたという

だけじゃない。心の芯の部分で、共感していた。

結局、財布は路上の物陰から見つかった。琉希がいたずらで隠していたのだ。乾さんが財布を盗られたと騒ぎ出した時、真っ先に思い出したのはこの出来事だった。過去がフラッシュバックしたせいか、無性に腹が立った。

亮があの時の指名手配犯だとわかってからも、そのことを騒ぎ立てる気にはなれなかった。皆に伝えたところで何にもならない。それに、気のある相手が嫌がることはしたくなかった。

「……元警察官なら、今は警察と関係ないんやろ」

亮はようやく肩を回すのをやめて、シュウに尋ねた。

「それなら義理立てする必要ないのと違うか。通報せんでも関係ない。のぉ?」

「人が死んだんだから、警察に伝えるのが道理です」

シュウは頑なだった。

うんざりした空気が漂う。ここにいる六人のうち四人までが反対しているというのに、まだ自分の意志を貫きたい? シュウは正義感が強いというより、正義の側であることにこだわっているだけだ。

「その性格で、よく今までやってこれましたね」

サトマリだった。私と同じ意見らしい。

「私たち、話したじゃないですか。どうして警察と顔を合わせたくないのか。ここまで話してもまだ納得してもらえないんですか」

「死体を放置することに納得はできない」

サトマリはまだ何か言おうとしたが、シュウが「僕は」と遮った。

「僕は、間違ったこと言ってるか？」

一瞬、サトマリが怯む。

——ずるい。

この言葉を吐く人は卑怯だ。間違っているかと問われれば、真っ向からは否定しにくい。シュウは今まで、自分に反対する者をこの一言で黙らせてきたのだろう。前職のお客さんにもこういう人はいた。

「間違っているとは言ってない。でも、正解はあんただけじゃない」

興奮のせいか、声が高くなった。シュウがこちらに視線を向ける。恨みがましい、じっとりとした目つきだった。

言うなら今だ、と思った。

「自分を否定されるのがそんなに怖いの」

少しだけ、考える間があった。図星だったのか？

「……彩子さんは、怖くないんですか」

シュウの声が震えた。

皆の視線が集中し、耐えかねたようにロビーを出ていく。

「あいつ、なんだ」

亮が吐き捨てる。

やっと、シュウという人間が少しだけ理解できた。シュウは他人がどれだけ傷つこうが関心を持てない。恐れているのは、否定され、自分のプライドが傷つけられることだけ。逆に言えば、

自分さえ守れれば、何が起ころうがどうでもいい。

大地さんの遺体が目の前をよぎる。そうだ、あの目だ。シュウの目は、最初に会った時からずっと生気がない。

「思い付きなんですけど」

緩みはじめた空気のなかで発言したのは、サトマリだった。

「シュウさんが犯人って可能性、ないですか」

「何の?」

「いや、だから……大地さんを殺したのも、あの脅迫状作ったのも」

その可能性は考えていなかった。あれだけ警察への通報を主張する男が、犯罪に手を染めているはずがない。そう思い込んでいた。サトマリは沈黙を自分への非難と受け取ったのか、「だって」と言い足した。

「そもそも私たち、警察と関わりたくないわけでしょ。そんな人間がわざわざトラブル起こします? できるだけ人の目につきたくないでしょう? 唯さんだって、ねえ」

通報アプリを盾に亮を尋問していた唯ちゃんは、部屋の隅で存在感を消している。人が変わったみたいだ。質問にこくりと頷き、スマホに視線を落とす。

「やっぱり、シュウさんの自作自演って可能性ない? あの性格だから、大地さんと揉めて殺しちゃったとか。あり得るよ。本気で警察に捜査されたら、一番困るのはシュウさんだったりして。

ていうか、どこ行ったんだろ。トイレにしては長くないですか」

サトマリは息巻いている。

「絶対怪しい。戻ってきたら、皆で問い詰めよう」

賛同の声を上げる者はいない。けれど、皆の目には暗い光が宿っていた。正義をふりかざし、傍若無人にふるまってきたシュウに苛立っているのは同じ思いだ。何か一言くらいは言ってやらないと気が済まない。

廊下からドアが閉じる音がした。どうやら、外に出ていたシュウが戻ってきたらしい。

工藤秀吾

裏口から外へ出れば納屋は目の前だ。

宿舎から漏れる光を頼りに、納屋の扉を開く。内側はほとんど見えないが、どこに何が置かれているかはだいたい見当がつく。手前には破れた漁網。左の奥には埃をかぶったゴム手袋などの備品。そして右奥に、錆びた包丁。

ルールは守るためにある。

人を傷つけてはならない。人のものを盗んではならない。人を殺してはならない。すべてはルールだ。ルールがなければ、秩序のない世界に悪意がはびこり、ずるくて力の強い者だけが甘い汁を吸うことになる。誰だって自分が一番かわいい。人間など、際限なく自己中心的になれるものだ。そして、その暴走を防ぐのがルールなのだ。

長年にわたって不法滞在する乾さん。未成年で家出したサトマリ。育児から逃げ出した彩子さん。祖母を放置して死なせた亮さん。皆の経緯には同情の余地があるかもしれない。だが、本当にそこまでしなければならなかったとまでは思えない。皆、現状と向き合う努力を放棄して、安易な道へ逃げただけだ。

ルールを破ってなお平然としているこの連中を、ぼくは警察へ連れていかなければならない。

もちろん、大地さんの遺体の件も含めて。それができるのは、この場で僕だけだ。どんな手を使ってでも、僕が皆を正さないといけない。

手探りで包丁の柄をつかんだ。刃をくるむ新聞紙を剥ぎ取り、抜き身の包丁を提げて宿舎へと戻る。錆びてはいるが、まだ新しい。おそらくは乾さんが数日前、手を切ってしまった時の包丁だろう。ならば切れ味は問題なさそうだ。

不思議と気持ちは落ち着いている。

裏口からロビーへ戻ると、無言の動揺が皆の表情に浮かんだ。僕の右手につかまれた包丁に、視線が集中している。明るい照明の下でよく見ると、赤黒い錆（さび）の色は、血を吸っているようにも見えた。何百もの魚を捌いてきたはずの刃が、人間に向けられようとしている。

「……何、それ」

彩子さんが目を丸くしている。サトマリが小声で「ほら」と言ったが、その後が続かない。どういう意味の、ほら、なのだろう？

「お願いです。警察に知らせてください」

誰も動こうとしない。皆、言葉を失って棒立ちになっていた。

「僕は間違っていますか。間違っていませんよね。早く通報しないから、こんなことになるんじゃないですか。秘密を秘密のままにしておきたいからといって、正面から向き合わずに逃げ回るから、滅茶苦茶になるんですよ」

反論する人はいない。なのに、従う人もいない。

床に向けていた包丁の先端を、皆のほうに向ける。たまたまその方角にいた亮さんが、わずかにたじろぐ。だが言いなりにはならなかった。

「……お前も逃げたんと違うの」

目の端が痙攣する。一番、言われたくない台詞だった。錆びた包丁が示す先に、仮面を脱いだ生の顔があった。

「ここに来たのは、仕事辞めて暇だったからって言っとったなぁ。どんな事情か知らんが、お前だって警察から逃げて、今こんなところに居るんと違うかのぉ」

「逃げていない！」

僕は今でも、自分から警察を辞めたとは思っていない。辞めさせられたんだ。

「周りは逃げたと思ってる。一緒なんよ。俺らも、お前も」

「違う！」

亮さんの声は、僕の絶叫ではかき消えなかった。その証拠に、こうして違反者たちに立ち向かっているじゃないか。正しく生きてきた僕には、ここにいる全員を責める権利がある。

「シュウさん」

声を上げたのは高井戸さんだった。僕にとってただ一人の例外。

「他人に刃物を向けるのは、ルール違反じゃないんですか」

しばし呆然とした。あまりにも当たり前の指摘だったからだ。遺体を見つけても通報せず逃げるのはルール違反だ。だが、刃物を使った脅迫もルール違反だ。

「通報したら、俺は工藤に刃物で脅された、と言うぞ」

乾さんだった。皆、怯えつつ敵意のある眼差しを向けている。

右腕から力が抜ける。

おかしい。僕は正しいはずだ。なのに、どうして誰も味方してくれないんだ？

昔からそうだ。僕はいつも、たった一人で戦い続けている。

自分が正しいと最初に確信したのは、小学一、二年生くらいの時だ。親戚の集まりが父方の実家であった。大人たちはしゃべりながら昼食に寿司を食べていたが、子どもたちはそのうち飽きてしまい、いとこたちが揃って外に出てしまった。ぼくは最年少で、おまけに一人っ子だった。ほとんど誰にも相手をしてもらえなかったが、置いて行かれるのが嫌でついていった。

空は曇り模様だった。僕らは子ども五人だけで近所を散策していた。最年長の中学二年の男子がリーダー役だった。

「ゲームやろうぜ。あっちにさ、おかしいおっさんの家があるんだよ。家の前で騒いでると、わざわざ怒りに来る。すごい勢いで怒鳴ってくる」

中二の男子は胸を張って言った。彼は唯一、この近所に住んでいる子どもだった。

「これから順番にそいつの家の前で騒ぐんだよ。怒られたやつが負けな」

いいよ、やろう、と二人の男子が賛成した。

「嫌だよ。怖い」

一人だけいた女子が反対したけど、多勢に無勢だった。みそっかすの僕は最初から意見なんて聞かれなかった。

おっさんの家は、瓦屋根の一軒家だった。静かな住宅街の一角にあるごく普通の家だ。中二の男子が、コンクリート塀の隙間からのぞいた。

「明かりがついてる。家に人がいるぞ」

おっさんが家にいなければ、この肝試しは成立しない。怒りに来る人間がいることを確認した僕らは、門の前で思い思いに騒ぐことを決めた。まず、じゃんけんで順番を決めた。僕は最後になった。

トップバッターは、例の中二だった。ふらふらと出て行って、大声で流行っていたギャグの物真似をしていたが、家からは誰も出てこない。言い出しっぺのくせに数分で戻ってきた。二番手、三番手、と二人の男子が同じように騒いだけど、反応はなかった。四番目に行く予定だった女子は、いや、いや、と騒いで結局行かなかったけど、抵抗する声は誰よりもうるさかった。

「もういいよ。じゃあ、お前行けよ」

出番が回ってきた僕は、よくわからないまま、玄関の前で「バンザイ、バンザイ」と叫んだ。喉が嗄れるまで叫んだ頃、突然、玄関のドアが開け大声が出る台詞がそれしか思いつかなかった。

いて太った中年の男が現れた。

「出た！」

曲がり角に隠れていたいとこたちは一斉に逃げ出した。どうやら、ゲームは僕が負けらしい。

帰ろうとしたら、後ろから「こら」と呼び止められた。

「お前、どこから来た。イタズラだろ。どこの家だ。謝れ」

大柄で、口早に話す男は怖かった。泣きそうになって、しばらく立ちすくんでいたが、やがて男はため息を吐いた。空気の抜けた風船みたいに、少し萎んだようだった。

「二度とこんなことするな。社会のルールは守れ」

立ち去ろうとする男に、慌てて頭を下げた。

「ごめんなさい」

してはいけないことをした。それだけは理解できる。さらに僕は、謝るだけでは足りないような気がした。

「工藤秀吾です」

顔を上げて、自分の名を明かした。男はぽかんとしていた。

「え？」

「名前。工藤秀吾です」

「……そうか」

男はけだるそうに、家へと引き返していった。

一人で家へ帰りながら、もやもやした感情を持て余していた。一緒にいた四人も同罪のはずな

のに、どうして僕だけが罪を背負うのか。理不尽だ。すぐに四人が逃げてしまったせいだ。いと

こたちは自分のしたことから目を逸らして逃亡した。

逃げるのはずるい。卑怯だ。許せない。

家に帰った僕は、父に一部始終を打ち明けた。父は困惑した様子だったが、そのうち別の親戚

を呼んでこそこそと話していた。

夕食前に、子どもたちが五人とも集められ、各々の親からこっぴどく叱責された。特に一番年

長だった中二の男子は、一人だけ延々と説教されていた。ちらりと僕のほうを見た時、その視線

が恨めしげだったのを覚えている。僕も怒られたけれど、説教の最後に父は「正直に話して偉い

な」と誉めてくれた。母からは「ちゃんと話してくれて、偉かったね」と言われた。

ようやく気分がすっきりした。僕は正しいことをした。逃げた連中にも罰を与えることができ

た。僕だけが怒られるのはやっぱり不平等だ。それに、こうでもしないと他の子どもはまたルー

ル違反を繰り返す。ルールを破れば罰せられ、守れば認められる。世の中は、実に単純な仕組み

でできているのだとその時学んだ。

大人への告げ口が間違っているとは微塵も思わなかった。

皆が口にするほど、この社会で生きていくのは難しくない。

決められたルールを破らないよう生活する。それさえ守っていれば、意外と人はシンプルに生

きていける。どうにかして裏をかいたり、こっそり破ろうとするから、生きにくくなる。

中学校、高校の同級生たちもそうだった。校則の解釈をねじ曲げたり、授業中に違反行動を取

236

るやつらばかりだった。そうした行動が、僕には不思議でならない。学校はルールを決め、生徒
はそれを守る。単純な話を、どうしてわざわざややこしくするのだろう。挙句の果てに、大人は
理解がないと嘆いてみせる。最初から禁止しているのだから、理解も何もない。

生徒に人気があるのは、違反行動に寛容な教師だった。これも意味不明だ。そういう教師はシ
ステムの成立を妨害する邪魔者なのに。そうした教師の恩恵を受けるのは一部だけで、大半の生
徒はシステムが乱されたことで平穏を失う。全体のことを考えれば、生徒に甘い教師は憎むべき
なのだ。

とはいえ、高校までの生活にはまだ安心感があった。自分の役割が明確だったからだ。中学で
は高校受験、高校では大学受験という絶対の目標があった。とにかく受験勉強に励んでいれば、
誰からも文句を言われなかった。

高校では学年トップクラスの成績を維持し、現役で国立大学に合格した。ルール違反の常習者
たちは軒並み受験に失敗していた。正しいのは自分だと、改めて確信した。これからもこの生活
を続けていれば、苦しむことなどないと思っていた。

だが、大学では状況が一変した。

都内で一人暮らしをはじめた僕は、きっちりと授業に出て、課題をこなした。仕送りのおかげ
でアルバイトをする必要はなかったし、サークルや部活にも興味はなかった。

その結果、膨大な時間が余った。

もう受験勉強は必要ない。大学を卒業したら就職するつもりだったが、就職のための勉強とい
っても、手の付けようがない。キャンパスですれ違う連中は皆、どこか満ち足りた顔をしている。

恋人はおろか、友達もいない僕とは大違いだった。ルールを守っていれば、周囲からの尊敬が集まり、自然と恋人や友達ができるものだと思っていた。だけどその肝心のルールが見当たらない。

ただ授業に出て課題をこなすだけでは、人は集まってこない。

一人きりの大学生活は、高校までと比べて虚しかった。強制的にクラスメイトと付き合わされる高校と違い、大学での孤独は圧倒的だ。それでもくだらないやつらに媚びるような真似はしたくない。いずれ僕に見合う誰かが現れる。そう信じて、孤独に耐え続けた。

結局、僕には大学生活のルールを見つけることができなかった。

朗らかな大学生たちと同じ環境で、ひたすら鬱々とした毎日を過ごした。社会に出るその日が近づくにつれて、恐怖は増していった。大学生にもかろうじて学生の本分はある。勉強をしていれば文句は言われない。しかし卒業したら、今以上に正解のない世界へ放り込まれる。

思い悩む僕がすがったのは、あの太った中年男の言葉だった。あの男は、社会のルールは守れ、と言った。一人ぼっちの大学生活を送りながら、僕は真剣に考えた。社会のルールはどこにあるのか。

ある夜の帰り道、居酒屋の前にパトカーが停まっていた。酔った男が地べたに尻をついて何事かをまくしたてている。そばには憮然とした顔の男が数名。制服の警察官が二人、前後から挟んで騒ぐ男を論していた。

大変だな。そう思うと同時に、不思議と警察官たちへの羨望を感じた。警察官の仕事には迷う余地がない。法に違反している者を取り締まる。そういう、極めてシンプルな前提がある。

同時に僕は、この社会のルールが何かを悟った。法だ。法治国家である日本で、最も優先すべ

き規則は法しかない。そして、警察の仕事は市民の違法行為を指摘し、社会をあるべき姿へと正すことだ。法というルールを守らせることが仕事なのだ。

僕にぴったりの仕事だ。

この時点で決意は固まっていた。僕は、警察官になろう。

翌日から、警察官になるための方法を調べはじめた。警視庁の春の採用試験まで残り一年弱となっていた。筆記試験は何とかなりそうだが、体力検査と面接が問題だった。まともなスポーツ経験がない僕は、大学のトレーニングセンターに毎日通った。筋力を鍛え、汗を流して走りこんだ。武道の心得が活かせると聞いて、柔道サークルにも入った。面接対策のために半年がかりで想定質問集を作り、予備校の模擬面接にも行った。とにかく、できることはなんでもやった。

目標が定まった途端、毎日が生き生きと輝きだした。それまで友人や恋人がいないことに劣等感を抱いていたのに、遊び歩いている大学の連中が急に幼稚に見えてきた。将来に向けて具体的な行動を取っていることに、優越感を覚えるようになった。

僕は無事、警視庁の内定を得て大学を卒業した。

同じゼミには希望の業界に就職できなかった者、就職先が決まらず留年する者もいた。そんなやつらのことを、僕は内心で見下していた。目の前の楽しさに踊らされて、将来を棒に振った哀れな学生。自分はそうならなくてよかった、とつくづく思った。

初任科で警察学校に入って最初の一か月は、人生で一番辛かった。

きつかったのは集団生活だ。同じ顔触れと朝から夜まで行動を共にし、座学や教練をこなす。嫌でも同期との距離を縮めることになるが、僕には同期たちとどう接していいのか見当がつかな

かった。ここでもまだ、僕に見合う人間は見つけられなかった。雑談をしても弾まない。でも愛想笑いはしたくない。そのうち、同期のなかで緩やかに孤立するようになった。

地味だが早起きもしんどかった。警察学校では休憩時間や早朝に、突如、集合がかけられることがある。体質的な問題なのか、僕は常に寝起きが悪い。起床から数十秒で準備を整えるということが、どうしても苦手だった。

なんとなく、教官から目をつけられている気がした。警察官として不適格の烙印を押されるのではないかと、日々怯えていた。最初の一か月で何人かが退校した。プレッシャーをかけられ、辞めさせられたという噂もあった。次は自分の番かとびくびくした。コツは、他人に期待をしないこと。僕だが一か月を過ぎたあたりから、急速に慣れはじめた。コツは、他人に期待をしないこと。僕は友達を作りに来たのではなく、警察官になるために学校に入ったのだ。中間試験や資格の勉強があり、やることが増えたのもよかった。

半年間の初任科、それに実習と初任補修科を終え、ようやく署に配属された。配属先はターミナル駅の周辺にある交番だった。いよいよ現場に出られるとあって、配属当初から意気込んでいた。

三交替で、朝から二十四時間働いた翌日は非番、その翌日は公休日、というシフトだった。一見楽だが、実際は非番でも昼までは仕事をすることもあり、公休日は疲れを回復するので精一杯だった。はじめはこんなにきつい勤務体系はないと思ったが、じきに慣れた。

それ以上に面食らったのは、先輩署員たちのやる気のなさだった。彼らは基本的に事案が入らない限り動かない。面倒なことが起こらないよう、常に祈っている

節すらある。警ら（けい）の最中も、通行人たちを見ているようで見ていない。定期的に課される職務質問の目標さえ達成すればいい。軽微な道交法違反にはしょっちゅう出くわすが、それらを指摘することはまずない。

「あの程度、いちいちやってたらキリがない」

それが理由だった。事実ではあると思う。豊富といえない人員ですべての事案に対処するには、小さな違反は見逃す必要があるかもしれない。だが、それに慣れすぎれば警察官という存在の意義がなくなる。

僕は積極的に仕事をこなした。急な訴えが入ればできるだけ現場に行ったし、一件書類もきっちり作った。現場で一年過ごした辺りから、いい加減な仕事をしている先輩よりも、自分のほうが戦力になっているという自信が付いてきた。

二十四歳の冬だった。

僕は夜間の警らで、管内を巡回していた。基本的に警らは二人一組で行うが、その日は急訴のせいで先輩たちが手を離せず、一人で行うことになった。ハンドルを握り、白黒の警ら車で見慣れた街を走った。

配属された管内は、駅前の繁華街をのぞけばほとんどが住宅街だった。夜間の警らで問題が発生することはほとんどなく、時たま職務質問をする程度だった。その夜も、拍子抜けに感じるほど何事もなく終わるかと思われた。

交番周辺に戻ってきた時、路上で二人の男が話しているのを見かけた。不審というほどではな

い、いやに距離が近いのが気になった。車から降り、念のため声をかけた。

「こんばんは。夜間の防犯パトロール中で……」

途端に彼らはびくりと身を震わせた。暗い夜道のため、声をかけられるまで気が付かなかったらしい。話の途中で彼らは身を翻して逃げ出した。すぐさま追いかけ、男のうち一人の肩をつかんで引き止めた。もう一人は逃がしたが、捕まえた男はすぐそこの交番まで連れて行き、所持品検査を行った。

結果、複数の違法薬物を所持していた。もちろん現行犯逮捕だ。男は売人で、一緒にいたのは取引相手だった。後から聞いた話では、この売人の逮捕が、違法薬物の販売ルートを捜査するうえで重要な手掛かりとなったらしい。

僕が単独で挙げたこの手柄は、職質から検挙につながった事例として、翌日から署の見本となった。幹部朝礼では繰り返し言及され、〈地域警官の鑑〉とまで言われることもあった。

僕は満足だった。ついに、僕こそが正解なのだと周囲が認めたのだ。いい加減な先輩とは違う。

自分の正しさを仕事で証明してみせた。

警察官が僕の天職だという思いは、確信に変わった。

警らや立番では、より積極的に声かけをするようになった。少しでも不審を感じれば声をかける。嫌な顔をすればさらに追及する。警察の名前に、完全に抵抗できる市民はそういない。

もちろん百発百中とはいかない。蓋を開けてみれば、何でもなかったということもある。しかし犯罪を抑止するためだ。それくらいの不便をかけるのは仕方がない。

先輩たちは相変わらず怠慢な仕事ぶりだった。僕が懸命に市民を取り締まり、治安を守っている間にも、彼らは交番でのんびりと事案が起こるのを待っているだけだ。発生したところで漫然と対応し、とにかく早くシフトが終わることだけを願っている。それが本来の、あるべき姿とは思えない。

面と向かって彼らを批判したことはないが、そういう考えは、知らず知らずのうちに態度に表れていたらしい。次第に、先輩たちが僕と距離を置きはじめたのがわかった。仕事の相談では面倒くさそうに応じられ、誰かと二人きりになっても雑談一つない。

それでも僕は構わなかった。警察学校と同じだ。最初から他人に期待しなければ、苦にはならない。仕事をしない人間などこちらから願い下げだ。でもたまに、本当にごくたまに、何のために仕事をしているのかわからなくなることがあった。僕が懸命に仕事をするほど、市民の幸せは担保される。じゃあ、僕の幸せは誰が担保してくれる?

売人の逮捕から、半年ほどが経った夏。

僕は同じように、一人で夜間警らを行っていた。その日は徒歩だった。駅周辺の繁華街を見回っていると、雑居ビルの路地裏に若い男たちがたむろしているのを見つけた。周辺に飲み屋やバーはなく、いかにも不審に見えた。

「こんばんは。少し、話してもいいかな」

振り向いた彼らは、いかにも面倒くさそうな顔をしていた。いつもの反応だ。人数は五名。年齢は二十歳前後といったところか。揃ってだらしない私服に身を包んでいる。茶髪や金髪の者もいた。

「今、ここで何をしていた」

「ゲームっすよ。ソシャゲ」

男の一人がスマートフォンの画面を見せた。確かにゲームの画面が映っている。

「ゲームなら家でやればいい」

「これ位置ゲーだから。はいはい、あっち行って」

金髪の男が、虫でも追い払うように手を振った。表情は変えなかった自信がある。だが内心、その仕草にむっとしなかったと言えば嘘になる。

ない術を身に付けたのは、警察官になってからだ。表情は変えなかった自信がある。だが内心、その仕草にむっとしなかったと言

「身分証明書、見せてくれるか」

「だからなんでよ。任意なんでしょ、これ」

「見せられないのか」

「おい、なんだよ、離せよ」

「話通じてる？　任意なら見せる必要ないだろって」

金髪の男は一人でその場を離れようとした。明らかに不審だ。とっさに腕をつかむ。

男はショルダーバッグを提げていた。マジックテープが剥がれ、フラップが開いている。一瞬、違法薬物のパケ袋のようなものが見えた。売人を逮捕した夜のことがよぎる。

「所持品検査させてもらう」

ショルダーバッグをつかむと、男は抵抗した。僕の手を振りほどいて逃げようとする。予感から確信に変わる。こいつはクロだ。今ここで捕まえなければ、みすみす逃がすことになる。僕の

244

耳には、早くも賞賛の声が聞こえていた。そうだ。僕は〈地域警官の鑑〉なのだから。

男の肩を強くつかんで引き寄せ、言葉にならない叫びをあげて、男が手足をばたつかせる。地面に押さえつけ、問答無用でバッグのフリップを開けた。手を突っこみ、パケ袋と思しき小袋をつまみ出す。

愕然とした。手のなかにあったのは、数枚のシールが入ったビニール袋だった。妙に露出度の高い女性のイラストが描かれている。

「お前、何やってくれてんの」

呆然とする僕に、立ち上がった金髪の男が言った。

「どこの警察？　一方的にボコって、鞄のなか探っていいわけ？」

ようやく、自分の置かれた立場のまずさに気が付いた。僕は警察官でありながら、了解を得ることなく、市民の鞄に無断で手を突っこんだ。しかも見込み違いで。さらには男を羽交い締めにして、地面に押さえつけている。

背後から咳払いがした。男の連れが、四人でこちらを見ている。

「違う。これが……」

シールの入った袋を見せるが、まともな言葉が出てこない。男は口の端で笑った。

「とりあえず警察行こうか。話はそこで聞くから」

いつしか、僕は金髪の男と連れに囲まれていた。もはやどちらが職質をかけているのかわからない。どうしていいかわからず、僕は彼らを警察署に案内した。さぞかし間の抜けた光景だったろう。

制服警官が、若い男たちに囲まれて警察署に現れたのだから。

男たちはさんざん因縁をつけて、すっきりした面持ちで帰って行った。

一部始終は街頭の防犯カメラに録画されていた。

署長に呼び出され、口頭で厳重注意を受けた。署長は朝礼で僕のエピソードを話していた時とは打って変わって、憂鬱な表情をしていた。

「がっかりだな」

重い声音でつぶやいた。いっそ、叱り飛ばされたほうがよかった。

それより辛いのは、職場に居場所がなくなったことだ。交番では先輩からの嫌みをさんざん聞いた。仕事がうまくいっている時は、どんなに孤立しても平気だった。だが、一度つまずくと自分の惨めさが身に染みた。

もはや〈地域警官の鑑〉と呼んでくれる人は誰もいなかった。

それからは警らが怖くなった。

どこかでまた、あの男たちと遭遇するかもしれない。そう思うと迂闊に出歩けなかった。理由を見つけては内勤を希望し、警らに出る時も繁華街はできるだけ避けるようになった。サボったわけではない。ただ、少しルートを変えただけだ。

日が経つにつれて、先輩たちから無視されるようになった。仕事の最中だけではない。仮眠の前後や食事中もそうだ。交番所長も見て見ぬふりをしていた。それまでの僕の態度が、少しばかり生意気に見えていたのかもしれない。だからといって、腹いせに無視するなんて中学生以下だ。たった一度ミスをしただけだ。職質で失敗することくらい、誰にでもある。皆、もっと僕のこ

とを認めてくれてもいいはずだ。今までちゃんとルールを守ってきた。誰よりも与えられた役目を果たそうとしてきた。その僕が、たった一度の失敗で孤立するなんておかしいじゃないか。

それでも、この状況で半年間頑張った。手柄を挙げれば、再び立場は逆転するはずだ。懸命に治安維持に励んでいる僕より、怠けている先輩たちのほうが偉いなんてどう考えてもおかしいのだから。

特別寒い日だった。

僕は夕方の立番をしていた。交番の前に立ち、街の様子に目を光らせる。駅前に立地するため、夕刻は人通りが多い。半分ほどは見覚えのある顔だが、なかにはもちろん見知らぬ通行人もいる。

特に不審な様子の人間には注目する。

平日の夕刻、一人の大柄な男が歩いていた。年齢は僕と同じくらい。酒に酔っているのか、足元がふらついている。男の頭髪は金色に染められていた。あの夏の夜を思い出し、やるせない気持ちになる。

千鳥足で歩いていた男は、突如、すれ違った女性の肩を叩いた。ハーフコートを着た、おとなしそうな若い女性だった。驚いた女性が振り向くと、男は至近距離に顔を近づけ、ぼそぼそと何か話した。女性があからさまに顔をしかめ、僕のほうを見た。どう考えても、助けを求める視線だった。

しかし、歩みだそうとした僕の足は、一歩も動かなかった。

酔った男は、半年前のあの若い男とは似ても似つかない。だが金髪というただ一点で、僕のトラウマは鮮やかに蘇った。また、失敗する。次に失敗すれば、もう取り返しがつかなくなる。

僕は、助けを求める女性から目を逸らした。あり得ない行動だとわかっている。だが、それは生理現象のようなものだった。どうしても、駆けつけることができなかったのだ。もし誤解だったら。もし僕の信じる正義が否定されたら。想像するだけで、怖くて動けなかった。

金髪の男は、邪魔が入らないのをいいことに女性の肩を抱き、強引に引き寄せた。彼女の叫び声が通りに響いた。内勤していた交番所長が、異変に気付いて飛び出してきた。僕を押しのけて、二人の間に割って入る。女性は礼を言ってすぐに立ち去ったが、去り際、確かに僕を見た。その目には、はっきりと軽蔑が込められていた。

「お前、それでも警察官か」

事が収まってから、所長にそう言われた。目の前で揉め事が起こっているのに、ただ突っ立っているのだからそう言われても仕方ない。

以後、職場の人たちが僕に向ける視線は、少しだけ穏やかになった。代わりに不憫な人間を見る目つきになった。まるで、病を患った人に向けられる目だった。僕にとってそれは、無視されるより辛いことだった。

この職場で、僕ができることは何一つなかった。

数日後、所長に辞意を伝えた。転職先の当てはなく、親にも相談しなかった。型通りの慰留があったが、申し出はすんなり受け入れられた。二か月後、警察を退職した。誰よりも正しくルールを守る僕にとって、天職のはずだった。

両親に伝えたのは退職してからだった。二人は呆気にとられ、それから激怒した。実家には居

づらく、都内の安アパートを借りたが、食指が動くものはなかった。警察こそが最適の職業だと思っていたから、どの仕事を見ても自分に合っているとは思えなかった。

とにかく、すべてが虚しかった。

何もしないまま春が過ぎ、梅雨になった頃、珍しいアルバイトを見つけた。港町の、水産加工場でのアルバイトだった。黙々とカラフトマスを捌く仕事だという。それなら向いているかもしれない。給料も悪くないし、北海道という未踏の土地にも興味があった。応募したところ、無事に合格した。

僕にとってはこれが初めてのアルバイト経験だった。アパートで出発の支度をしている間、胸が躍っていた。ずいぶん久々のことだった。

遺体を見つければ、通報するのは当たり前だ。それが社会のルールなのだから。

オーバーステイの外国人がいれば、入管に引き渡す。家出人がいれば、家に帰す。指名手配されている殺人犯がいれば、捕まえる。以前の僕なら、その事実にひとかけらの疑問も抱かなかった。今だって、別に彼ら彼女らへの同情心があるわけじゃない。警察官ではなくなったからと言って、ルールから外れた人間を思いやるほど僕は甘くない。

けれど。胸のうちで見知らぬ感情の水位が上昇していた。海辺に潮が満ちるように、少しずつ心が浸されていく。

僕はその感情から目を逸らし、理解することを拒否していた。

右手から錆びた包丁が滑り落ちた。

亮さんがそれを拾う。

「これ、捨てとくから」

そのままロビーを出ていく。　亮さんを追いかける気力は残っていなかった。

佐藤真里

真っ暗だった窓の外が、少しずつ明るくなっている。

もう四時を過ぎている。結局徹夜になった。眠気はないけど、全身がだるい。ソファに身体を沈めたまま、起き上がれる気がしない。今、この瞬間に警察が踏み込んできたらきっと逃げられないだろう。

ロビーはけだるい沈黙に包まれていた。

さっきまで包丁を持って喚いていたシュウさんも、丸椅子に座ってぐったりしている。他の人たちも同様だ。

それにしても、あの豹変ぶりは何だったんだ。他人を従わせるためとはいえ、普通包丁までは持ち出さない。シュウさんは普通じゃない。

皆の真ん中にあるローテーブルには、一台のスマートフォンが鎮座している。彩子さんが浜辺から持ち帰った、大地さんのスマホだ。ライト代わりに使おうとして、そのまま持って帰ってし

250

まったらしい。

――これ、どうしよう。

ついさっき、彩子さんはバツが悪そうにそのスマホを取り出した。きっと忘れていたんだろう。

この一晩で色々なことが起こりすぎた。

「……これは、僕たちが現場にいた証拠になる」

シュウさんが重々しく口を開いた。

「大地さんの遺体を発見していながら、通報しなかったことが警察にばれる」

「そうしたら、どうなる?」

問いかけた彩子さんを、厳しい目で見る。その表情を見て、もしかして、と思う。シュウさんに漂う元警官の空気を、無意識のうちに感じ取っていたのかもしれない。

「普通に考えれば、通報しなかった理由を詮索される」

鳥肌が立った。

「ダメ。それは困る。今から戻してこようよ」

つい、割って入る。返ってきたのはシュウさんの冷たい目だった。

「もう朝だ。そろそろ遺体も発見されているかもしれない。手遅れだよ」

悔しさに歯嚙みする。こんなことなら、彩子さんを見逃したほうがまだよかったかもしれない。全部彩子さんのせいにして、私たちは素知らぬふりを決め込んでいればよかったんだ。今さら遅いけど。

「ちょっと、お手洗いに行ってきます」

唯さんが席を離れた。なんだか、しょっちゅう席を立っている気がする。単にトイレが近いのだろうか。それとも気分転換か。この異様な空気のなか、たまには一人になりたいという気持ちはわかる。後を追うように亮さんもロビーを出た。

「……どうする?」

私の問いは、うっすらと明るくなった空気に溶けた。今はまだ藍色の空も、じきに朝の気配を取り戻していくだろう。人通りが少ない浜辺と言っても、日が出ればきっと誰かは通る。シュウさんの言うように、すでに発見された後かもしれない。

本格的な夜明けは、刻一刻と近づいてくる。

もっと焦らなければいけないはずなのに、どうでもよくなってくる。頭が状況を処理しきれていない。自分がなぜここにいるのかわからなくなって、ふいにお母さんの顔が目の前に蘇る。顔と一緒に憎しみも思い出す。

やっぱり、どうでもよくなんかない。私はあの家に戻りたくない。

唐突に、女性の甲高い叫び声が聞こえた。廊下からだ。

弾かれたように、シュウさんがロビーを飛び出す。まだそこまで体力が残っていることに驚く。私を含め、他の面々は重い身体を引きずって廊下に出た。

廊下では、唯さんと亮さんが揉み合っていた。亮さんが右手に持ったスマホを高々と掲げ、唯さんはそれを取り返そうとシャツを引っ張っている。

叫び声から想像した光景とは、少し違っていた。

「どうしたんですか」

「見ろ」

近づいたシュウさんに、亮さんはスマホを手渡した。カバーには見覚えがある。確か、唯さんのものだ。私や彩子さんはその横に立ってスマホをのぞきこむ。

「やめて!」

唯さんは必死の形相で言ったが、もう遅い。私たちはすでに目にしていた。ディスプレイには、男部屋の風景が映し出されていた。どこか高い場所から撮影されている。大地さんと思しき男性が二段ベッドに腰かけ、ショルダーバッグのなかを整理している。

これは、どういうこと?

「こいつ盗撮してるぞ」

私の疑問に答えるように、亮さんがぼそりと言った。

呆然としているシュウさんの手元から、唯さんがスマホを奪い返した。壁を背に、追い詰められた小動物のように、廊下に居並ぶ私たちの顔をきょろきょろと見回している。目は見開かれていた。呼吸が荒い。

「……盗撮?」

シュウさんが動揺を露わにした。視線が定まらず、口を半開きにしたまま身体は固まっている。

この人の感情が揺さぶられる瞬間を、初めて見た気がする。

「この宿舎にカメラが仕掛けられてるってこと?」

「たぶん。のぉ、唯ちゃん?」

彩子さんの問いを、亮さんはそのまま受け渡した。唯さんは何も語らず、私たちを睨んでいる。

「黙っててもわからん。説明してくれるか。カメラはいつ、どこに仕掛けた。大地さんの映った動画が残ってるってことは、少なくとも昨日今日のことやないやろ。ずいぶん前から、俺らのこと監視しとったんよ」

唯さんは海の底の貝のように黙っている。亮さんが舌打ちをくれた。

「ちょれえのぉ」

男部屋を撮っているなら、女部屋を撮っていてもおかしくない。私が女部屋でしたことも、見られていたのだ。

「私の保険証、隠していたのも見てたんですか」

床に落ちていた、と唯さんは言った。それをたまたま拾ったのだと。でも、部屋を盗撮していたなら別の可能性が浮上する。

「仕掛けたカメラで撮ってたんですね。私がマットレスの間に隠すところ。それを見て引っ張り出したんだ。おかしいと思った。あんなに奥に突っ込んだのに、床に落ちるはずないから」

不自然だと思っていた。でもまさか、盗撮しているなんて思わなかった。

時間差でどんどん理解が追い付いてくる。と、いうことは。眠っている時も、着替えている時も、雑談をしている時も、すべて見られていたということ？ 唯さんに？ 背筋を冷たいものが走る。同性だからいいなんて、同室者だからいいなんて、とうてい思えない。ただ、ひたすらに気持ちが悪い。

今度は彩子さんが詰め寄る。

「私の過去を知ってたのも、盗撮のせい？」

「それは違います」

答えた唯さんの声は力なかった。亮さんが「それは、な」と横槍を入れる。

「とにかく、唯ちゃんは俺たちのことを監視しとった。それも、かなり前から」

「どうして……盗撮なんて」

シュウさんがうつろな表情でつぶやく。

これまでのシュウさんなら、社会のルールに反する盗撮など絶対に許さないはずだ。けれど、それを犯したのは唯さんだった。理性と感情に挟まれ、途方に暮れているように見えた。

「どういう目的だ。僕らの行動を監視して、何がしたかった。ただ見たかったのか」

ちょっとかわいそうになるくらい、シュウさんの声は悲痛だった。唯さんに好意を持っていただけに、ショックも人一倍なのだろう。裏切られた、という思いが透けて見える。

「……やめてください」

落ち着きなく動いていた唯さんの視線が、真正面に立つシュウさんに向けられた。

「私のことはもう、放っといてください」

もはや、唯さんはごまかそうとしていなかった。スマホを抱えたまま、ふてくされた顔でシュウさんをひと睨みする。何が起こったのか理解する。唯さんも開き直ったんだ。今夜、その瞬間を何度となく見てきた。私自身を含めて。

「あと少しで、大地さんのスマホのパスコードがわかりそうなんです」

「勝手に見るつもりか」

亮さんが止めに入るが、唯さんは頑なだった。

「事実がわかるならいいでしょう。知りたいことを知ろうとして、何が悪いんですか。警察に取り上げられたら、私たちには事実がわからないままかもしれないんです。それでもいいんですか。ここまできて……そんなの許せない」

その発言に、皆がしんとした一瞬だった。

突然、唯さんが駆けだした。私と彩子さんの間をすり抜け、廊下を走る。女子トイレへ駆け込んだ唯さんを慌てて追いかけたが、私が到着した時にはすでに個室に入っていた。もちろん鍵がかかっている。

「ちょっと。唯さん!」

「あと少しでいいから。少しだけ待って」

個室のドアを叩くと、内側からかすれ声が返ってくる。遅れて彩子さんも追いかけてきた。私たちは個室前で立ち尽くすしかなかった。

「唯ちゃん?」と声をかけたが、もう返答はない。

「……ねえ、どういうこと?」

彩子さんが私に尋ねた。けど、それを尋ねたいのは私も同じだ。

工藤秀吾

「ずっとあの子は怪しかった。絶対に何か隠してると思って、チャンス窺っとったんよ。そうし

たら、廊下の隅でスマホいじってって。こっそり後ろからのぞいたら、あの映像が表示されとって、驚いたのぉ」

そう語る亮さんはどこか得意げだった。

「それで、スマホを取り上げたんですか」

「しょうがないんよ。普通に話して、見せてくれるわけないから。ぱっと奪ったら、きゃーっ、って叫ばれたからこっちもびっくりした」

当たり前だ。スマホを奪われたら、誰だってびっくりする。

高井戸さんが女子トイレの個室に立てこもって、かれこれ十分が経つ。僕と亮さんは廊下の隅で立ち話をして時間を潰していた。

つい一時間前、同じ場所で僕は亮さんを羽交い締めにしていた。それから僕は包丁で皆を脅した。どう考えても尋常じゃない。それなのに、今こうして普通に話していることが不思議だった。

彩子さんも、サトマリと泣いて抱き合っていたかと思えば、一人で宿舎から逃げ出した。この一晩で、僕らの人間関係は目まぐるしく変化している。

すべては、僕らが抱えていた秘密が晒されたせいだ。

秘密は秘密のままだからこそ意味がある。秘密が暴かれるほど、その人の底が見えてくる。それは悪いことばかりではない。ただ、秘密というベールを取りのぞくことで、潜んでいた棘も露わになる。

「脅迫状書いたのは、唯ちゃんで決まりか」

「それとこれとは別問題でしょう」

「表と裏、使い分けてるってことと違うか。シュウが違って、俺やサトマリたちも違うなら、あとは唯ちゃんだけ。しかもあの子、他人の秘密集めるような真似しとったんやからのぉ。一番怪しいと思うけど」

亮さんの憶測を完全には否定できない。

高井戸さんが盗撮をしていたのには驚いた。信じきれないと同時に、これまで主に高井戸さんの手によって秘密が暴かれてきたことを考えると、どこか納得できる気もする。たぶん頭では理解できているのだ。心が追いついていないだけで。

「立ってても疲れるし、とりあえず戻ろか」

亮さんはロビーへ戻るとソファに勢いよく腰かけた。頭を背もたれに預け、天井を見上げている。僕は手近な丸椅子に腰を下ろした。

「疲れたのぉ」

亮さんはけだるそうに、何かを諦めたように、そう言った。何か話すでもなく、ただ脱力している。この人は二年あまり逃亡を続けてきた。もはや、逃げることに疲れきったのかもしれない。

疲れているのは僕も同じだった。徹夜なんて、警察を辞めてから初めてだ。頭の芯がじんじんする。今すぐ布団に突っ伏して眠りたい。今日の仕事はどうなるのだろう。

廊下で女性たちの声がした。数秒後、高井戸さんが大股でロビーに入ってきた。もう怯えはない。その後ろから、サトマリと彩子さんがついてくる。

「パスコードがわかった」

言い放つと、高井戸さんはすぐさまローテーブルに置かれていた大地さんのスマホを手に取り、

258

大地さんのスマホはロックされていたが、指紋認証やパターン認証ではなく、六桁のパスコードを入力して解除する方式だった。男部屋に設置したカメラの映像で、大地さんの指の動きを細かく確認して、番号を読み取った。

ディスプレイに指を走らせる。砂浜に落ちていたせいか、指先に細かい砂粒が付着する。六桁の番号を入力すると同時に、ロックが解除された。

「できた」

すかさずシュウさんと亮さんが、両側から手元をのぞきこんでくる。口から漏れそうになるため息を押し殺した。

盗撮は批判するくせに、いざ他人の秘密に触れられる状況になると食いつく。誰でもそんなものだ。盗撮や盗聴はいけない、なんて建前でしかない。本音では、皆、他人の秘密をのぞき見せずにはいられないのだ。だからこそゴシップ記事が売れ、世の中には無責任な噂があふれる。根

260

この部分では、ここにいる全員、たいして変わらない。私の場合は人よりも多少、積極的に動いているだけだ。

きっかけは偶然だった。〈神さまの耳〉と出会わなければ、私が盗撮にはまることもなかっただろう。

私には、乾さんや亮さんのような、深刻な過去はない。佐藤さんや彩子さんのように、家庭の問題を抱えているわけでもない。ごく普通の家庭で育ち、ごく普通に進学して、ごく普通に就職した。おとなしいほうではあるが、極端に人見知りなわけでもない。人目を気にするところはあるかもしれないが、そんなの誰だってそうだ。本当に、普通としか言いようがない人生だった。

人と違うことがあるとすれば、日常的に盗撮をしていること。ただ、それだけだ。

それを手に入れたのは、高校一年生の時だった。

当時、学校にいる時間をのぞけば、SNSの巡回と友達とのメッセージのやり取りで一日が終わっていた。私がいたグループは、クラスのなかでは中流くらいのカーストだった。部活をやっていない女子同士でつるんで、一緒にお昼を食べて、放課後にお茶を飲んだり、休みの日に近場で遊んだりしたくらいだ。

恋愛に積極的なカースト上位の人たちに比べれば、人間関係はゆるかったと思う。それでもたまに、グループ内での仲違いや陰口はあった。

あの子が大切な約束を忘れている。好きな男子に色目を使った。嘘をついて言い訳した。私の陰口を言っていた。根拠すらあやふやだけれど、十代の私たちにとっては切実なことばかりだっ

た。私たちにとっては、その箱庭みたいな人間関係が世界のすべてだった。

私も一時期、グループを外されかかったことがある。

仲間外れはいつも、当事者にとっては唐突にはじまる。ある日を境に、顔を合わせても反応が薄くなり、さりげなく無視される。メッセージの回数が極端に減り、昼休みに時間を持て余す。友達のSNSに、私の知らない情報があふれていく。そんなことが一か月ほど続いた。

どこで何を食べて、どんな遊びをしているのだろう。私のいない場所で、私についてどんな話をしているのだろう。気になったけど、教えてくれる人はいない。

別のクラスの女子から噂を聞いて、ようやく無視の理由がわかった。私は通っている学習塾で、同じグループの悪口を言いふらしたことになっていた。記憶をたどると、確かに一度、そんな会話をしたかもしれない。ただ、私は自分から悪口なんか言っていない。他の子の発言に、「そうかもね」と相槌を打っただけだ。

十六歳だった私は真剣に悩んだ。このままグループを外され続ければ、次の学年まで、下手をすれば卒業まで、一人ぼっちで過ごすことになる。それは困る。かと言って今さら別のグループに鞍替えすれば、妙な噂になる。

何か、逆転する手は。あのグループに戻してもらえる方法は。

けだるい感覚に包まれながら毎日を送っていた私は、日曜の午後、録画したテレビ番組をぼんやりと見ていた。友達から遊びに誘われなくなった私の休日は、とにかく退屈だった。テレビを見るくらいしか、やることがない。

それは、お笑い芸人をドッキリにひっかける番組だった。コンビの一方が仕掛け人となって、

262

もう一方に嘘の解散話を持ちかけ、その反応を観察するという趣味の悪い内容だった。楽屋での二人の会話を記録するため、仕掛け人はボールペンの形をしたレコーダーをシャツの胸ポケットにさしていた。数秒だけ映ったそのレコーダーは、どこからどう見てもただのペンだった。

衝撃だった。こんなもので、会話が録音できるの？

その後、録音された二人の会話が流れた。仕掛け人と、その相方の会話が鮮明に聞こえる。つぶやきもきちんと拾い、声色まで再現されている。

私はすぐさま、スマホでウェブ検索をはじめた。ドッキリの顛末などどうでもよかった。〈ペン　レコーダー〉と検索すると、たくさんの商品が提示された。安いものだと三千円くらいで買える。

気付けば、ネットストアで購入手続きに進んでいた。これがあれば、あのグループの会話を知ることができるかもしれない。そう思うと、居ても立ってもいられなかった。

三千円で買ったボールペン型のレコーダーは、三日後に届いた。ペンにしか見えないというより、本当にペンとして使うことができた。これなら、怪しまれることはまずないだろう。フル充電すれば十時間連続で録音できるらしい。

早速、学校に持参した。グループの女子たちが話す席はだいたい決まっている。窓側の一番後ろの辺り。私はあらかじめ、教室の後方にあるロッカーの上にペンを転がしておいた。一日が終わり、帰宅してすぐに自分の部屋にこもった。回収したペンをノートパソコンに接続して、イヤフォンをしてから、記録された音声ファイルを再生した。

同級生の雑談も、授業中の教師の声も、教室の後方

まで届いた音声は何もかも。グループの女子たちが休み時間に交わした会話も、ちゃんと録音さ
れていた。私は聴覚に全神経を集中して会話を聞き取った。

たまたまかもしれないが、私の名前は一度も出なかった。話題の中心は、同じグループで、そ
の場にはいない別の女子だった。

——最近ちょっとしんどいよね。

——話題がそれだけだもん。あたしらと一緒にいる意味なくない？

——そもそも格好良くもないし。

何を意味しているかは、すぐにわかった。その子は若手ミュージカル俳優のファンで、私が一
緒に遊んでいた頃から、よくその俳優の話をしていた。私を含め、他の子は誰もその俳優を知ら
ない。興味はないけど、それがばれると機嫌が悪くなるから、常に適当に相槌を打っていたのを
思い出す。どうやら最近は、それが一層鼻につくようになったらしい。

私は爽快な気分でイヤフォンを外した。鏡を見ると、自然と口元がゆるんでいた。改めてペン
型のレコーダーを手に取る。

これは〈神さまの耳〉だ。

私の頭には、すでに逆転のシナリオが浮かんでいた。

夜になるのを待って、話題になっていた女子にメッセージを送った。

〈変な噂聞いたんだけど、ちょっと電話してもいい？〉

疎遠な相手でも、こんな風に持ちかけられたら無視できないだろう。案の定、すぐに〈ちょっ
となら〉とそっけない答えが返ってきた。

それから私は、レコーダーに録音されていた内容をすべてぶちまけた。尾ひれをつけたくなるが、ぐっと我慢する。相手は最初、信じていない様子だったが、次第に問い返す声音が真剣になっていった。

「それ本当？　本当に、そんなこと言ってたの」

「いや、噂だから……どこまで本当かわからないけど。でも聞いちゃったからには、伝えないのも悪いし」

善意で伝えたと思わせられるよう、言い方には注意する。あくまで下手に。相手が十分に落ち込んだところで、用意した台詞を口にする。

「でも私は、そんな風に思ってないよ」

電話の向こうからは涙声が聞こえてくる。顔が見えないのをいいことに、私はほくそ笑んだ。

翌日から、教室での孤独から解放された。ミュージカル俳優のファンの子が、グループを抜けて私とつるむようになったからだ。こんなに簡単とは思わなかった。

それからも私は盗聴を続けた。元いたグループの子が陰口を叩かれているのを知れば、すかさず一対一で通話した。最初に籠絡（ろうらく）した子と同じ手口だ。傷ついているところに、私こそが本当の味方だと伝えれば、たいていうまくいった。そうして私は、忠実な友達を少しずつ増やしていった。

二年になっても、三年になっても、盗聴はやめなかった。自分の立ち位置を守るためだけじゃない。クラスの裏事情を知る快感から、抜け出せなくなっていた。朝、充電したペンを教室の目立たない場所に置いてお

もはや盗聴は生活の一部となっていた。

く。帰り際に回収して、帰宅してから音声ファイルを再生する。ラジオを聴くのと要領は同じだ。

大半は取るに足らない会話だが、たまにお宝が見つかる。恋愛、進路、家庭事情。そして誰かの陰口。その辺が見つかれば上出来だ。

何となく気に入らない同級生——そういう人はたいていカースト上位にいる——についての話を聞けば、積極的に広めた。方法は簡単だ。噂と称してグループ内でこっそり教えるだけでいい。

証拠が残らないよう、メッセージではなく通話で伝える。数人に伝えれば、あとは勝手に広がっていく。

数日もすれば大方の生徒が知ることになり、ターゲットはカーストを転げ落ちる。

大人しい女子生徒にしか見えない私は、教室の神さまだった。あらゆる情報を手にできる私は、クラスの人事権を握ったも同然だ。あまりに楽しすぎて、やめる気にはなれなかった。

盗聴をはじめたあたりから成績が落ちはじめたけど、受験勉強にはなかなか身が入らなかった。

第一志望は落ちたけど、それなりの大学に現役合格できた。実家から通える距離にある私大の法学部。大学生になった私は、いくつかの新歓コンパに参加して、割と規模の大きいテニスサークルに入ることを決めた。

テニスをはじめ、運動はあまり好きじゃない。それよりも、そこで繰り広げられる人間関係をのぞき見するほうがよっぽど愉快だ。

高校時代に愛用していたペン型盗聴器は、調子が悪くなっていた。音だけでなく映像も見たかったから、今度は盗撮できる隠しカメラを買うことにした。ウェブ通販を巡回し、スマートフォンの充電器に埋め込んだカメラを選んだ。コンセントにつないでいる限り、撮影を続けることができる。その他にも、小指の爪くらいしかない小型のカメラをいくつか購入した。

サークルには専用の部室があった。充電器やカメラをいくつかの場所に仕込み、数日おきに回収する。保存されたデータをノートパソコンに移し、自室で鑑賞するのが至福の時間だった。映像が見られるようになったことで、情報の精度は上がった。

部室でカップルが行為に及んでいるのを見た時は興奮した。さすがに背徳感があったが、結局、私は一秒も目を逸らすことができなかった。その映像は、今もアーカイブに残してある。

私自身は、目まぐるしく変化するサークル内の人間関係とは距離を置いた。その渦のなかに飛び込むなんて、想像するだけでしんどい。かといって、バカにされるのも嫌だ。だから、最小限の発言はするし、最低限の役割は果たす。練習にもそれなりに真面目に参加した。でも本気は出さない。間違っても目立ちたくはない。何度か、サークル内のぱっとしない男の子たちに言い寄られたこともある。でも気が付かないふりで、全部スルーした。あまり魅力がなかったというのもあるし、私自身がカメラのなかの登場人物になるのが嫌だった。

三年からゼミに配属され、そこでも盗撮に手を染めた。半年だけやったカフェのアルバイト先でもカメラを仕込んだ。

あらゆる人間関係が、盗撮なしでは成立しなくなっていた。カメラがないと怖くてたまらない。盗撮をすればするほど、人間にはいろんな顔があるという事実を突きつけられる。同じ人でも、ある友達にはAと言っていたのに、別の友達にはBと言っている。誰もが相手を見て、出す情報を選んでいる。わざわざ手札を見せてくれる人はいない。ならば、こっちからのぞきに行くしかない。

大学四年間の思い出は、ほとんどが隠しカメラ越しの映像だった。

思い出らしい思い出と言えば、好きな人がいたことくらいだ。

彼はゼミの同期だった。顔立ちは地味だったけど、鼻筋が通っていて、はにかんだように笑う人だった。今思えば、少しだけシュウさんに似ているかもしれない。ゼミや飲み会で目立つタイプではなかったけど、印象に残る発言をする人だった。

もちろん学部でも盗撮はしていた。同期の二人が密かに付き合っていることも、ある男子が別人の成果を盗んで卒論を書いていることも、私は知っていた。だけど、彼に関することだけはわからなかった。集めた映像を食い入るように見たけれど、彼の秘密を発見することはできなかった。

彼の秘密を知りたい。私だけが知っている秘密がほしい。誰だって、絶対に秘密を隠し持っているんだから。ほとんどムキになって、ゼミ室や廊下に仕掛けたカメラの映像を確認したが、そこに未知の情報はなかった。

あれは確か、卒論の中間発表の打ち上げだった。ゼミの同期五、六人で、チェーンの居酒屋に行った。解放感も手伝って、宴席は盛り上がった。飲み会は好きじゃないけど、彼と一緒なら愉快に過ごすことができた。

帰り道、二次会を断った私たちは二人きりで夜道を歩いた。飲み会の感想をゆったりと語る彼は、飄々としていて素敵だった。他人の悪口を言ったり、愚痴を漏らしたりするのを聞いたことがなかった。この人のことをもっと知りたい。

「昔の話なんだけど」

私は慣れないお酒を飲んで、かなり酔っていた。真横を歩く彼がこちらを向いた。

268

「高校の時、同級生が盗撮してたんだ。小型カメラで」

「男が更衣室とかのぞいてたの?」

「違うの。女子で。友達の噂話とか、秘密の会話とか盗み聞きしてたの」

もちろん私のことだ。

「知り合いにそんな子いたら、どう思う?」

「……とりあえず、やめたほうがいい、って言うかな」

無難な返事だ。もっと、彼の本音が聞きたかった。

「その子、すごく好きな男の子がいて。自分が知らない、その人の顔とかが見たくて、だから盗撮してたんだって。それ聞いて、ちょっとだけ同情した」

上目遣いに彼の様子を窺う。

「ふうん。でもさ」

私と歩調を合わせて歩く彼は、どこか白けたような顔をしていた。

「その人の本当のことなんて、盗撮なんかじゃわからないんじゃない」

さっと血の気が引いた。盗撮なんかじゃわからない?

「その、小型カメラだっけ、それに写るのが全部じゃないと思うけど」

「じゃあどうすればわかるの?」

思わず、声に怒りが滲み出た。彼は困ったように頭を掻いた。

「真正面からぶつかるしか、ないんじゃない」

足が止まった。ひどい、と思った。そんなこと、私にできるわけがない。彼は数歩進んだとこ

ろで私がいないことに気付き、振り向いて「大丈夫?」と言った。「うん」と答えて追いつくの
が精一杯だった。

次の日から、彼と接するのが怖くなった。私の卑怯さを見透かされているような気がした。恋
しい気持ちはあったけど、それよりも恐怖心が勝った。それから卒業まで、一度もまともに会話
しなかった。

在学中、人並みに就職活動をして中堅の製菓メーカーから内定をもらった。実家を出て、東京
での生活がはじまった。

入社後、事業企画部に配属された。社会人になってすぐの頃はさすがに盗撮どころではなかっ
た。仕事を覚えるのに精一杯だったし、高圧的な先輩からのパワハラに遭うし、社内の人間関係
もよくわからない。はじめての一人暮らしにも混乱していた。もしかしたら、このまま盗撮をや
められるかもしれない、とさえ思った。

しかし二年目になり、落ち着いて周りを見る余裕が出てくると、悪癖が頭をもたげた。試しに
カメラを仕掛けてみると、表に出てこない話が数えきれないほど湧き出てきた。女性の多い職場
で、皆、噂話や陰口が好物だった。他愛のないものが大半だが、なかには人事にかかわる話題、
社内不倫の話題もあった。

一度この味を思い出してしまうと、もう止められなかった。

社会人になって、自由に使えるお金が増えたこともあり、ウェブ通販で隠しカメラを買い漁っ
た。会社のありとあらゆる場所にカメラを仕掛けた。社内にいる間は、アプリと連携してリアル

タイムで観察できるようにした。　撮影データは自動でクラウドに保管され、後から振り返って視聴することもできる。

一か月ほどかけて、社内で起こったことはほぼすべて観察できる体制を作り上げた。

私は社員たちのあらゆる秘密を収集した。人事異動は公示されるずっと前に知れたし、事業の好調不調も手に取るようにわかった。個人的な秘密だって手に入る。更衣室での会話、残業中の雑談などが狙い目だ。誰が不倫した。誰が離婚した。誰が不祥事を起こした。若手ならまず耳に入ってこない話題を、私だけが知っていた。

仕事は退屈だったが、私にとっては充実した会社生活だった。

社内観察に勤しむようになってから、半年ちょっとが経った。いつもと変わらない昼下がり、私は上司に呼ばれた。前日に提出した資料の件だと思っていたら、わざわざ会議室に連れていかれた。広い会議室には、私と上司の二人しかいない。

五十がらみの男性上司は、憂鬱そうな顔で切り出した。

「清掃中にこういうものが発見された」

そう言いながら、ポケットからビニール袋を取り出す。なかに入っているのは、私が更衣室に仕掛けた小型カメラだった。全身からどっと汗が吹き出す。カメラを他人に見つけられたのは初めてだった。

「調べてみると、盗撮用のカメラらしいんだよね。ネットの通販サイトで同じものが売られているのを見つけたんだけど」

「はあ」

あくまでしらばっくれる。上司はまだ、仕掛けたのが誰かまでは気付いておらず、たまたま私が呼ばれただけかもしれない。証拠を突きつけられるまではしらを切り通すと決めた。口がからからに渇いている。

「このカメラは無線でデータを飛ばせるのが売りらしいんだけど、直接つないでデータを吸い出すこともできるんだ。知ってた?」

つい、いいえ、と言いそうになる。答えれば、このカメラの存在を知っていたことになる。頑なに口をつぐんだ。

「ここに保存されているデータを確認したんだけど、正直びっくりした。序盤でね、高井戸さんの顔が写っていたんだよね。素直に受け取ると、仕掛けたのは高井戸さんということだと思うんだけど。心当たりはありますか」

テストの時だ。不良品をつかまされた経験から、購入した直後は、正しく撮影されているか必ずテストするようにしている。見つかるはずがないと高を括って、私の顔が写ったデータを削除していなかった。

上司は畳みかけるように問うと、私の顔をのぞきこんできた。餌を求める鯉のように、口をぱくぱく動かすことしかできない。顔が熱い。喉の奥から出てくるのは、あ、あ、という無意味な単語だけだった。私の反応を見て、上司はため息を吐いた。

「心当たり、あるんだね」

「違うんです」

認めたも同然だった。

「悪いけど、もう部長も知っている。何が目的だったんだ？」

上司はすでに、盗撮犯が私だと確信していた。そしてその確信は正しい。

以後、私は沈黙を貫いた。私には盗撮抜きの人間関係などあり得ないのだと、正直に話したところで、理解してもらえるはずがない。自分が変態だということはとっくに自覚している。非難されるくらいなら、苦しくても黙っていたほうがましだ。一時間ほど責められたり、なだめられたりしたが、私は一言も口を利かなかった。

その日、どうやって自宅へ帰ったか覚えていない。わかっているのは、この会社生活はもう終わりということだけだった。

翌日からしばらく有休を取り、そのまま休職に入った。親にはパワハラに遭ってしんどいからと言い訳した。形だけメンタルクリニックにも通った。社内に残されたカメラを通じて様子を窺うと、私の噂で持ち切りだった。

「高井戸さん、盗撮してたんだって？」

「怖いよね。そんな人と普通に仕事してたとか、信じられない。気持ち悪い」

「犯罪でしょ？ うちの会社から犯罪者出るってこと？」

そのうちすべてがどうでもよくなって、二か月ほど経った頃の面談で退職願を出した。上司はあからさまにほっとしていた。厄介者を始末できて、さぞ安堵しただろう。

転職先も決めずに退職したが、心を病んでいると思い込んでいた両親には責められなかった。むしろ、回復するまで休め、と言われた。心のなかで両親に謝りながら、私はひたすらぼんやりと毎日を過ごした。

そう応えてから、いくぶん間を置いて、
「ええ、その通りよ」
と、かつて親友だった女が言った。「でも……ここでこんなことをしていても仕方がないわ。とにかく外へ出ましょう」

「ほんとうに久しぶりね」

かつての親友は笑った。「いつ以来かしら。三年、いえ四年ぶりかもしれない。この前会ったのは……」

彼女は言葉を切った。

「あなたのことを、ずっと考えていたの」
と、わたしは言った。「どうしているんだろうって」

間があった。

「わたしも……あなたのことを考えていたわ」

「ほんとうに?」

「ほんとうよ」

そう言って、かつての親友は微笑んだ。

だけど、私たちは互いの秘密をさらけ出した。ここまでの大事にするつもりはなかったし、意外な事実もあったが、秘密が明らかになるたび妙な納得感があった。やっぱり、誰にでも秘密はあるのだ。私は間違っていなかった。この常識はずれの人たちと、危うく何も知らないまま、何か月も一緒に生活を送るところだった。

シュウさんをそそのかして男部屋を見に行ったのは、仕掛けたカメラを回収するためだった。誰かが大地さんのいた男部屋を調べようと言い出せば、カメラが見つかるかもしれない。そうなる前に回収しておく必要があった。

問題は、大地さんの秘密だ。

これまで定期的にアーカイブは見ているけれど、誰かが大地さんの鞄をいじったり、脅迫状のようなものを渡す場面は見ていない。少なくともカメラに映っている範囲では。あの脅迫状を書いたのが私じゃないことは、私自身がわかっている。大地さんの秘密は知らないし、そんな面倒な関わり方はごめんだ。

大地さんの遺体が見つかった時、タイミングが悪いことにこの数日分の録画はまだ見ていなかった。議論の合間を縫って必死でアーカイブを探ったけど、あまり足しになる情報は得られていない。ならいっそ、大地さんのスマホを見るほうが早い。脅されるほどの大地さんの秘密とは何だったのか。脅したのは誰か。

知らずにはいられない。私には知る権利がある。

盗撮せずに他人と触れ合うなんて、目をつぶって抱き合うようなものだ。

そんなの、私には耐えられない。

工藤秀吾

目の前の高井戸さんは、大地さんのスマホを軽快に操作している。最初にメッセージアプリを開き、続いて通話記録を閲覧した。当然だが、見知らぬ名前がずらりと並んでいる。僕はその様子を、高井戸さんの肩越しに見ていた。

彼女が盗撮していた事実は、いまだに信じがたい。アルバイトのなかで僕と高井戸さんだけがまともだと思っていたのに、裏切られた。盗撮が犯罪だと知らないはずがない。迷惑防止条例違反になるだろうし、彼女だけを特別視するつもりもない。一方で、大地さんのスマホが気になるのも事実だ。僕は違和感を押し殺し、その場では追及しないことに決めた。

「最近通話している人は?」

問いかけると、高井戸さんは無言で指先を動かした。

「昨日の午後七時半に、〈筒井常務〉という人と電話してます」

サトマリが大地さんと別れたのが六時半頃。筒井という人物と通話したのは、その後ということになる。

「常務ってことは、どこかの会社の役員?」

もう一方の肩越しにのぞいていた亮さんがつぶやく。

「大地さんはたぶん〈ナカノ空調設備〉の元社長です」

「何その会社」

「神奈川にある会社です。社名から考えれば、大地さんの親が経営する会社だったんでしょう。それを一時期、大地さんが継いでいた。筒井という人は、そこの常務なんだと思います。ウェブサイトを見れば役員の氏名が載っています。確かめてください」

今まで皆が知らなかった情報を、高井戸さんは淀みなく話している。ずっと前から知っていたかのように。きっとこの子は昨日よりずっと前から、僕らの素性を密かに調べていたのだろう。

そうでなければ説明がつかないほど、高井戸さんは知りすぎている。

「唯ちゃんの言う通り。その会社の常務に筒井って人がいる。あと、取締役に大地さんの名前がある」

スマホをいじっていた彩子さんが言った。サトマリも同じ画面を見ているのか、スマホを手にして呆然としている。他のアルバイトたちと同様、そのことは知らされていなかったらしい。

「〈筒井常務〉からは、その直後から午後九時くらいまで繰り返し着信があります。だけど、大地さんは電話に出ていない」

唐突に、高井戸さんが顔を上げた。思わずたじろぐ。

「どうしますか」

「……何が」

彼女の視線はまっすぐに僕へと向けられていた。

「この筒井という人は、亡くなる直前の大地さんと通話しています。私たちが知らないことを知っているはずです。電話をかけて、大地さんとの会話の内容を聞けば何かわかるかもしれない」

そこまで説明されて、やっと発言の意味を理解した。同時に神経がぴんと張りつめるのを感じる。その判断は僕に委ねられている。

「それは……やりすぎだ」

「ここまでやっておいて、今さらやりすぎはないでしょう。勝手に中身をのぞいたんですから、少しくらい通話しても同じことですよ。言っておきますけど、ここにいる全員が同罪ですからね。皆、画面を見たでしょう」

ロビーを見渡した高井戸さんは、視線をさまよわせながら「乾さんは?」と言った。さっきまでいたはずだが、姿が見えない。

「どっか行った。それより、電話かけるって本気か」

亮さんが問うと、「もちろん」と冷笑するような声が返ってきた。

「私たちが自分たちの手で調べないと、死ぬまで事実がわからないままかもしれないんですよ。それでもいいんですか。大地さんに何があったのか、知りたくないんですか」

知りたいに決まっている。それは他の人たちも同じはずだ。

口をつぐむ僕の目の前に、高井戸さんはじれったそうにスマホを突き出した。

「シュウさんが決めてください」

戸惑いながらも両手で受け取る。

窓を見た。藍色だった空は少しずつ明るさを増している。

明け方と呼ばれる時間帯も、あとわ

278

ずかだ。交番勤務を思い出した。前日の午前中から働いて、朝が来れば勤務時間の終わりが見えてくる。この奇妙な一夜も、間もなく終わる。これから僕らはどうなるのだろう？　少なくとも、昨日までの日常が戻らないことだけは確かだ。

室内に視線を戻すと、高井戸さんと目が合った。

それで決まった。

着信履歴の〈筒井常務〉という名前をタップする。午前五時。人によってはすでに起きている時刻だ。通話をスピーカーにして、皆に相手の声が聞こえるようにした。五回目のコール音が、ぶつりと途切れた。

「大地さんですか」

しゃがれた男の声が、ロビーの空気を震わせた。スマホを囲んだ僕らは顔を見合わせる。どう応じるべきか。

「もしもし、聞こえていますか。何か答えてください。筒井です。今どこですか」

返答に困り、黙っていると、筒井は矢継ぎ早に質問を投げてきた。

「生きているんですね？　あなた、どれだけ心配をかけたかわかってるんですか。今すぐ、どこにいるか教えなさい。まだ警察には知らせていないから……」

「すみません」

一方的に話し続ける相手を遮った。僕の声を聞いた筒井は、急に口をつぐんだ。大地さんだと思っていたらまったく違う男の声がしたのだから、動揺するのは当然だ。

「……あんた、誰だ」

「大地さんの同僚です。事情を伺いたくて」

我ながらよくわからない理由だと思う。しかしこの状況で、とっさにうまい言い訳なんて出てくるはずがない。案の定、「事情?」と問い返された。

「最後に通話した相手が、あなただったんです」

「おい。あんた、この携帯を拾ったのか」

筒井は気の毒なほどうろたえていた。事実を告げるのは辛いが、言わない限り話が前に進まない。それに、きっと内心で覚悟はしているのだろう。筒井の第一声は、「生きているんですね?」だった。彼は、このスマホの持ち主が他界している可能性を考慮していた。

「大地さんは亡くなりました」

数秒、電話の向こうが無音になった。通話が切れてしまったのかと思うほど静かだった。やがて、息を短く吸う音が耳に届いた。

「そうですか」

筒井の声音が急に丁寧になった。冷静になったようにも聞こえるが、どちらかと言えば放心と表現したほうが近い。

「死んでしまいましたか」

「ええ」

「どこにいるんですか」

迷ったが、とっさに嘘をつけるほど僕は器用ではない。

「北海道の東側にある、海沿いの町です」

280

「それはまた……えらく遠いな」

筒井は途方に暮れていた。今度はこちらが尋ねる番だ。

「昨夜、何を話したんですか」

「何を、って」

言い淀む筒井は、思いついたことでもあるのか、「あ」と言ったきりしばらく黙った。

「どうかしましたか」

「あの、大地さんの荷物、ありませんか。大きい鞄とか」

「キャリーケースならあったと思います」

「きっと、それだ」

いったい何がそれなのか。「鞄がどうしたんですか」と尋ねても、筒井は「いいから」としか言わない。よほど大事なものが入っているのだろうか。高井戸さんがロビーから離れた。キャリーケースは男部屋に戻されているはずだ。今更、女性の高井戸さんが男部屋に入るのを咎める者はいない。

電話の向こうの筒井と押し問答を繰り返している間に、高井戸さんは慌てた様子で戻ってきた。見れば、手ぶらだ。

「ないんですよ、男部屋に！」

僕の疑問に答えるように、高井戸さんは叫んだ。

「ない？　ないんですか？　今の声は誰です。どうなってるんですか」

スマホのスピーカーから、再び狼狽した筒井の声が流れてくる。だが、今はそれに関わってい

られない。「乾さんや」と亮さんが言った。

「さっきあの人、大地さんのキャリーケース持って消えたんや」

それまで静観していた亮さんが、席を立ってテーブル上のスマホに顔を近づけた。筒井の顔が見えるかのように。

「なあ、キャリーケースのなかに何が入っとった? 心当たり、あるんやろ。知っとることあるんやろ。早う教えてくれんかのぉ」

間延びした言葉とは裏腹に、亮さんは殺気立っていた。全身から刺々しい気配を発散して詰め寄る。高井戸さんは自分のスマホを食い入るように見ている。きっと過去の動画を大急ぎで確認しているのだろう。サトマリや彩子さんは、ぼんやりと成り行きを見ている。

筒井は言い淀んでいた。こちらは待つしかない。

「……たぶん」

たっぷり時間を取ってから、ようやく口を開いた。

「たぶん現金が。大量に」

「大量って?」

「もしかしたら、一億円ほど」

その場にいた全員が絶句した。一億円。あまりにも現実味のない金額だった。

呆気に取られる僕の隣で、高井戸さんだけは熱心にスマホを見つめていた。

佐藤真里

「一億円?」

疲れてぼんやりしていた頭が急に醒めた。さすがに現実離れが過ぎる。今まで起こったことだけでも消化不良なのに。

「待って。全然追いつけないんだけど」

彩子さんが中腰になった。まったく同意見だ。

大地さんがそんな大金を持っていたなんて、もちろん初耳だ。どうして? 社長だったから?

唯さんはスマホを凝視している。部屋に仕掛けたカメラを見ているのだろう。すっかり開き直っているけど、正直、唯さんのことは許せない。どんな理由であっても、盗撮していた事実は変わらない。

お母さんもそうだけど、他人を監視することでコントロールするなんて卑怯にも程がある。やましいことがあるから見せたくないんじゃない。私たちには、他人に干渉されない権利がある。誰にも支配されない自由がある。

「確かに乾さんです」

顔も上げず、唯さんが言った。

「少し前に、男部屋からキャリーケースを運び出しています。そのまま、裏口から外に出て行った。きっと知ってたんですよ、そこにお金が入ってるって」

「なんでかのぉ」

「そこまでは、ちょっと」

「あのう、いいですか」

ローテーブルに置かれた大地さんのスマホに、シュウさんが叫んでいる。筒井常務という人だ。

そう言えば、まだ通話がつながったままだった。

「あなたは大地さんが死ぬことを知っていたんですか」

「いや……知っていたというか」

また、口ごもる。横目で見るとこんな時でも唯さんはスマホをいじり続けている。信じられない。

シュウさんと筒井さんはしばらく不毛なやり取りを続けていたけど、やがて筒井さんのほうが折れた。粘り勝ちだ。元警察官だけあって、尋問にも慣れているのかもしれない。

「私が電話を受けた時、大地さんは『これから飛び降りる』と言っていました。突然のことで、ずいぶん慌ててました。会話自体、三年ぶりでしたから……どこにいるのか、と訊いても答えてくれない。とにかく早まった真似はしないように、と言いましたが、聞き入れてもらえそうにはなかった。風が強い場所にいるようで、時たまごうごうと聞こえてきました」

しきりにため息をつきながら、筒井さんは語る。きっと、その時大地さんがいたのはあの海沿いの丘の上だ。遺体があったのは丘の真下の浜辺だった。

284

「電話の用件はそれだけでしたか」

シュウさんが質問を挟む。筒井さんはまだ迷っているようだったが、「調べればわかることですよ」と言われ、諦めたように続きを語った。この人、もう警察の一員じゃないのに。

「大地さんは、いきなり『ごめん』と言ったんです。てっきり、飛び降りることに対する謝罪だと思っていましたが、よく聞けばそうではなかった。『会社の口座から一億円下ろした』というんです。経理に調べてもらったら、確かに引き出されていた」

なるほど。一億円、という額はそこから出てきたのか。

「あの人は、取締役の印やら何やらを持ち出していましたから、それができたんでしょう。実際、取締役ではありませんでしたから。『自分が死んだら会社に一億円入るから、それでチャラにしてくれ』と言われました。後で調べたら、確かに大地さんはその額の生命保険に入っていました」

「自殺でも保険金は入るんですか」

「確認しましたが、加入から三年以内に自殺で亡くなった場合は免責される保険でした。加入日は昨日から数えて、三年と一日前です。最初から、三年後に死ぬつもりで加入していたんでしょう。何を考えているのかわからないが」

「一億円の用途は?」

「教えてくれませんでした。鞄に保管している、とだけ」

ここまでの会話でわかったことを、まとめる。大地さんは自殺らしいということ。実家の会社の取締役だということ。わざわざ保険に入ったうえで、会社の口座に入っていた一億円を持ち出したこと。さっきまで頭のなかに霧がかかったみたいだったけど、今はしっかり頭が回る。

ホテルで別れる直前、殺してくれ、と大地さんは私に言った。あれはきっと、自分で死ぬのが怖かったからだ。少しだけ、その気持ちはわかる。死にたいと思ったことは何度もあるけど、実際に死のうとしたことはない。思いと行動の間には、深い溝がある。

じゃあ、あの脅迫状は？　大地さんが自殺だとしたら、そもそも、大地さんを脅す人なんて存在しなかったんじゃないか。

「あれ、大地さんが自分で用意したのかも」

「え、自作自演ってこと？」

彩子さんが目を見開いた。

「ここにいる全員に当てがないなら、それしか考えられないし」

「目的は」

亮さんの質問に、「憶測ですけど」とシュウさんが答える。

「保険金目当てだとばれれば、支払われなくなるからじゃないですか。大地さんにとっては、保険金が下りて会社に一億円が入らないと、意味がない。だから、どうしても支払いは実行してほしかった」

「自殺でも、三年経ってれば支払われるんだろ」

「……大地さんは、保険業者全般を信用していませんでした」

通話先の筒井が言う。

「思うんですけど、リュックサックにあった脅迫状って……」

シュウさんが振り向いて「たぶん、同じこと考えてる」と言った。

286

「大地さんが社長の時、社屋で火災がありまして……かなり焼け落ちたんですが、火災保険では
ほとんど補償されませんで。それが退任の理由とは言いませんが……保険屋さんへの不信感があ
ったのは間違いありません」

つまり、いちゃもんをつけられて保険金が支払われない可能性を見越して、わざわざ脅迫状を
用意していたというのか。周到すぎる。そして迷惑すぎる。いや、一世一代の舞台なら、それく
らい念を入れてもおかしくないのか。

「なぜ筒井さんに電話したんだと思いますか」

「さあ……ただ、社長をのぞけば、会社で大地さんとの付き合いが一番長いのは私ですから。多
少は信用してくれていたのかもしれません」

大地さんにしてみれば、死ぬ前にわざわざ電話をかける必要はなかったはずだ。それなのに、
わざわざ会社の人に電話で知らせたんだから律儀ではある。

「社長というのは大地さんの親御さんですか」

「ええ。社長は大地さんの父親で……ところで今、大地さんの遺体はどこにあるんです。警察に
は知らせたんでしょう」

全員が沈黙した。警察と接触するのが嫌で、砂浜に放置しているとは言いにくい。黙っている
と、痺れを切らした筒井さんが「とにかく」と言った。

「そちらに人を行かせます。いや、私が行く。場所を教えてください」

シュウさんが代表して、町と港の名前を伝えた。漁協の名前も教えた。「今日の午後には着き
ます」と言い残して、筒井さんは電話を切った。静かになったロビーで、皆が途方に暮れた。

私は脅迫状のことを考えていた。リュックサックから出てきた一枚の紙きれに、さんざん振り回された。あれは、善良な大地さんの心からこぼれ落ちた、悪意のかけらだったのかもしれない。全方位的に〈いい人〉なんて存在しない。

「……どうする、これから」

シュウさんの言葉に反応する人はいない。大地さんのスマホを遺体のあった場所から持ち帰り、通話までしてしまった。警察から事情を問われれば、もはや無関係だとしらを切り通すのは無理だろう。

「今頃、筒井さんが警察に知らせているかもしれない」

誰にともなくつぶやいたシュウさんに、亮さんが「おい」とキレた。

「最初からそれが狙いやったんか」

「違います。でも、町の名前まで伝えてしまったから……」

たぶんシュウさんには、本当にその気がなかったんだろう。だけど結果は同じだ。いずれ警察が来る。

もう、逃げるしかない。

もっと早く気が付くべきだった。大地さんの遺体を見つけた時点で、まともな状況じゃなかった。少なくとも、私が浅戸茉莉凛だとばれた時点で、さっさと消えればよかった。今となっては彩子さんを連れ戻したことも後悔している。あの時、私も一緒に逃げてしまえばよかった。

「ちょっと、これ見てください」

いきなり唯さんの裏返った声が響いた。さすがに驚く。いくらなんでも、空気を読めなさすぎだ。

非難を込めた目で睨んだけど、本人はそれどころじゃないという感じだった。自分のスマホを手に、興奮した顔で見回している。

「昨夜、大地さんが、乾さんとロビーで会ってます」

「乾さん？」

「ええ、昨日の一時過ぎ」

うんざりした。また盗撮カメラの話か。

「今までずっと、過去の映像を見ていたんですか」

私は顔をしかめて、そう言った。

「だって、知りたいでしょう。何があったかわからないまま終わるなんて、絶対に許せない」

悪びれることなく言ってのける。

そうか。これが、この人の本音なのだ。全部知っていないと安心できない。裏側も含めて一人の人間を全部知るなんて、できるはずもないのに。きっと唯さんは、誰かと真剣に向き合ったことがないんだろう。だから、そういう夢みたいなことが言える。

「あの、ちょっと」

たまらず声をかけると、唯さんが振り向いた。

「これからもずっと、そうやって生きていくんですか。盗撮やネットの検索でその人のこと知った気になって、勝手に安心して。たかが盗撮くらいで、相手のことわかるはずないじゃないですか。本当は唯さんも、わかってるんじゃないですか？」

答えはなかった。唯さんは私のほうを見もしない。こっちだって、別に期待していたわけじゃ

ない。言いたいから言っただけだ。

「いきますよ」

唯さんは大地さんのスマホの横に自分のスマホを置き、音量を最大にして再生した。暗いロビーに二人の影が浮かんでいる。ぼそぼそと何か話していた。悔しいけど、私もスマホの映像から目を逸らすことができない。

私たち五人は、顔を揃えて一つの画面をのぞきこんだ。

十　午前五時十六分

田辺亮

今すぐに、ここから逃げる。

それしかないとわかっている。俺は他の連中とは訳が違う。情状酌量の余地があるとしても、殺人犯なのだ。警察に素性がばれた時点で逮捕される。朝になった今、いつ遺体が発見され、警察がここに来るかわからない。なりふり構わず逃げろ、ともう一人の自分が叫んでいる。

それでも、その場から動けなかった。動く気力が湧かなかった。

仮に首尾よく消えたとしても、また逃げ続けるだけだ。たった一人で、ゴールのない徒競走を続ける。その虚しさが、今さら全身にのしかかっていた。

「俺、どうしても父親に勝てないんですよ」

大地さんの声だ。スマホ画面のなかで二つの人影の一方が頭を掻いた。

「父親は、創業社長なんです。空調工事の会社なんですけどね。もちろん中小企業ですけど、堅実に儲けは出ていました。長男の俺は、小さい頃からずっと、跡を継げ、跡を継げって言われて

きました。小学生とか、将来の夢を作文で書かされるでしょう？　野球選手と書いたら殴られましたよ。父親にとっては、会社の跡継ぎ以外の将来は許せなかったんでしょうね」

大地さんの語りが、スピーカーからひび割れた音声として聞こえる。

「学生の頃までは、無理やり継がされる社長なんてまっぴらだと思ってました。二代目として期待されてたわけじゃない。その次までのつなぎだと思われていたんです。でも新卒で金融業界に就職した時期から、父親の傍若無人さに気付くようになった。あの人は身内以外の人間を絶対に信用しないし、平気で関係を切る。従業員を駒としか見ていない。人でなしです。それに会社の金という名目で個人資産も貯めていました。大人になると、そういうことが見えるんです。二十代の後半で呼び戻された時には、むしろ俺がやらないとこの会社はまずい、と思っていました。それからじきに父親が会長になり、俺が二代目社長になったんです。二十九歳でした」

向き合う人影は、体形からかろうじて乾さんと判別できる。相槌すら打たないから、声も聞こえない。ひたすら黙って大地さんの話を聞いている。

「就任直後はやる気がありました。元凶は父親の横暴さだけじゃない。うちの会社はもう何年も業績が横ばいで、成長の見込みがなかった。だから俺がこの会社を変える、と本気で思っていました。社員の高齢化が進んでいたので、ベテランには退職希望を募って、若い人材を積極的に採用しました。タイミングよくいくつかの家電量販店から依頼を受けたものだから、二つ返事で受注しました。仕事を取ってくるのが社長の役目だと思っていました」

淡々と話していた大地さんの声が、数秒途切れた。

「……結果はさんざんでした。急に若い社員の比率を増やしたせいで、技術伝承ができなくなった。おまけに若い人は大半が一年以内に辞めてしまう。ベテランもいなくなって、現場は崩壊しました。そこに、俺が安易に受注した仕事が殺到した。スケジュールも人員も考えていなかったから、当然パンクして、一年で契約を打ち切られました。他の取引先からも信用を失って、続々と切られはじめた。社長になってから二年ほどして、やっとわかったんです。俺には次の世代につなぐ能力すらないって」

小さな画面に圧縮された夜は、底なしに暗かった。

「会社はあっという間にボロボロになりました。極め付きは社屋の火災です。俺が直接面接して雇った技術屋が、吸殻の不始末で火災を起こして。犯人はトンズラするわ、保険会社は金を出してくれないわで、散々でした。父親に引導を渡されて、俺は取締役に落とされました。社長には父親がカムバックしましたが、もう挽回できないくらい損失が出ていました。当時のことを思い出すだけで、吐き気がする。顔を合わせるたびに罵倒されました。バカだ、クズだと言われるだけで、社長だった二年間の判断を順番にあげつらって、なぜこんな判断をした、どんなロジックだ、なぜうまくいくと思った、としつこくしつこく尋ねるんです。失敗や未熟さを突きつけられるのは誰だって辛いでしょう。どんなに嫌でも、社長と取締役ですから頻繁に話す機会がある。しかも、同じ家に住んでいる。朝起きてから寝るまで、どこにも逃げられないんです」

乾さんは応じない。それでも大地さんの語りは止まらない。

「かと言って、俺が仕事でカバーすることはできない。経営陣の全員から、お前は下手に動くな、

と言われていましたから。だからせめて、死んで損失を補塡しようと思ったんです。俺のせいで、

家族もろとも路頭に迷った元社員もいました。彼らが夢に出てくるたび、やっぱり死ぬべきだ、

という思いが強くなりました」

　ロビーの空気がぴりっと引き締まる。本題に近づいてきた。

「こっそり一億の生命保険に入りました。自殺でも金が入るやつです。俺は独り者で、妻も子ど

ももいない。母親には申し訳ないけど、会社が立て直せるならそれでいいと思っていました。免

責期間が三年あったんで、その三年だけは好きにやらせてもらうことにしました。いなくなった

ところで誰も迷惑しないだろうと思って。実際、その頃には俺のやることなんて何もなかった。

だからふらっと旅に出ても、誰も止めなかった。髪を染めて、ピアスの穴を開けて、好きな格好

で日本中の季節バイトを転々としました。死ぬことが決まっている、人生最後の三年間だから楽しいんだ、

人生で一番楽しい期間でした。そして今日で、生命保険に入ってから三年と一日になります」

というのも理解していました。死ぬことが決まっている、人生最後の三年間だから楽しいんだ、

　映像のなかの時刻はすでに一時を過ぎている。さすがに動揺したのか、乾さんの影が身じろぎ

した。

「死ぬこと自体はすでに腹をくくっています。ただ、日本中を放浪しているうち、父親への違和

感が募っていきました。父親は経営者としては優れた人です。創業した会社を一代でそれなりの

規模に育てた。でも尊敬はできない。冷淡で、打算的で、そのくせ我欲が強い。どうせ死ぬなら、

どうしても父親に一泡吹かせたい」

「一泡吹かせてどうする」

294

乾さんが初めて口を挟んだ。

「別にどうもしません。俺の気分の問題です……。父親専用の、会社の口座があります。建前上は会社の金ってことになってますけど、実態は父親の個人資産ですよ。どんなに資金繰りが厳しくなっても、その口座の金だけは絶対に触らせないんです。株やら何やらで運用して、一億円にまで増えていました。その金を根こそぎ奪う。俺が死ねば、筒井という常務が管理する会社の別口座に一億が入る。だから損失は出ないどころか、実質的には増えるんです。今まで触れなかった父親専用の金が、従業員皆の金になるんですから」

大地さんは心底愉快そうに語っていた。

話していることは筋が通っているようで、どこかおかしい。自分が死ぬからといって、父親の金を奪う必要はないはずだ。何やかんやと理由をつけているが、たぶん、これは大地さんなりの父親への復讐なのだろう。長年押さえつけていた鬱屈が、死を前にして爆発した。そう理解するのが自然ではないか。

「男部屋にあるキャリーケース。あそこに父親の口座から引き出した一億円が入ってます」

同じ部屋に寝泊まりしていたが、まったく気が付かなかった。キャリーケースを宿舎の外に持ち出した素振りもなかった。このアルバイトに来た時から、金は入っていたのかもしれない。最初から、大地さんはこの北海道の東端を死に場所と決めていた。

「しかし、その一億はどう使うんだ」

「そこですよ。俺にはもう、いらないものです。会社の口座に振り込めば盗んだことが親父にばれるし、このまま死んでも親父に没収されるだけです。それはもったいないでしょう？ だから、

「……俺に？」

乾さんにあげます」

え、と声が漏れた。唐突すぎる。「なんでだよ」と裏返った声がロビーに響いた。サトマリだ。

乾さんにあげるなら、私にくれればよかったのに。そんな心の声が聞こえてきそうだった。一緒に寝ている相手として、思うところもあるのだろう。だが大地さんにしてみれば、父親の大事にしている金を奪うことが目的であって、使い道は考えていなかったのではないか。

乾さんは動揺している。当たり前だ。誰だって、一億円やる、と藪から棒に言われれば動揺する。そもそも、本当にそんな大金が存在するのかも疑わしい。大地さんはポケットに手を突っこんで、何か探っていた。右手で小さい金属片を取り出した。

「キャリーケースの鍵です。乾さんにあげます。好きな時に確認してください」

無造作に差し出された小さな鍵が、シルエットとして映っていた。

「あなたには、受け取る理由があるはずです」

確信に満ちた口ぶりだった。乾さんは恐る恐る鍵を受け取る。

「本当に一億円あるのか」

「確かめてもらえばわかります。代わりに、お願いが一つあるんです……いや、たいしたことじゃないですよ。俺が死ぬまで、他の人たちを宿舎に引き留めてほしいんです。死ぬ前に捜しに来られたら、困りますから。それだけです」

夕方、乾さんが財布をなくしたと騒いでいたのはそのせいか。最初から演技だった。乾さんの目的は、とにかく俺たちを宿舎から出さないこと。彩子さんやシュウが抱いた違和感は正しかった。

296

するに十分な時間があったということなのだろう。

　だがしかし、思った以上の時間が過ぎていたのだろう。なんだかんだと引き止められ、ようやく時間の経つのも忘れて……

　それはともかく、今は一つの目的に向かって進むしかない。

　気を取り直して、僕は足を進めた。少しずつだが歩く速度が増していく。

　やがて目的の場所に着いた。一つ深呼吸をしてから、扉を開ける。

　そこには思っていた通りの光景が広がっていた。何人かが集まって、談笑している。

　僕が入ってくると、一斉に視線が集まった。だが、それも一瞬のことで、すぐにまた元の空気に戻っていく。

　僕はゆっくりと歩みを進めた。目的の人物はすぐに見つかった。

「やあ」

　僕が声をかけると、その人物は振り返った。

「来たのか」

　短く答えると、再び前を向いてしまう。

「もう、いいのか」

「ああ」

「そうか」

　それ以上は言葉が続かなかった。僕はただ、その場に立ち尽くしていた。

ばれたのか。質問から少しだけ間が空いた。

「一番口が堅そうだから。それに年上だし。こう見えても、先輩には敬意を払うタイプなんですよ」

答えた大地さんの足音が遠ざかっていく。ロビーには乾さんが一人残された。

唯ちゃんがスマホを手にして、映像を止めた。流れるように俺の背後へ視線を向ける。

「ここで話していたことは事実ですか」

誰に話しかけているのか、唯ちゃんはあさっての方向を見ている。

つられて振り向いた彩子さんが絶叫した。サトマリは無言で後ずさり、シュウは唖然としている。

最後に振り向いた俺の口からも、思わず声が漏れた。まさか戻ってくるとは思っていなかった。

ロビーの入口に、キャリーケースを持った乾さんが立っていた。

乾佳靖

夜は明けた。

窓からは朝の日差しが入り込んでいる。夜の間は雲に覆われ、月も見えなかった。しかし今、雲は流れて空は急速に晴れている。

包帯を外した左手が涼しい。親指のつけ根の傷は、できたばかりのかさぶたで覆われている。

時間が経てば、いずれ怪我は治る。

ロビーにいる連中は一様に驚いた顔で俺を見ていたが、高井戸だけは落ち着いていた。どうやら全員、一部始終は理解しているらしい。筒井という人間に電話をかけるところまでは、廊下で聞いていた。

「……乾さん。ここで話していたことは事実なんですか」

高井戸が同じ質問を繰り返した。

「事実かどうかは知らない。仲野がそう話していただけだ」

「質問を変えます。そのキャリーケースに、お金は入っていたんですか」

「入っていた」

昨日の夕方、俺以外の連中を食堂に行かせている間に確認した。無造作に置かれていたキャリーケースのなかには、仲野の言う通り、帯封付きの札束が詰まっていた。

しばらく呆然としたが、鍵をかけ直す前に札束をいくつか自分の鞄に移しておいた。一応の保険だ。仮にキャリーケースが警察に差し押さえられても、これで手元に金は残る。俺の鞄にはもともとナンバー錠をかけてあるから、そう簡単には他人に開けられない。最初、田辺や工藤が俺の鞄を漁ろうとした時は焦った。大金が見つかれば、さすがにまともな言い訳はできない。

「一人で持ち逃げしようとしたんですね」

「そうだ」

仲野の携帯で電話をかけようとしている隙に、男部屋で自分の荷物とキャリーケースを回収し、

裏口から宿舎を脱出した。転がせばキャスターの音が響くため、両手で抱えて走った。動かしにくいから、左手に巻いた包帯は途中でほどいた。街に向かうバス停は、歩いて十数分の距離にある。朝の早い漁師たちに見つからないよう注意しながら、息を切らして走った。

「なのに、どうして戻って来たんですか」

困惑が伝わってくる。俺が戻ってきたのがよほど不自然に思えるらしい。他の連中は身動き一つせず、俺の返事を待っている。

「一億円あったら、お前ならどうする？」

問いかけると、高井戸は眉をひそめた。ピンとこない顔をしている。

「死ぬまで遊んで暮らすには、微妙な額だ。家や車でも買うか？」

反応はない。こちらの意図をつかみかねているらしい。

「俺はこの国の人間じゃない。しかもそのことを人に明かせない。ばれれば強制送還だ。正体を隠したまま逃げ続けるしかない。いずれ野垂れ死にするのは目に見えている。一人では、な」

「……何が言いたいんですか」

「俺に付いてくるやつがいれば、この金を山分けする」

誰かが唾を呑む音が聞こえた。仮に五人で分けても、一人あたり二千万円の取り分になる。向こう数年の生活費としては十分だ。ここにいる連中の大半は、何らかの理由で逃亡生活を送っている。金に困っているのは皆、同じはずだった。

「一人は身軽だが、リスクも高い。体調を崩せば終わりだ。その点、同じ目的を持った人間と行動したほうが、互いの生活をカバーできる」

300

「逃げるなら、個人より集団のほうがええってことか」

田辺が発言した。

「長期戦なら、集団のほうが有利だ。十年以上も一人で逃げてきて、よくわかった。これから十年、二十年と一人で逃げ続けるのは不可能だ。それでも俺たちは、可能な限り逃げなくちゃいけない」

俺、ではなく、俺たち、とあえて言った。田辺が、矢島が、佐藤が、俺の様子を窺っている。高井戸が、工藤が、暗い目でこちらを見ている。そうだ。逃げなきゃならないのは俺だけじゃない。ここにいる全員が過去から逃げてきた。

仲野もそうだった。あの男にとって、ここは逃亡の最終地点だった。

昨日の夕方、俺は宿舎に残っていた四人を約束通り足止めした。財布がなくなったと嘘をついて、食事以外は宿舎から出ないよう命じた。実際は、シャツのなかに財布を隠していた。こいつらを出歩かないようにできれば、理由は何でもよかった。

やつらはうんざりした表情だったが、素直に言うことを聞いた。ほとんど発言していなかった中年男が激昂したのだから、さぞかし驚いただろう。

夕刻の宿舎で財布を捜すふりをしながら、頭のなかは仲野のことで一杯だった。今頃、もう死んでいるだろうか。丘から飛び降りると言っていたが、すでに飛んだか。宙を舞う男の身体がさかさまに落下し、地面に叩きつけられるさまを思い描いた。いや、飛んだとして、死ねるとは限らない。今度は死に損なった仲野が砂浜で苦悶している姿が目に浮かぶ。

放っておけばいい。どっちみち、すでに一億円は俺のものだ。仲野が死のうが生きようが構わない。頭ではわかっていた。だが、どうしても我慢できなかった。

すでに日は暮れていた。

四人が宿舎内とその周辺にいるのを確認してから、急いで裏に停めてある自転車にまたがった。手の怪我のせいでスニーカーは履けなかったので、足元は共用サンダルだ。廊下にあった避難用の懐中電灯を前かごに入れた。久しぶりの運転で乗れるか不安だったが、案外身体が覚えていた。

静かに漕ぎだし、宿舎を離れてからは一気に加速した。暗い道を延々と走り続けた。

途中、行く手から自転車に乗った人影が近づいてきた。仲野と一緒に出かけていた、佐藤だった。ライトを消し、雑木林に身を隠してやり過ごした。

木々に挟まれた道を抜けると、右手に砂浜が広がった。潮の匂いが鼻をつく。日没後の海は暗く、見通しが利かない。さざ波の音が絶えず聞こえていた。仲野は、海辺の丘から飛び降りると言っていた。右手に海。左手には切り立った崖がある。道路を造るために丘を削り取ったようだ。

「仲野」

潮騒に負けないよう、大声を張り上げる。

「いるか。いたら返事しろ」

俺は本能的に叫んでいた。

一億円は欲しい。それだけの金があれば、死ぬまで身を隠せるかもしれない。いや、うまくすれば故郷へ帰ることだって夢ではない。欲しい……。

だが、命と比べられるものではない。そんな偽善者めいたことを考える自分に嫌気がさすが、

足を止めることはできなかった。命が散っていくのをみすみす見逃せば、死ぬまで後悔する。みっともなくても、情けなくても、先が見えなくても、とにかく生きて逃げ続けろ。

深夜、二人で会った時にそう言えばよかった。自殺すると聞かされながら、俺は仲野を止めなかった。一億円が欲しかったからだ。金と人命を秤にかけて、金を取った。だがその選択はじわじわと俺の良心を追い詰め、気が付けば夜の海岸線に飛び出していた。

自転車を降り、懐中電灯を片手に砂浜を歩き回った。遺体が見つからないことを願っていた。名前を呼びながら砂浜を歩き回るが、答えはない。焦りに追い立てられながらでたらめに歩き回る。ほどなくして、光の輪のなかに倒れている人影が現れた。

「仲野！」

長髪の仲野は横向きになって、砂浜に寝そべっていた。石垣には派手に血が飛び散っている。駆け寄って肩を揺すったが、反応はない。まだ温かかった。呼吸と脈を確認したが、すでに事切れていた。その時、履いていたサンダルの底に、血の混ざった砂が挟まったのだと思う。

人の死に触れたのは初めてで、気が付くと指先が震えていた。死体くらいで、と思う自分が頭の片隅で笑っていたが、恐怖はごまかしようがなかった。

辺りには這いずったような跡が残されている。墜落した後も、しばらくは動くことができたのだろうか。死に顔は苦悶に歪んでいた。遺体の手元を照らすと、両手で強く砂をつかんでいる。

死にかけているのに死ねないというのは、さぞかし苦しいだろう。

即死ではなかったとして、暗転する世界のなかで、仲野はいったい何を思ったのか。瀕死でも無理に這いずったのはなぜだ。砂ではなく、本当につかみたかったものは何だ。俺は波の音に晒

されながら、浜辺に立ち尽くした。

もしかしたら。息絶える寸前になってようやく、本当は生きたいんだと気付いたんじゃないか。そうだ。仲野は本当は、死にたかったのではない。生き直したかっただけだ。だからこんな、北海道の果てまで逃げてきた。逃げるにはそれで十分だった。傾いた会社への謝罪。父親への復讐心。そんなもののために、この世から脱出する必要はなかったのだ。

再び、強い後悔が押し寄せてくる。前夜にそこまで気が付いていれば。いや、死への決意を聞いた時点で、問答無用で制止するべきだった。すべては金に目がくらんだ俺の失敗だ。

普通、こういう場面では警察に通報するのだろう。110番は知っている。だけど俺は不法滞在者だ。どんな形であれ、警察の厄介になれば素性がばれる。それに今さら通報したところで、仲野が生き返るわけではない。

俺は遺体を放置したまま、その場から去った。自転車で暗闇を走りながら、決めていた。仲野は逃げることをやめ、この世からドロップアウトすることを選んだ。俺はその仲野が遺した一億を使って、これからも逃げる。死ぬまで逃げ続ける。終着点は見えない。だが、見えなくて結構。そんなものは求めていない。逃亡が終わる時は、誰かに捕まる時だ。

これからも、俺は当てのないままさまよい続ける。自分の意志で。

あの脅迫状めいた文書が発見された時、自作自演だとすぐにわかった。他の連中と違い、俺は仲野が自殺だったことを知っている。自殺を決行する日と同じタイミングで脅迫されていたなんて、都合が良すぎる。

304

だが、俺たちに罪をかぶせたいならもっとやりようがある。あの夜の短い会話からも、仲野に悪意は感じられなかった。そう思えば、脅迫状は俺たちを陥れるためではなく、ここにいない部外者を想定したのではないか。

考えるにつれ、俺への依頼そのものの不自然さにも気付いた。

他の連中を宿舎に閉じ込めておいてほしい、という頼み。死ぬ前に捜しに来られたら困る、と仲野は言っていたが、それも妙だ。放っておいても、宿舎から離れた海辺の丘に足を運ぶ人間はそういない。事実、工藤たちが現場に向かったのは日没後かなり経ってからだ。アルバイトを確実に宿舎に留めさせたのには、きっと他の理由がある。

一晩ずっと考えて、曲がりなりにもたどりついた結論はこうである。

仲野は、俺たちが互いの身の潔白を証明できるよう、わざわざそんな依頼をした。

脅迫状が見つかれば、真っ先に疑われるのはアルバイトの六人だ。警察は俺たちに、仲野が死んだ時刻の行動を問う。その時、全員が宿舎に留まっていれば、互いの無実を立証できる。ただ、実際には宿舎の全員がバラバラに過ごしていたり、俺があの浜辺へ行くことまでは、仲野も予想できなかっただろうが。

例外は佐藤だ。あいつは仲野と一緒に外出し、一人で戻ってきた。最初に皆から責められたように、犯人候補筆頭は佐藤ということになる。仲野もそこまでフォローできなかったのか？

だがその疑問も、仲野のスマートフォンで解けた。発信履歴だ。昨夜の午後七時半、仲野は筒井と通話している。同じ頃、佐藤は宿舎に帰っていた。仲野は疑惑が残される佐藤のために、わざわざその時刻まで待ってから飛び降りたのではないか。

保険金は払わせたいが、他の連中に迷惑はかけたくない。そのために仲野は、脅迫状を残した

うえで、アルバイトたちを宿舎に残らせるよう指示した。

ただ飛び降りればいいものを、面倒くさいことをしたものだ。同時に、それが仲野大地という

人間の〈らしさ〉なのだろう。根が善良で、余計なことにまで気を回し、結果としてそれが裏目

に出る。あいつが会社を継いだ話がまさにそうだった。

集団で逃げることを思いついたのは、そういう、仲野の余計な親切心が伝染してしまったせい

かもしれない。

当初は一人で持ち逃げするつもりだったが、他の連中にもそれぞれ逃げる理由があることが

徐々にわかってきた。のっぴきならない事情を抱えたやつばかりだ。そして逃亡という目的にお

いて俺たちの利害は一致している。

本気で逃げ続けるなら、金を独占するよりも仲間を作ったほうが得策かもしれない。どんなに

金を持っていても、捕まればその場で終わりだ。

ずっと、仲野が一億円を託す相手として俺を選んだ意味を考えている。気まぐれで選ぶには事

が大きすぎる。口が堅いとか、年を食っているとか、そんなことは本質ではない。

一応の仮説はあった。

仲野は俺の素性を怪しんでいた節がある。不法滞在の外国人であることまではばれていなくと

も、何らかの秘密を抱えていることには見当がついていたはずだ。そうでなければ、あんなこと

は言わないだろう。

――あなたには、受け取る理由があるはずです。

仲野は俺の暗い部分を感じ取ったからこそ、声をかけてきた。

そうだとすれば、俺は仲野の代わりに逃げ続けることを求められているのかもしれない。死にゆく男から渡された一億円は、逃亡のバトンだった。父親に一泡吹かせるため、というのもただの方便に思えてくる。最初から、仲野は誰かを逃げさせるためにあの金を用意した。

あいつ自身が、逃げたくても逃げられなかったからだ。自分のような人間を、一人でも救いたいと思ったからだ。現金さえあれば助かる事例はいくらでもある。これは、どうしようもない現実からの逃走資金だ。

この仮説が正しいかどうか、もはや確かめようはない。俺にできるのは、自分の考えに則って行動することだけだ。

目の前には五人の男女がいる。皆、俺より若い。事情はそれぞれだが、行き場をなくしてさまよっているやつばかりだ。

「金を独占するつもりはない。一緒に逃げるやつがいれば、必ず分配する。約束する」

はっきりと宣言したが、ロビーに居並ぶ五人は押し黙っていた。こちらの提案をどう受け取ればいいか、戸惑っているように見える。無理もない。だが、こちらもいつまでも待っていられない。グズグズしているうちに警察が来るかもしれない。

「……信じられないなら、一人で行く」

こうなることも予想はしていた。逃げるか残るか、この場で即断しろというほうが無茶だった。そもそもこの一億円自体、降って湧いたような話だ。仕方ない。一緒に逃げる者がいないなら、一人で行くしかない。背中を向けると、咳払いが聞こえた。

「乗るわ」

振り向くと、田辺がじっとりとした視線で俺を見ている。表情からは先程までの戸惑いが消えていた。

「どうせ逃げるなら、金があったほうがええ」

他の連中と違って、こいつは指名手配犯だ。警察と顔を合わせた時点でアウトの可能性がある。深刻さが違うことは想像がついた。黙ってうなずくと、田辺はロビーを出て男部屋のほうへと歩きだした。

「荷物取ってくるから、待っとって」

田辺の姿が消えると、すぐに矢島が手を挙げた。

「私も一緒に逃げる」

顔は蒼白だったが、迷いはなかった。黙ってうなずく。

「死んでも帰りたくない、あんな家」

そうつぶやきながら、矢島は女部屋のほうへと去って行った。結婚に失敗したという意味では、俺もこの女も同じだった。最も同情できるのは矢島だと思っていた。

「あの、私も。行きます」

すぐに佐藤が続いた。女性の矢島が手を挙げたことで、ハードルが下がったのかもしれない。こいつはまだ二十歳だ。その気になれば、色々な方法で稼げるだろう。だがこの女にはプライドがある。本当の名前を捨てる代わりに、本当の人生を歩むという決意を感じる。

うなずくと、佐藤も小走りで女部屋へ向かった。これで四人だ。

ロビーには高井戸と工藤が残っていた。他の連中と違って、こいつらは環境に追い込まれて逃げたわけではない。自分自身と現実の折り合いをつけられなかっただけだ。

〈逃げる〉という言葉の意味が違う。

荷物を取りに行っていた三人が、ロビーに戻ってきた。田辺は我慢できないのか、煙草を吸いはじめた。宿舎内での喫煙は禁じられているが、もはやどうでもいいらしい。煙を吐きだして顔をしかめた。

高井戸はソファに座ってうなだれている。迷っているようにも、拒絶しているようにも見える。こんな時でも、手にはスマートフォンを握っていた。工藤は立ったまま両手を握りしめ、ずっとこちらを睨んでいる。

「お前らは来ないんだな」

問いかけると、工藤が歩み寄ってきた。俺の顔を見る。田辺を、矢島を、佐藤を見る。

「逃げる理由がないですから」

吐き捨てるように言い、小さめの瞳で俺を睨んだ。

あり得ない。夢でも見ているようだった。

乾さんの提案を受け入れる人なんていないと思っていた。しかし現に、三人があちら側についた。

これ以上逃げ続けたところで、三人の問題は何も解決しない。それどころか、下手をすれば罪を背負うことになる。犯罪者が逃亡することも、それを助けることも、罪に問われかねない。間違いなく、裁判での心証は悪くなる。

「目を覚ましてください。それは大地さんの一億円でしょう。自殺した人の金をかすめ取って逃げるなんて、許されるはずがない」

「あの映像、見とらんかったかのぉ。かすめ取ったのと違う。大地さんは、乾さんに譲ったんよ」

答えたのは亮さんだった。なぜ、乾さんの肩を持つのか。金をもらえるからか。

「だとしても警察に届けるのが筋じゃないですか。いいですか、僕らはすでに遺体を浜辺に放置して、携帯まで勝手に持ち出して、金まで持ち去ろうとしているんですよ。こんなことが表沙汰になったら大変だ。今すぐ、洗いざらい警察に話しましょう。まだ間に合います」

工藤秀吾

「間に合う?」

口が滑った。指名手配犯に対して、間に合うも何もない。亮さんの表情が見る間に険しくなる。

「それは何に対して? 本気か?」

「償いという意味です。僕は別に……」

「シュウ」

冷たい声に遮られた。亮さんは哀れむような目で、僕を見ている。

「お前、警察に未練あるやろう」

頭に血が上る。うまく反論できない。

「ここでも、まるで警察官みたいに仕切っとったのぉ」

「……そういうわけじゃないです」

「警察を辞めたのは自分のせいじゃない。他の人間が悪い。本当は天職だったのに、周りのせいで辞めさせられた。そんな風に考えてないか」

「違う!」

高井戸さんがはっと顔を上げた。つい、大きな声が出てしまった。

「もう、ええよ。通報したいならしろ。俺たちは逃げる。ただ、お前みたいな独りよがりのやつらが、俺たちを追い詰めた。それだけは忘れんな」

亮さんは勝手に話を終わらせようとした。

「待ってください。逃げたところで何も解決しないんですよ。問題と向き合わないと、ずっと苦しむことになる」

「向き合うだけ無駄な問題も、世の中にはあるんだよ」

今度は彩子さんだった。顔色はすぐれないが、口調はしっかりしている。

「シュウは知らないかもしれないけど、全部の問題に答えがあるわけじゃないんだよ。どうしようもない状況で、逃げるしか選択肢がないことだってある。向き合えば絶対解決するなんて、傲慢だよ」

「でも、死ぬまで逃げ続けるなんて無理だ。いつかは元の場所に戻らないと」

彩子さんの声が一際高くなった。

「たとえ、殴られたとしても?」

「無駄ですよ。あの人、住んでる世界が違うんですから」

サトマリが呆れたように言った。

「食事をひっくり返されても? 平手で頬をぶたれても? 熱湯をかけられても? それでも、逃げるなっていうの? 元の場所に戻って、そういう人間と向き合わなきゃいけないの?」

「それは……」

思わず口ごもる。そんな目に遭っていたなんて、知らなかった。

「シュウさんが生きてるのは、白と黒しかない世界。私たちが生きてるのは、グレーの世界。たぶん、こっちのことは永遠に理解できないと思う」

軽蔑するような声音だった。苛立ちが募る。

「理解できなくても、間違っていることはわかる」

「じゃあ訊くけど、間違っているって何？　どういう基準で、何様のつもりで言ってんの。警察で失敗したあんたも、盗撮魔の唯さんも、私からしたら間違ってるんだよ。ここにいる全員が間違ってる。一方的に裁く権利なんかない。そう思わない？」

反論する暇もなく、サトマリは語り続ける。

「私の母親も同じような人だった。自分の信じていることが絶対に正しくて、他の意見はすべて間違ってるって決めつけてた。シュウさんと同じ。全部が自分の思い通りにならないと、気が済まない」

「それは、こっちのほうが正しいからだ」

「そういうところや」

再び亮さんが口を開いた。

「百人いたら、百通りの正しさがある。それでええのと違うの」

どれだけ話しても、議論は平行線だった。僕にはどうしても納得できない。僕は間違っていない。僕は正しい。なのになぜ皆、言うことを聞かないんだ。

「とにかく、賛成できません」

自分で自分の言葉に鼓舞される。そうだ。こんな提案に同意できるわけがない。

それに僕は一人じゃない。ソファに座る高井戸さんは、何かを考え込んでいるようだった。誰とも目を合わせず、うつむいている。手にしたスマホをいじることもしない。ひたすらじっとしている。ただ、乾さんたちの提案に賛同しないことが、僕にとっては最大の励ましだった。

彼女だけは、僕の味方だ。

「じゃあ、俺たちは行く。あとは好きにしてくれ」

乾さんはそう言い残して、玄関へと消えた。亮さんが続き、彩子さんとサトマリもいなくなった。玄関扉が閉まる音がして、宿舎に静寂が戻った。耳が痛く感じられるほど静かだった。

ロビーに残ったのは、僕と高井戸さんの二人だけだった。

高井戸唯

結局、私が手に入れたものって何だったんだろう。盗撮が暴かれてから、そのことばかり考えていた。

盗撮は楽しい。他人の秘密をのぞき見る行為が、楽しくないはずがない。だからこそ人の噂は絶えないし、週刊誌は売れている。盗撮によって得られる興奮は、他の行為では替えようがない。

一時の人間関係を、自分の有利になるよう操作してきた。気に入らない人をこっそり貶めてストレスを発散してきた。ゲームやインターネットでは体験できない、強烈な興奮を味わうことができた。

ただ、それだけだった。手元に残ったものは一つもない。

友人も、恋人も、仕事仲間もいない。地位も、スキルも、やりたいこともない。私の人生には何にもない。あるのは、カメラ越しに他人の人生をのぞき

なければ、感動もない。傷つくことも

見ることで得られた、かりそめの優越感だけ。

「高井戸さんがいてくれて、よかった」

シュウさんの声に顔を向ける。頭はぼんやりしている。徹夜のせいだろうか。

「皆、どうかしている。逃げてもいつか絶対、捕まるのに」

私やシュウさんには、逃げる理由がない。指名手配されているわけではないし、不法滞在者でもない。支配しようとする母親も、暴力的な配偶者もいない。このアルバイトが終われば、私はまた別の場所で盗撮を繰り返す。シュウさんは自分の正義感を振りかざす。でも。私は、私たちは、本当にそれでいいのか。

佐藤さんの声が蘇る。

――これからもずっと、そうやって生きていくんですか。

私は死ぬまで、誰かの秘密を意地汚く漁りながら、それが本質だと勘違いして生きていくのだろうか。孤独の殻に閉じ込められたまま。夜道を一緒に歩いた、片思いの相手も言っていた。

――その人の本当のことなんて、盗撮なんかじゃわからないんじゃない。

そんなの知ってる。カメラに写る情報なんて、ほんの一部でしかない。会って、話して、一緒に過ごさなければ、わからないこともたくさんある。私だってこんなのやめたい。でも知りたいと思う気持ちは抑えられない。手の届く場所にカメラとスマートフォンがあれば、のぞかずにいられない。

「高井戸さん、聞いてる?」

その一言で我に返る。シュウさんが怪訝そうな顔をしていた。しきりに話しかけていたらしい

けど、聞き流してしまったようだ。

「あの」

「どうしたの」

「私のこと、どう思いますか」

シュウさんにこの質問をしたのは二度目だった。　違う意味に取られないよう、すぐに付け足す。

「気持ち悪い盗撮魔だと思いますか」

シュウさんは視線を窓に向けた。　困惑している。　窓の外には朝の日が満ちていた。　曇り空が一転して、晴天だ。　宿舎から見通す港は輝いている。　早朝の青空は広く、どこまでも続いているようだった。

「……どうしたの、いきなり」

「私はシュウさんからどう見えていますか。　答えてください」

相手を困らせる質問だとわかっていて、訊いている。　シュウさんはきっと、私に好意を持っている。　この一夜の間、それを端々に感じた。　だからこそ、今、私のことをどう思っているか知りたい。　凝り固まった正義感と、愛情の狭間で、この人はどちらに振れるのだろう？

「高井戸さん個人は別として、盗撮は嫌悪する」

黙って朝の港を眺めていたシュウさんは、苦い顔で言った。

「なぜ、私のことは嫌悪しないんですか」

私にとっては盗撮することが、シュウさんにとってはルールを守ることが、生きる術だった。　生身で他人と向き合う方法を知らない私たちは、ほとんど相似形だ。

316

私は何度も変わりたいと思い、そのたびに失敗してきた。人間として出来損ないなのだと思っていた。でも、もしもシュウさんが盗撮をしている私を丸ごと認めてくれるなら、社会のルールを破ってでも私を愛してくれるという証拠になる。そうなれば、変わる必要なんかない。たった一言、好きだから、と言ってくれれば、私は盗撮魔のまま生きられる。

答えはなかなか返ってこなかった。あるのは重苦しい沈黙だけだった。

ようやく、シュウさんが口を開いた。声はかすれていた。

「……手を染めたんだ……」

「なんですか？」

「……どうして、そんなことに手を染めたんだ」

シュウさんは今にも泣きそうだった。悔しさに顔を歪めていた。

「そんなことしていなければ、僕は無条件で高井戸さんを受け入れられたのに」

思わず、失笑が漏れた。

いったん笑いだすと止まらなかった。手のひらで口を押さえると声が漏れる。シュウさんはぽかんとした顔で私を見ている。笑い声のつもりが、いつしか嗚咽が混ざっていた。

この人にとって、私は受け入れてやる端からない。シュウさんが欲しいのは私という存在なのだ。同じ視線の高さで向き合うつもりなんて端からない。シュウさんが欲しいのは私という人間ではなく、自分の意見に賛成してくれて、しかも一点の曇りもない存在なのだ。

そんな人、いるはずない。さんざん人の裏側を見てきた私にはわかる。

ようやく笑いが止まり、指先で涙を拭った。

「つまり、盗撮をしてきた私は認められないんですね」

自分でも意外なほど冷淡な口ぶりになった。

こちらから告白したわけでもないのに、シュウさんは「ごめん」と言った。朝日を浴びている

のに、この部屋だけは夜のように暗い。

それで決心がついた。

「私、乾さんたちについていきます」

シュウさんが目を剥いた。滑稽なくらい驚いている。

「なんで」

「だって私、逃げないと」

それ以上は説明せず、ロビーを後にした。女部屋で急いで荷物をまとめる。衣類や身の回りの

品を、リュックサックと小型のキャリーケースに押し込む。着替えるべきか迷ったが、グレーの

ジャージのまま行くことにした。誰に見せるわけでもないし、動きやすい服装が一番だ。

宿舎に仕掛けた小型カメラは放置していくことにした。手元にあれば、きっとまた使いたくな

る。カメラには二度と頼らない。だって、盗撮したところで得られるものなんて何もないんだか

ら。

身支度を整え、女部屋を出ようとしたところでポケットの不自然な重さに気が付く。佐藤さん

に頼まれて、シュウさんのスマホを預かっていた。危うく持っていくところだった。実はこのス

マホのパスコードも、すでにカメラの映像で調べてあった。しかしロビーで堂々と操作するわけ

にもいかず、結局、中身をのぞくことはできなかった。

突然、けたたましい音をあげて震動をはじめた。「わっ」と声が漏れ、慌ててポケットから取り出す。画面には〈目覚まし①〉と表示されていた。単なるアラームだ。時刻は五時四十五分。

「びっくりした」

表示を消しながら、一昨日、モーニングコールを頼まれたことを思い出す。朝が弱いから、あさっての朝——つまり今朝、電話をかけて起こしてくれないか、と。

もはや電話をかける必要はない。シュウさんは眠っていないし、私はここから去るのだから。

けれど。

少しだけ考えて、スマホを操作した。

数字をつぶやきながら指先を動かし、ロックを解除する。

きっとシュウさんはまだ、夜にいる。暗い夜のなかで、どこに進めばいいのかわからずもがいている。長い夜が明けて朝を迎えた時、もしかしたら、また会えるのかもしれない。

私は一足先に逃げる。こうでもしないと、自分の過去と決別することができないからだ。このまま日常へ帰れば、たぶん、私はまた嫌いな自分に戻ってしまう。そうはならない。だから日常とは縁を切る。追いかけてくる過去に呑み込まれないよう気をつけながら、新しい朝へと全力で走る。

荷物を持って廊下へ出た。玄関扉の隙間から、朝日が差し込んでいた。

工藤秀吾

ロビーの窓越しに、嫌味なほど眩しい光が降り注いでいる。

僕はソファに腰を下ろして、呆然と窓の外を眺めていた。手のひらの奥に港の堤防が延びている。海はきらめいていた。早朝の港がこんなにも綺麗だということを、初めて知った。

顔を撫でると、手のひらに皮脂のぬるつきを感じた。熱いシャワーを浴びて、眠りこんでしまいたい。身体と心の両方が疲れ果てていた。長い夜だった。一晩の間に、色々なことが起こりすぎた。

物音に振り返ると、リュックサックを背負った高井戸さんが立っていた。右手にはスマートフォンを持っている。明らかに見覚えのあるケースがついていた。

「ねえ、それ」

「返します。佐藤さんから預かっていました」

悪びれる風もなく、高井戸さんは僕のスマホを突き出した。落胆が重く肩にのしかかる。最初から、高井戸さんもあちら側の人間だったのだ。僕の味方なんて存在しなかった。受け取ると、プラスチック製のケースにほんの少し体温が残っていた。

320

「シュウさんが許せないのは、ルールを破ることですか。それとも、他人の決めたことにすがってしか生きていけない自分自身ですか」

高井戸さんは、真剣な眼差しをしていた。

「……言っている意味がわからない」

「私も過去を捨てるのはつらいです。捨てきれないかもしれない。でも、やってみる価値はあると思う。今までの人生とこれからの人生がまったく別物だとしても、シュウさんという人間は変わらない。大事なのは、今日からどうするかですよ。本当にこのままでいいんですか」

わからない。このままでいいかなんて、わかっている人がいたら教えてほしい。答えようがなかった。

「先に行ってます」

軽やかに言うと、高井戸さんはすぐに背を向けた。さようなら、とは言わなかった。

僕はソファから動けなかった。彼女にどう声をかければいいのかわからなかった。じきに扉が開き、閉まる音がした。キャリーケースのキャスターを転がす音が、次第に遠ざかっていった。

宿舎に残っているのは僕だけだった。

僕は間違っていないはずだった。正しいことを言い、正しいことをしてきた。幼い頃からそうだった。なのになぜ、いつも一人ぼっちになるのだろう。本当は孤独なんて大嫌いなのに。いつだって寂しくて、心の芯が震えているのに。

静かなロビーに、アラーム音が鳴り響いた。僕のスマホだ。五時五十五分。〈目覚まし②〉と表示されている。普段なら、寝床から起きて朝の支度をはじめる時刻だ。寝起きの悪い僕は、目

覚まし用のアラームを三つ設定している。耳障りなアラームを消して、スマホをテーブル上に放り投げた。

今なら、僕は自分の意思の通りに行動することができる。警察に通報することも、漁協に駆け込むことも可能だった。アルバイトたちの悪事を洗いざらい暴露してもいい。ただ、彼らが戻ってくることは二度とない。

逃げる理由なんてなかった。

着かない。このままここにいてはいけない気がする。

目を閉じると、一夜の記憶が猛然と瞼の裏を通り過ぎていく。いくつもの過去が浮かんでは消える。乾さんも、サトマリも、彩子さんも、亮さんも、大地さんも、そして高井戸さんも、皆、過去から逃げることを選んだ。

僕はどうだ。僕の背後にいる過去は、いったい何者だ。

再び、スマホが鳴った。六時〇分。三つ目のアラームだ。すぐに消そうと手を伸ばすと、表示されたコメントがいつもと違うことに気が付いた。

〈朝になったら、また会いましょう〉

息が止まった。二日前の会話を思い出す。

――朝になったら、また会いましょう。

高井戸さんの声が蘇った。

顔を上げれば、視界いっぱいに朝の光があふれていた。眩しさに目を細める。白っぽい光のなかにいくつかの人影が見えた。彼ら、彼女らの足取りに迷いはない。着実に朝を目指して歩いて

挫折はしたが、まっとうに生きてきた。それなのに、なぜか落ち

いる。人影の一つが振り向いて、先に行ってます、と言った。

その時、風が吹き抜けた。背後から追い風が吹き、僕の心を突き動かした。

僕は、寂しかった。

生身の自分を否定されることを恐れて、孤独の殻に閉じこもっていた。無傷でいるために、ルールという高い壁に守られることを選んだ。だけど、ここは一人ぼっちだ。壁は僕を守るものではなく、隔離するものになっていた。

僕は、怖かった。

今まで、自分の外側に判断基準を委ねてきた。法律とかルールとか、そういう他の誰かが作った決まり事を、一生懸命守ってきた。自分の価値観で判断すれば、間違えた時に傷つくからだ。外側にあるルールを守っている限り、僕は責任を取らずに済む。傷つきそうになっても、ルールのせいにできる。

僕は、怯えていた。

でも本当は、薄々わかっていた。他人が作った基準では、自分の思う通りに生きられない。しかしそれを認めれば、それまでの過去を否定することになる。だから一度も過去を振り返らなかった。苦闘する他人を見下しながら、一度も責任を取らず、高い壁の内側を、暗い夜のなかを走ってきた。

僕は逃げたい。この風に吹かれるまま、そんな過去から逃げ出したい。今すぐ壁を破り、夜から抜け出して、明るい場所へと出て行きたい。

人影は、僕を置いて朝の光へと吸いこまれていく。待ってくれ、と心のなかで叫ぶ。僕も朝へ、

一緒にそっちへ行かせてくれ。遠ざかる人影たちは僕のことを気にも留めず、光の源へと近づいていく。

迷っている暇はなかった。

立ち上がり、ロビーから廊下を抜けて玄関の扉を開いた。身体の底に溜まっていた疲労感が、不思議と消え去っていた。スニーカーを履いて外に出ると、冷たい外気が頬に触れた。

早歩きから、駆け足へ。徐々に速度を上げていく。

早朝の港を駆けた。横殴りの風に吹かれながら、日差しのなかを、腕を振り、跳ねるように前へ進む。海鳥が鳴いている。額に汗が流れる。荒い呼吸が内側から耳に響く。もっと。もっと速く。皆に追いつけるように、限界まで速く。

今、ようやくわかった。僕には逃げる理由がある。逃げるんだ。どこでもいい。ここではないどこかへ。今なら高井戸さんの問いにはっきりと答えられる。

僕が許せないのは、過去に固執する自分自身だ。そして僕は、僕を許したい。

今日、二十六歳になった。誕生日なんてただのラベルに過ぎず、年を重ねる以上の意味はないと思っていた。だけど今日だけは違う。今日は、新しい僕の誕生日だ。長い夜が明けた、記念すべき朝だ。

大地さんが言っていた。カラフトマスは帰る川を間違える。今ならその気持ちがわかる。帰る川を間違えても、自分の意思で選んでもいいんだ。僕は何度でも、違う川に帰ることができる。帰る。

けれど、身体がなまっているせいか、五分も走ると息が切れてきた。足が重い。息が苦しい。けれど、

どこまでも走れそうだった。今、僕はようやく朝を走っている。たとえ、他人から見てどんなに非常識な道のりだとしても、行く手には光がある。

舗装路の先に五人の男女が見えた。皆、こちらに背を向けて歩いている。最後尾を歩いていた一人が、ふと後ろを振り向いた。僕と目が合うと、驚いたように同行者たちに声をかける。全員が立ち止まり、こちらを向いた。

僕には何もない。でも、それで構わない。僕はこの瞬間、もう一度生まれたんだから。

近づくにつれて、皆の顔がはっきりしてくる。足を上げ、全速力で駆けた。

最初に告げるべき言葉を、頭のなかで何度も反芻しながら。

本書はフィクションです。

初出　「小説現代」二〇二〇年九月号〜二〇二二年十二月号

岩井圭也●いわい けいや

1987年生まれ、大阪府出身。北海道大学大学院農学院修了。2018年『永遠についての証明』で第9回野性時代フロンティア文学賞を受賞し、デビュー。他の著書に『夏の陰』『文身』『水よ踊れ』などがある。

この夜が明ければ

2021年10月24日　第1刷発行

著　者—— 岩井圭也

発行者—— 箕浦克史

発行所—— 株式会社双葉社
東京都新宿区東五軒町3-28　郵便番号162-8540
電話03(5261)4818〔営業部〕
　　03(5261)4831〔編集部〕
http://www.futabasha.co.jp/
(双葉社の書籍・コミック・ムックが買えます)

DTP製版—— 株式会社ビーワークス

印刷所—— 大日本印刷株式会社

製本所—— 株式会社若林製本工場

カバー
印　刷—— 株式会社大熊整美堂